1938

德国记者笔尖下的中国和日本

[德]恩斯特·柯德士　著

Ernst Cordes

王迎宪　译

中国青年出版社

在书桌旁，我再一次发现自己

仿佛从混乱的梦境中苏醒……

——克里斯蒂安·摩尔根斯丹（Christian Morgenstern）

外滩，上海黄浦江畔繁华的大街。在这里，你竟看不到任何有中国特色的标志，只是在这里散步时，才会发现很多在港口劳作的中国苦力。图片后部，人们能见到三十八层高的宏伟大厦，大厦里有酒店、酒吧、各种协会、青年公寓、商场和办公室等。

现代化的中国城市街景。

中国城市里的一条主街道。熙熙攘攘的行人，缺少交通规则意识，随风飘动的旗幡上，书写着或绣着中国字，对自己的商品广而告之。街道上热闹嘈杂，餐馆里飘出难以分辨的各种气味。可谓五彩缤纷、杂乱无章。

走近中国的城市，人们就会见到这十分典型的景致：一条壕沟，沟里的水时多时少，后面则是环绕城市的坚固城墙。

城市街景：穷苦人居住的中国老城区。

一个日本大城市酒店的花园。这是一个安宁、休闲和疗养的地方，尽管不远处就有有轨电车、汽车、消防车以及摇着手铃的卖报者，但在这里，人们根本就感觉不到现代化都市的这些喧闹。

现代化的大都市——东京。

苏醒的中国——当代中国女性（左）是相当摩登和时髦的。这位中国女士博学多才，通晓三国语言，擅长跳舞，情感丰富，热心慈善协会的工作。对她来说，中国没有过去，只有未来。

一位有魅力的、生活中自主意识强的现代日本女性（右）。当然，这只是在结婚之前。结婚以后，她自然就会成为一个恭顺丈夫的妻子和伴侣。

她是当今"满洲国"的皇妃，体现出一种中国女性古典的美，一种不言而喻
的自豪举止和神态。她的自信源于她高贵的血统。幸好，在中国还能见到不
少这种类型的中国女性。

一位年轻、温柔、迷人的日本姑娘。

一位日本母亲为还在襁褓中的儿子感到自豪，儿子将来也是要送到战场上去为国战斗的。

一位中国母亲和她的孩子。她有着母亲的真挚感情，也肩负着一个女人为家庭传宗接代的责任。

中国人亲切友好的心灵完全就如同中国孩子这健康活泼的笑容。

一位中国智者，老子的形象看起来也不过如此。

一位四处游走的日本流浪哲人和作家。

日本庙里的神像与日本士兵。

中国庙里的神像与中国农民。

中国和日本相遇在富有传统文化的热河（当时"满洲国"的一个省——译注）
大地上，图的后部是风景如画的皇家宫殿。

一条人来人往的中国小巷。

中国学生正在为民族的抗日战争募捐。

中国年轻的农民正列队进行军事训练。

行进中的日本士兵。

中国街头小吃——炸油饼。

在中国，人们是这样旅行的。

一位中国农民正骑着灰色的小毛驴去邻村看望他的丈母娘。

中国农村一个爆炸性的事件，一辆小轿车在这里迷路了。村民们惊奇地注视着这个从未见过的妖魔般的事物。

一个中国露天集市吸引了周围乡村上千居民，后面是一个庙会，人们在那里从事买卖交易。

中国的乡村街道，农民们从地里干完活归来。中国农民的勤劳和节俭是众所周知的，在世界上任何地方，我都不会像在这里那样产生一种失落的、家乡般的感觉。这里没有昨天、今天和明天，这里只有现实的一种永恒。

一个中国庭院的后院，妇女们正在选拣收获的棉花，以做家用。

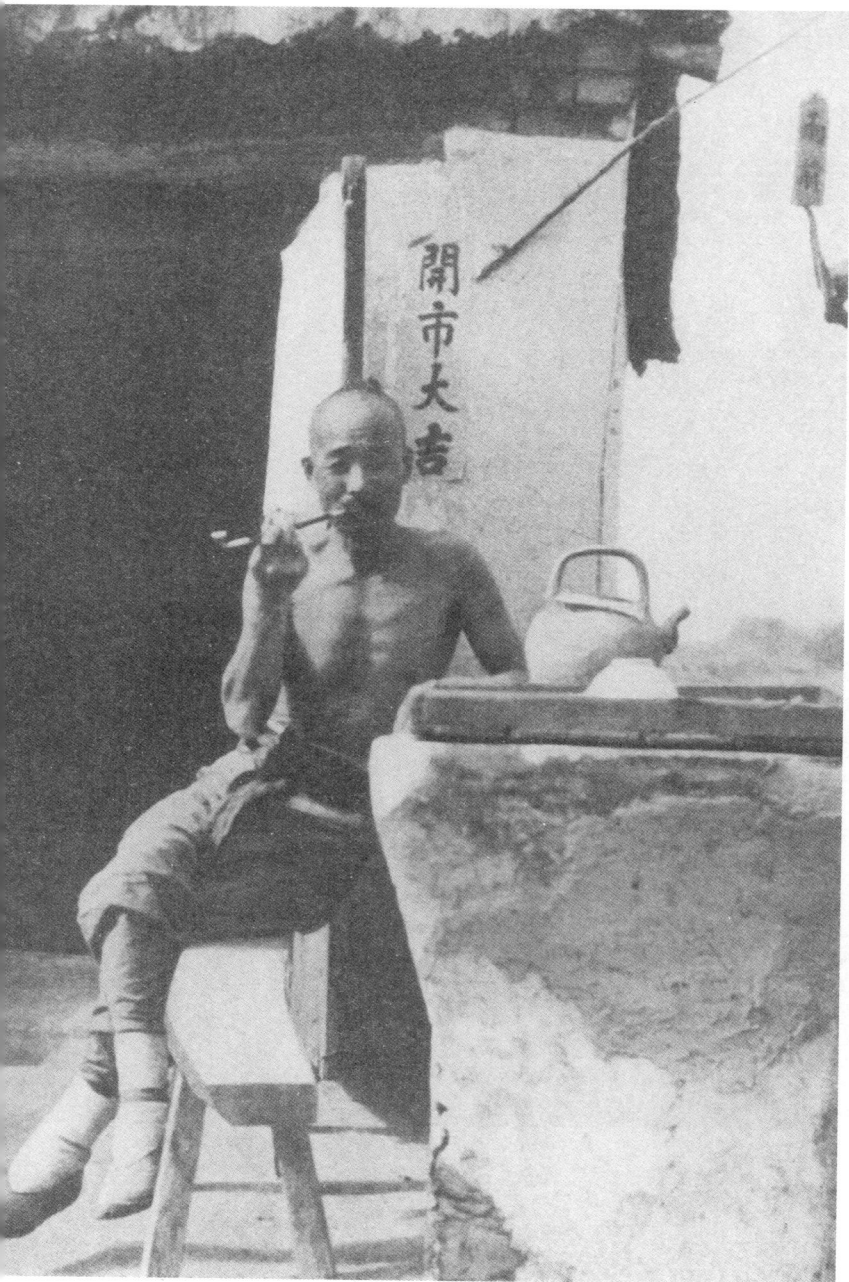

一位中国农民正在自己的家门前休息。土桌子、茶壶、烟杆、木条凳，夏日的炎热、暮色降临的黄昏时分、宁静的乡村，几只蟋蟀在啾啾叫唤，农民脸上意味深长的笑容……此情此景，人们完全可以写上一部长篇小说。

一个中国小村庄，村庄周围环绕着水稻田，秧苗还没有冒出水面。

一个日本渔村，在四万五千公里的海岸线上，这样的渔村不计其数。

收割季节的日本男女农民。

日本妇女正弯腰在水田里扯秧苗。

这是对日本的第一印象。海滩、海水、陡峭秀丽的海岸，曲曲弯弯如画的海湾。背景是日本圣山——富士山（Fudjijama）。

永恒的中国风景，看起来像一幅褪了色的画。画面前部是奔流不息的扬子江（扬子江原本只是长江较下游的部分，即从江苏省扬州以下至入海口的长江下游河段。由于它是西方来华人士最先听到的关于长江的名字，故在英语中习惯上也以"扬子江"称呼长江。后同）。

位于东京附近的日本北部山景，谁要是在这里攀山越岭，就会忘掉自己是一个20世纪的现代人，忘掉不远处的大都市，产生一种永恒的感觉。

宁静的中国
公园一角。

宁静的日本山水。

这是日本一个宁静平和的古老寺庙，寺庙的后面是现代化的混凝土建筑。受时代约约的和不受时代制约约的、古老的和现代的建筑就这样互不影响地并列站在一起。

位于日本奈良市的"千灯寺"里的"宫灯馆"。

远眺热河喇嘛寺庙。热河是一个省，隶属"满洲国"。

大理石栏杆围成的拱桥连接着护城河两岸，可通往中国北京城内的皇宫——"紫禁城"入口。

目 录

引 子

遥远的、迷人的、富有传奇的东亚！

无边的博大是她的和睦与宁静——给人以无尽爱意的和睦与宁静；万般柔情是她遍野随风荡漾着的田园曲，啊，多么悦耳动听的天然旋律。

永恒，在耳边回响着，魅力强烈得无法形容，这是一种足以使人战栗发抖的永恒。

在黄褐色的大地上，处处洋溢着庄稼成熟后散发出来的芳香。阵阵暖风吹拂着一片片金黄的谷穗，沙沙沙地响着，波浪般地起伏着、摇曳着……

一路上，我的眼睛在放亮、感官在放松、心灵在放飞……探索、求知、摄取的愿望在不断上升。在这难以言表的强烈兴趣和快乐面前，整个人都恨不得手舞足蹈起来。

一

成熟的庄稼地在向我频频招手致意，愉快地诱惑着我。迎着田野上刮过来的一阵阵清风，我……

在中国的南方，有停泊着无数舢板篷船的珠江，有横贯中华大地、气势磅礴的扬子江——一条六千五百公里长、江面开阔，浩浩荡荡的传奇长河……而在中国的最北端，黑龙江画出了一道长长的、宽宽的黑色弧线，将苏联西伯利亚与"满洲帝国"隔开。

广袤无垠的中华平原在我的眼前无限延伸，不时能见到黄土垒建起来的一幢幢农舍，这朴实、简陋、亲切的农家住宅使黄褐色的大地充满着生机。农舍周围耸立着一棵棵参天大树，终日辛劳的中国农民在树荫下避暑、乘凉、聊天……男人跷着二郎腿、举着小烟袋，自乐知足。女人们穿着裁剪得体的靛蓝色的小褂，只要微风那么轻轻一吹，小褂就会悠悠扬扬地随风飘动起来……

我悠闲地在原野上漫步，时而沿着流水潺潺的小溪，时而踩着平坦干枯的河床——从前的河流，现在静静地躺在那里，远远地向陆地上延伸。

乡间小道上，有四平八稳缓缓行进的牛车、马车，有扛在肩上摇摇晃晃的花轿，有肩扛着、手推着的、"嘎吱嘎吱"有节奏地叫唤着的独轮车。你瞧独轮车上的乘客枕着米袋、捂着被子熟睡的那份安逸舒适的样子，真赛过了当今最现代化的卧铺车厢。窈窕的小脚女人扭着腰肢、蹒跚地迈着碎步，背上还背着个吃奶的婴孩……鱼贯而行的骆驼商队，踢踢踏踏地在无止境的商道上扬起漫天的黄尘……小道上放眼远眺，是整齐划一的奎奎农田，是爽心悦目的绿茵茵的青苗……

高居这一切之上的是中国辽阔而灰白的苍天。

在中国，我接触了各种各样的人，与他们漫无边际地或深入浅出地交谈过：牙牙学语的孩子，口齿不甚清晰的"老掉了牙"的老头、老太，目不识丁的平常人，纵论天下的饱学之士……与商人、银行家、鸦片瘾君子、外交官、结实的农妇、任性的风尘女、强壮的苦力、金融大亨、大学生、性格坚强的爱国人士、意志不坚决的伪君子、假绅士以及仍沉醉在大中华荣耀中的昔日清朝高官……在中国，我还见识了盛气凌人、专横跋扈的将军，感受了这些残暴的当代权贵们营造的令人战栗发抖的恶作剧——他们清一下嗓子、吐一口痰都会如炸雷一般……当然，还见到了无数生活无望、受尽折磨的穷人中的穷人……

在中国，我经历的人和事不计其数，令人震撼！难以忘怀！

我也很高兴，能有机会与身居中国的日本军官夜谈，能听到中国算命先生说出的那些离奇古怪的箴言，能看到蒙古喇嘛和王子虔诚相待的习俗——他们，就像几乎每一个俄罗斯流亡者都会吹嘘自己出身于高贵的侯爵家庭一样，都爱夸口自己是伟大的统治者成吉思汗（Dschingiskhan）的直系后裔……令

3

我开心的还有，我听到了马贩子、油贩子和专事买卖年轻姑娘的人贩子的粗野咒骂声，听他们油腔滑调地讲述中国的"一千零一夜"传奇。听到了妓院里"大茶壶"（旧时妓院里的男性狎司、打手——译注）的风流韵事以及财欲横流、妻妾成群的"大人物"的故事……还有很多令我高兴的、难以一一道来的、看起来似乎是微不足道的经历……

时而徒步、时而雇车、时而乘船，我纵横穿行在近代的、历史的、传奇的中华大地上。

向北再向北，向南再向南……

所有的以及无数无名无姓的见闻都丰富着我对东亚之旅的回忆，使我的描述更加完整、更加有声有色。

啊！地大物博的中国！取之不尽的、形形色色的中国。

二

西方人一而再、再而三地在敲打着东亚的大门，渴望着、请求着入内。中国的大门对他们则完全敞开，每一个想进的西方人，都可以自由地穿行其中。

……可在中国的西方人，有些人什么都没有看见；有些人发现的、体验到的竟比看到的还要多；有些人看不到真实和真诚的一面；有些人则带着偏见，眼中就只有他们认准的、令人厌恶的肮脏、贫穷和那些令人深感诧异的世态怪象。这些人，面对中国的奇事、奇观、奇迹、奇物……他们完全惊呆了，中国的所有，包括每一座遗址、废墟，每一块石砾，甚至每一粒尘土都会令他们迷惘，使他们流连忘返、倾心爱慕，甚至低三下四、卑躬屈膝地顶礼膜拜。而与此同时，他们却忽略了构成中国的最重要的因素，即数千万人民必不可少的日常生活……

这样一来，就产生了——现在每天仍在产生——新的、有时候是令人恐怖的、有时候是轻歌剧似的令人倾慕的所谓"中国七大神秘印记"——这我们根本就无法理解的中国。

我不具备这种观点。我以为，作为一个西方人，只要秉持真诚努力的态度，中国人和日本人都是可以理解的。

三

迎着太阳，我终于在日本降落了。这意味着，我来到了一个拥有二千四百个大小岛屿的迷人岛国。

海水亲切温柔地冲刷着海岸，以至于我都要为自己不是一位出色的抒情诗人而深感遗憾了。我又一次感受到了日本海汹涌澎湃的浪花，它似乎正带着强烈的仇恨情怀，要将世间的一切撕碎、摧毁。我还看到海岸上耸立着的那座昭示不幸灾难的、神秘莫测而又庄严崇高的，能使人宁静致远的神圣山峰——富士山（Fudjijama）。

富士山，日本国的象征。

飞机腾空，又将我载到日本岛的北部。在那里，我不仅与可怕的寒冷气候为伍，还与同样冷酷、孤独的伐木工人交谈。

我乘坐着光亮如镜、舒适可人的特快列车向日本南方行驶。在那里，日本朋友身着光鲜耀眼的彩色和服陪伴我快乐地在鲜花盛开的花园里漫步、舞蹈。在刚刚绽放的柔嫩的粉红色樱花旁，他们给我讲述坚韧不拔的所谓命运精神，这是一种超人的献身精神、一种咬紧牙关奋斗的自我克制精神、一种成事在我而不怨天尤人的所谓"忍者"精神。

在绿茵茵的草坡上，沐浴着灿烂阳光，我听到一位秀气的日本姑娘银铃般美妙的歌声，这是一首忧郁的日本民歌：

> 自打天地形成，
> 就能听到世人的抱怨
> 天地间，曾一无所有
> 而一切又都再次会崩塌为废墟……

我感到惋惜，甚至感到十分遗憾，在日本没有遇到强烈的地震，但我能想象，每时每刻都处在摇晃中的家乡大地，在日本人的心灵中根扎得有多深！

四

在各地摩登的酒店里：在中国的哈尔滨、谋克敦（Mukden，沈阳旧称。后同）、北京、天津、汉口、南京、上海、香港、广州、台湾岛上的台北（Takau），在日本的横滨、东京……在我经常乘坐的、不分昼夜奔驰在无穷无尽的广袤空间的特快列车车厢里……在载着我跨海越洋的大型远洋客轮的船舱里，我曾多次独自沉思，试图将我对远东的印象以及经历做一个详尽的回顾和总结。

面对几千年丰厚的文化，从冥冥传说开始，从历朝历代的沧桑岁月直到今天。是的，直到我眼前的这个特意从中亚带回来的风格典雅的古董瓷盘。现在，这个作为烟灰缸使用的古董瓷盘就放在我的书桌。一看见它，我就会产生加速完成此书写作的冲动和灵感。

慢慢地、一页一页地，从我的笔记本上撕下来，作为手稿放在一边。渐渐地，我也开始逐渐明了，什么是"东亚"？！

……东亚，一个巨大的传奇！

四万万中国人和一亿日本人，占了地球人口的整整四分之一，他们在东亚呈针锋相对的态势。这两个一衣带水、但彼此分开的民族在发生改变，要改变到新的与当今世界形势相适应的生活方式上来。

我开始预感，也开始担心这两个相关民族和部落在生活领域很多方面的深层联系和它们存在着的互相对立的基础。这是一场围绕未来抉择的真正的巨大抗争和搏杀，它不仅仅只是关乎远东地区的命运。在我看来，它关乎着生活在这块辽阔大陆上富有传统文化的民族的命运，同样，也关乎着属于我们的家乡——欧洲以及全球的命运！

恩斯特·柯德士（Ernst Cordes）

他说："这样是不行的！"

"……如果我们明天登上香港码头，如果您向您所期望的人求教，当您用嘴同时说出两个词——'中国、日本'时，有些人看您就会感到惊讶、感到异样。在他们眼里，您像是刚从一家疯人院里跑出来的疯子，没准还会以讥讽、嘲笑的口吻问您：你怎么能将这两个民族相提并论呢！"

※

入夜，巨大的海轮行驶在新加坡（Singapur）与马尼拉（Manila）之间的航道上，东南亚热带地区特有的燠热很不舒服地纠缠着旅客们的皮肤。

我此时正坐在海轮甲板上的一个小酒吧里，与一位举止友善的调酒师聊着天。调酒师名叫米歇尔（Michel），是一位德国人，家住德国沿海地区。他告诉我，他已经有二十年的海员生涯，几乎到过世界上所有的海洋。

与人单独聊天时，米歇尔显得十分健谈。

深蓝的、几近黛色的海天像一个熠熠生辉的巨大华盖，满天的繁星非同寻常地、低低地垂挂在无际的天幕上。今晚的星星显得特别大，与记忆中的不太一样。有的寂寥无神，像一个个幽暗的、微微泛红的小点；有的则持续地闪耀着明亮的蓝色光亮，像一颗颗抛过光的蓝宝石。就连宽宽的、看上去河床一般的一抹银河，感觉也并不是那么遥远，使人顿生亲切感，恨不得一伸出手就能抚摸到。温煦的、带着浓郁水腥味儿的阵阵海风吹过，凉爽宜人。尽管海轮不怎么摇晃，但海水却并不像人们想象的那样平静，如果是一条小船，一定会在这滔天海浪中高高地荡起秋千。

南中国海很少有温柔的时候。

米歇尔很熟悉中国，他曾十多次去中国旅行。他几乎在东亚所有的海港喝过酒，当然包括中国和日本的海港。

"我对他人的观点和见解十分感兴趣，所以很愿意与人交谈。"米歇尔边说边将双手重叠地放在胸口，双手的下方正是心脏跳动的部位。

这一肢体语言想表达的是，他愿意倾听公正的、恰当的、合理的见解。或者说，他没有那些先入为主的成见和偏见，他的心始终放在一个正确的位置上。

"以前，在我对东亚还一无所知的时候，就听到过很多关于东亚的介绍。现在看来，完全不是那么回事，那些介绍大都是些不真实的浮夸之词。我是一个相当简单的人，我接受的教育并不全面和完整，"米歇尔露出一脸毫不在意的神色，继续唠叨道：

"但我对您说的这些，都是我自己亲历后得出的直接经验，我不会随意去夸大，也不会刻意来贬低。不会！不会的！"边说边摇动着他那只有稀疏几根头发的脑袋。

"我不会撒谎，更不会吹牛！"一种似乎要结束交谈的语调。

可就在我们又喝上一口酒后，这位优秀的调酒师米歇尔先生还是继续着刚才的话题：

"我说这些话的意思是，"看来，米歇尔的谈兴还是很高：

"当我们摸索地行走在由异国情调的诸多事件形成的一种混乱局面之中时，当行进的步伐沉重得就像艰难地跋涉在沼泽地里、甚至连呼吸都会感到困难的时候，我们中的某些人往往就会耐不住性子地开口诅咒和埋怨。诅咒那里复杂多变的形势，埋怨那里陌生诡异的人民，如此等等。不！这样是不行的！"他又重复说道：

"如果人带着过分的热情，愚笨地、厚着脸皮地去亲近现实，在生活中遭受的就总是失败！要想学会认识和理解一个有着许许多多看不透、道不明的风俗习惯的陌生民族和人民，首先就必须搬走挡在自己眼前的那根大'梁'，也就是说，所有自负自大、清高傲慢、趾高气扬的习性都必须首先予以摒除。

"中国，这个我们明天就要抵达的国家，是丰富多彩的，也是形形色色的，我们不应该带着一种所谓英国式的姿态和面孔去小瞧它、蔑视它。中国人的心灵里蕴藏着一种高度的、经过数千年时间不断优化了的、完善的且根深蒂固的文化。对于这些，大多数去那里的短期旅游者或者那些贪得无厌的商人们都缺乏正确的认识或根本就没有什么概念。在他们眼中，肮脏的码头苦力才是中华民族文化的魅力之所在。

"一方面，这些人很轻率地觉得，用一个小小的动作就可以将中国人排斥在一边，像对待一群无钱无势的小人。另一方面，他们又十分赞赏中国人在绘画、建筑、诗歌以及人们知晓的其他文化艺术类别上的辉煌成就。"

看起来米歇尔有些愠怒，因为，他要说上这样一大堆话，才能将一个本是不言而喻的事实说清楚。

"其实，我对那些奇异的文化种类并不是很感兴趣，"说这话时，他特意拉长了音调：

"我没有太高的文化素养和学识，我的父亲只是一位普通海员，没有钱供我上大学。但是，您也必须承认，感兴趣与否与受教育的多少是没有多大关系的。我认为，也是更重要的，是要看一个人内在意识独立性的程度。通过自我教育，人才有可能用自己的眼睛去观察世界上的万事万物，才有可能用自己的感知去经历、去感受，用自己具备的理解力去探究、去阐释……最最重要的是，在纷繁多变的事物中你自己看到了什么？感受到了什么？"

"我已经将整个远东地区作为一种神奇、一种美妙经历过了。如果我们明天登上香港码头，如果您向您所期望的人求教，当您用嘴同时说出两个词——'中国、日本'时，有些人看您就会感到惊讶、感到异样。在他们眼里，您像是刚从一家疯人院里跑出来的疯子，没准还会以讥讽、嘲笑的口吻问您：怎么能将这两个民族相提并论呢？然后，有的人会痛骂，把日本人视为患了歇斯底里症的傻瓜、笨蛋。与此同时，他们又会以夸耀的语调高度地赞扬中国人。而另外一些人呢……"说到这里，米歇尔向我探过身子，不无神秘地进而说道：

"而另外的人则更加糟糕。他们会把日本人捧上天，而把中国人视为身上长满虱子和臭虫的猴子，或者沦为小偷、流氓、无赖、痞子，是每天有一小碗粥吃就会感到快乐的下人、贱人。说到这里，您一定会觉得，我在夸大其词……"米歇尔稍稍中断了一会儿叙述，端端正正坐好后接着又说：

"……讲的是一个令人惊恐的童话故事！不过，如果我给您再讲另外一种'童话'、完全另类的……您更会感到大吃一惊的，"停顿了一会儿，他又补充道：

"也没准更有趣儿、更富消遣性……"

"我刚刚想起了以前在香港的一个小小经历，"米歇尔转移了话题，此时，他显得情绪饱满，很快喝完杯中的酒后凑近了我：

"这是我六个月前随船停泊香港、上岸度假时的一段经历。白天，我们将香港看了个够，晚上，来到了一家夜总会。所谓夜总会，实际上就是一个酒吧，不少外国人晚间常来这里聚会，以便能互相交流白天的见闻和自己的经历。您大概也听说过，欧洲人在远东的这种不拘礼节、无拘无束的聚会中大都会肆意豪饮的。大家聚在一起一轮一轮地玩着'掷骰子斗酒'的赌博游戏，即边掷骰子边喝酒：威士忌苏打酒、带气的杜松子饮料酒、啤酒、苦艾杜松子酒、带或不带安果斯都阿苦味剂量的杜松子酒、苦艾酒……会有什么酒这里没有吗？！不管怎样，如此豪饮下去，一个人是不可能长时间地保持头脑清醒的。走进酒吧时一个个一本正经、不苟言笑，绅士派头十足，还打着官腔，俨然一个高傲自负、地位优越的上等人……慢慢地，几杯酒下肚就无拘无束了，个个都像小孩子似的，甚至比小孩子还要孩子气……"又是一个小小的停顿，停顿期间，米歇尔为自己点上了一支香烟。

"当我与陪同我的朋友一并走进酒吧的时候，看见酒吧吧台边的大圆桌上已经围坐着七位先生。他们正在玩'掷骰子斗酒'的赌博游戏，新的一轮刚刚开始，输者必须喝威士忌酒。

"酒吧布置得十分豪华，看上去特别舒适可人，但吧厅里的空气却十分糟糕。烟雾弥漫，使人发闷，尽管安装在墙角上的电风扇一直在'嗡嗡嗡'地旋转。天花板上，吊着一盏有灯罩的高瓦数电灯，强烈的锥形光束集中投射在大圆桌的桌面上。在灯光的照射下，围坐在桌旁七位先生的脸都煞白得可怕，好像拍电影时打上了强光一般。从背后看过去，则都是一个个黑漆漆的、轮廓清晰的剪影。那气氛，阴森得就像藏身在一个非法经营的地下赌窟里。

"圆桌左边连接着的是一大块光亮的白色大理石吧台，不少锃光耀眼的黄铜部件装饰着吧台的台面。吧台的后面，直至天花板的整个墙面立着的是一排大酒柜，酒柜里一层层摆满了形状各异的酒瓶，酒瓶上贴着花样繁多的彩色商标。在酒柜和吧台内沿之间，站着三位身穿白色亚麻布工作服的中国侍应生。此时，侍应生们正闲着没事，安静地、做思考状地注视着圆桌上的动静，好像在为这些掷骰子赌酒的男人们担忧。

"在中国的南方，侍应生在为欧洲人服务时几乎无一例外地能用英语对话，在中国北方则很少。可笑的是，日本人觉得说英语是一件十分没趣的事，不爱说，哪怕他事实上能说上几句英语。"

"我们在吧台旁坐了下来，其中有一位姓李的侍应生认识我这位多年在香港生活和工作的朋友：

"'李先生，有什么新鲜事吗？'

"'没什么新鲜事，'李先生笑着回答，眼睛还是不离圆桌。我的朋友靠近李先生，又轻声问道：

"'他们在干什么？'

"李先生为我们配好饮料后，开始对我这位叫阿方斯（Alfons）的朋友悄悄地、轻声地介绍起来：

"'这些人刚才正在谈论军火生意，其中三位先生认为，中国必须保持现状，这样才会继续有可观的军火买卖做。中国的将军们需要不断地挥霍钱财，中华民族的人口储备如此之大，繁殖能力又强，巨大的人力资源是不会枯竭的。他们之间要相互残杀，而灭绝杀光又是不可能的。所以，不管

7

是合法的或非法的军火商，军火生意都会一代一代延续地在中国做下去，大可放心地赚这笔钱。但是，只要日本人一来……'

"李先生狡谲地摇着头，再次面向圆桌旁的先生们说道：'军火买卖可就做不成了，这三位原则上都是这样想的。但另外的四位先生又认为，日本人根本就不可能成为中国的统治者。

"'这样一来，他们七个人，就像圆桌旁左右两边坐着的那样，俨然分成了两派。三人的一派认为，日本迟早会占领中国，军火走私和买卖将会被禁止，而由四人组成的另一派则对中国军火生意的未来充满了信心。'李先生轻轻对我朋友说，他们相信，日本人从来就不敢与中国人，特别是与南中国人真正严肃地交战。因此，在中国继续做军火交易是不会有什么危险的。

"'但是，'我的朋友插话——他显然对此话题也很感兴趣，朝着我意味深长地瞥了一眼说：

"'那他们现在在赌什么呢?

"'他们……'李先生接过我朋友的话头。他光滑的脸上掠过了一丝恶作剧似的笑意，眼光不好意思地低垂着，瞟着正拿抹布擦拭着的吧台大理石板：

"'他们正在玩掷骰子竞猜中国命运的赌博游戏。两方各三人，剩下一人当裁判。如果掷骰子的过程中，猜日本占领中国的一方获胜，则左边的三位就要为下一轮酒水埋单；反之，则由右边的三位付账。整个晚上，他们都在玩这个游戏。他们把这个游戏命名为：中国命运之赌！他们在为军火交易永久的繁荣干杯！'

"突然，一阵大笑和喧闹打断了李先生的叙说，游戏的双方叫嚷了起来：日本不会来，根本不会来的……中国万岁、我们的军火交易万岁……同时，把李先生叫了过去，他们又要为新一轮的赌博点'麻醉剂'了。这些赌徒们又相继点燃了手中的香烟，其中一位还放开嘶哑的喉咙唱起歌来，像在厉声地呼喊：中国人！'更多地开枪、放炮'吧！"

米歇尔的声音此时也显得有些沙哑，尽管他强调是故意装出来的，是为了模仿那些喝醉了、正在赌台上的先生们。但我不这样认为，今天晚上他也喝了不少，瞧！眼睛已经没有先前那般神采奕奕了。

我也开始感觉到些许倦意，但香醇的、清凉而又新鲜的海风又似乎在邀请我继续待在甲板上。况且，米歇尔又端来了酒水。

米歇尔又继续说了下去：

"我的朋友阿方斯接着问酒吧的李先生，对此，你到底有何高论？但李先生只是笑了笑，什么都没有说，带着一种深深的、轻蔑的神情向围坐在桌旁的人瞟了过去。"

"为什么我要向您讲述这样一个经历呢？"米歇尔又转向了我：

"您是一位特殊的人，即您能对某些身在远东的外国人所持的观点抱无所谓态度的人，不管他们的观点是向着日本还是向着中国。我承认，我说的这些故事听起来是有些极端、可怕，但它并不是我杜撰和臆想的，就像我现在真实地站在这里一样，是我亲身经历的故事。

　　"不管怎样，它表达了许多欧美人的一种比较典型的立场和态度，虽然您不希望它是真的，但它确实存在。可以这样说，大多数人将这种态度和立场精心地、巧妙地隐藏起来了，披上了一件伪装自己的文化外衣。只有极少数、极少数的人在严肃认真地对待东道国人民遭受的悲惨命运。可是，不去真正地理解他们、不愿意主动地了解他们心灵上的需求，只是极少数人在偶尔地、无奈地发出一两声同情的呼喊又有什么用呢？！

　　"'贫穷可怜的苦力'，在他们那里，我听到了真实的叹息声！对每一只倒毙在街头的小狗，人们也是这样寄予同情和怜悯的！"

　　"不！不！"米歇尔不满意地摇着头，并用手理顺他那被风吹得散乱的金发，又说了一声：

　　"不！不！这样是不行的！"他强调说：

　　"带着这样一种立场和态度是无法体验一个民族的，更别说去体验一个有着高度文明的民族了。体验不了中国，也体验不了日本。带着这种观点和见解去体验，就只会遭到失败，或早或晚地收获失望。"

　　说到这里，米歇尔隐身走进了吧台，又取来了两杯饮料。

大海仍在咆哮、怒号，已经是深夜时分了。

星星小了，高高地挂在夜空，海风不时地掀动着、鼓动着盖在货舱口上沉重的帆布。已经不热了，但人们还是愿意长时间地躺在甲板上，倾听着大海的喧嚣进入梦乡。在甲板上睡觉，很可能比在下面客舱里舒服多了。

这片海域有海盗出没吗？

有人对我说过，南中国海上有穷凶极恶的海盗……确实，空气中似乎隐含着一些放肆的、冒险的不安定因素。但放眼窥望，黑洞洞的海面上看不到一条海盗船。

面对波涛汹涌的大海，人们不由地会想到呼啸的台风、野性地恣意喧嚣的海浪，想到破裂的船帮、桅杆以及在恶浪奔涌的海水中行将淹死、极力自救的落水生灵，想到了1871至1873年德国经济繁荣时期的一次次海战……想到这些，人们就会感到寒冷，内心在颤抖，会不自觉地将衣领竖起来。面对茫茫大海，人们会倍感孤独和无助，像一个被世界遗忘了的人，然后堕入一种若有所思的、百无聊赖的心境。清醒的梦幻伴随着轰鸣的海浪在摇晃，在大海粗糙嘶哑的歌声中，人不知不觉地享受到了一种昏昏欲睡的、醉态般的舒适和惬意。

夜空飘浮着几片云彩。

健谈的米歇尔已经告别离去，关掉了酒吧里的灯光。

第二天一早，当我早早醒来，深感惊异的是，海水竟完全变成了另外一种颜色——浑浊的，带着褐色的、肮脏的深绿色调。在从地中海穿越印度洋的整个航程中，海水的颜色一直都是清澈、明快的，呈现出一种透明的翠绿和宝蓝……不仅仅只是海水，这里的海风也变得更加强劲、清冷了。

这里的大海并不平静。

我们已经离开了蒸晒燠热的热带，进入温和的纬度，乘风破浪的大海轮正朝着中国海岸的方向行进。

1938：德国记者笔尖下的中国和日本

到达香港

　　……香港码头人声鼎沸：人们相互拥挤着、推搡着、无数只手在空中胡乱地挥舞着……完全无序的宏大场面，给人的印象深刻而又独特。依我看，没有哪一位电影导演有能力组织起如此恢宏壮观的群众场景，即便组织起来，也不会这般生动、自然。可以说，这就是我对中国的第一印象：波浪般起伏的苦力群、暴风骤雨般的喊叫声……

※

海轮就要靠岸了！

　　我真羡慕船上那些正准备接受亲人、朋友热烈欢迎的旅客们。在我的眼中，此时此刻，他们就是世界上最最幸福的人！

　　数百人站在岸边登陆的跳板前引颈招手，有长期惦记自己男人的可爱的太太们，有身穿整洁童装、数月未曾见到自己爸爸的孩子们，有一身夏季打扮、苦恋着自己男朋友的小情人们……彩色的小手绢挥舞着，高兴的泪花滚落着……所有这一切，都是在迎接他人，而不是迎接我。

在整个航程中，我与这个旅行团队其乐融融地生活在一起，可现在竟显得如此孤单，几近被人遗忘。没有人再向我招手，更没有人为我落下激动的泪花。

在这里，我没有朋友、没有情人，更没有亲人。真的，我非常羡慕所有有亲人迎接的同船旅伴！

海轮终于停止了轰鸣，停靠在了香港码头。

执勤的船员还没有开放挂在船舷边的之字形人行舷梯，乘客还不能下船。水手们正忙碌着用钢缆将轮船紧紧地系在岸边，要将客轮与登陆的跳板绑在一起。我注意到，很多乘客都已经相当激动了。可不是吗，香港是整个海洋旅行航程的终点。

香港，对很多人而言，已经是第二故乡，是他们长年居住的地方。

在海轮的甲板上，行李箱、旅行袋、帽盒、木箱、纸箱以及打了捆的大型包裹堆得像金字塔一般。除了这些个人的行李之外，甲板上还站着行李的主人。母亲的手是从来不会闲着的——在我看来，不少动作都是多余的——不仅不能挪下或者说丢失带来的任何一件、哪怕是小小的一件行李，手还得紧紧地拽住、哄着穿着过节般漂亮衣服的孩子。真不容易！可对孩子们来说，混乱就像一个不期而遇的节假日。孩提时的我就有这种体会，每逢搬家，家具不再放在原来习惯的位置上，我就会显得特别兴奋——久远的儿时记忆。

我向下看，眼光越过船舷上的栏杆。此时的香港码头人声鼎沸：人们相互拥挤着、推搡着、无数只手在空中胡乱地挥舞着……完全无序的宏大场面，给人的印象深刻而又独特。依我看，没有哪一位电影导演能组织起如此恢宏壮观的群众场景，即便组织起来，也不会这般生动、自然。可以说，这就是我对中国的第一印象：波浪般起伏的苦力群、暴风骤雨般的喊叫声……

我看见，众多苦力们大都只穿着一条邋遢的、裤脚高高卷起的长裤，赤裸着因烈日暴晒后呈现出的古铜色的上半身。汩汩的汗水在蒸腾，肌肉发达的脊背、脖颈和胳膊显得油光发亮。

我看见一位苦力，正在用一块灰暗的、脏得难以描述的毛巾拭去额头上的汗水，他身旁的另一位苦力则从头上取下那已经皱成一团的宽边帽，夹在腋窝下后扮出一副鬼脸，给人一种严肃中不乏滑稽的幽默印象——辛劳的苦力也自有一份自己的乐趣和享受！再往后的第三位瘦小的苦力则像一位马车夫，绕着自己干瘦的胸脯使劲地甩着两只膀子，那是因为心情激动、兴奋不安，在这种高温气候中他是不会感到寒冷的。

每一次海轮停靠码头，对苦力们来说，都意味着是一次要特别留意的挣钱机会。要搬运行李了！赚钱的机会来了！有时候，他们会特别幸运，能诱使几个初来乍到、不熟谙中国码头行情的旅客上当，几个小时的时间就能毫不费力地"挣"上比平时两个星期还要多得多的钱。别看这小小的铜钱，多几个少几个对码头苦力们来说都是一笔不小的财富。

岸上的喧闹声越来越大，呈震耳欲聋之势。登岸的之字形舷梯已经开始放行，码头上众多苦力组成的人墙也挤得越来越近了，那架势，似乎要把大客轮挤到海里去似的。我已经看见几个穿戴着时髦整齐制服的印度籍警察正在尽英国人职责，用粗粗的竹警棍抡打着苦力，也已经听见苦力群中这里或那里不时传来的、哇呢哇啦听不明白的、痛苦的叫喊声。

那边，几个苦力已经幸运地揽到了活儿，一个苦力正利索地将一个超大而沉重的箱子举到了赤裸的脊背上，看他那轻松敏捷的动作，好像举着的不是一件沉重的行李箱，而是一团轻飘飘的羽毛。不过，你再看他那张紧绷着的脸、看那颤抖的肌腱和几乎要绷断的青筋，你就会知道，他实际付出了多大的努力。

扛着行李的码头苦力们开始迈着稳健的步伐，一步一拍地、有节奏地哼唱着劳动号子，走在人行跳板的厚木板上前往码头货栈。一时间，整个码头上响起了苦力们唱出来的，不！是吼出来的、仅有一个节奏的劳动号子：

"嗨—唷、嗨—唷、嗨—唷、嗨—唷……"

这陌生的、不间断的、有节奏的发自甚至是儿童、妇女以及男人们喉咙的、感情充沛的劳动号子，交替地在码头上空回响着，浑厚有力，此起彼伏，敲打着人心！

辛勤劳作中的香港码头苦力！

突然间，一阵刺耳的、痛苦的叫唤声撞击着我的耳膜！发生什么事了？我赶紧转过了头，原来，一位身材单薄的年轻苦力被肩上扛着的沉重货箱压倒了。四个角均包着铁皮的行李箱轰地一下砸在了跳板厚厚的木板上，也砸在了年轻苦力的左腿上。很快，旁边的另外两位苦力跑了过来，搬开压在年轻苦力腿上的行李箱，扛在了自己的肩上，高兴地、幸灾乐祸地哼着劳动号子又离开了。他俩没有理由不高兴，又得到了一件行李，又能多赚上一笔钱了。至于躺在跳板上、腿上流着血的年轻苦力，他们连看都没顾得上看一眼。

受伤的年轻苦力带着痛苦的表情艰难地支撑着身子站了起来，哀诉着、呻吟着，一跛一跛地向前走着，还要不时惊慌地向后张望，唯恐警察又跟了上来。可不，脊背已经重重地吃了警察一竹棍。在这里，没有人会同情你，由于这位受伤流血的年轻苦力挡住了人行道，所以遭到了警察的殴打！

在此期间，客轮的周围已经聚集了数不清的小舢板和篷船，这是在中国南方的江河湖泊里常能见到的一种十分典型的、可供居住的小型船只。黑乎乎、臭烘烘、脏兮兮的舢板和篷船拥挤地贴着到港的大型客轮，上下起伏的舢板、喧闹叫嚷的船民，像一群嗡嗡叫唤的苍蝇正围绕着一具腐臭化脓的僵尸。

舢板上的女人和孩子们抬头望着海轮船舷边站着的旅客，有的在悲叹地乞讨，有的在兜售手中高高举起的小商品：雕刻工艺、彩绣织物、人造花卉、水果、玩具娃娃、小帽子以及很多其他形形色色的小玩意儿。

小舢板船边，那些连路都还不怎么会走的小娃娃们在扑通扑通地跳水，他们能游能潜，纷纷在水里抢捞着船上的旅客扔下的分币。孩子们还能在舢板船的边缘完成双手倒立等惊险的杂技动作，供船上的旅客们消遣，以博取旅客们开心的笑声。有的孩子甚至能在舢板船面积不大的甲板上非常灵巧地完成连续腾翻三周的绝技。

舢板船的甲板上到处堆放着蔬菜和被煤烟熏得黑乎乎的炉灶，炉灶的周围放着许多坛坛罐罐，一只只肥大的绿头苍蝇正飞舞其间。在这种篷船上，是没有丝毫卫生可言的，孩子们也一个个满身污秽，身上布满了脏兮兮的痂皮。

船上那些做母亲的女人穿着长长的、宽大通风的裤子站在甲板的后面，一来一回不停地摇着船尾的舵桨。女人们的声音清亮且刺耳：一位母亲在兜售她"美貌如画"的女儿，客轮上的旅客可以"借"她的女儿享用，一天只收三个银圆。另一位母亲介绍说，她的小篷船可以载着客人在港口周围的水域兜风散心。还有年轻的姑娘和小姐们在做自我推销，她们背台词似的、哼唱般地叙说着自己的风流故事：在什么时候、什么地点、是怎样成为一个小寡妇的，她现在还那么年轻、那么迷人……她们敞露着、渲染着自己女性的魅力，讲述自己曾接待过多少国家与民族的男人，与多少水手、绅士、记者……共度过良宵，所有的男人们都从她们身上得到了幸福和快乐。有的女人还手持着推荐自己的各种纸片，在空中不停地摇晃。这些纸片都是她们曾经接待过的、深感满意的客人写下后交给她们保存的，相当于一份鉴定和证明……

这就是香港的码头，海水肮脏得可怕，到处漂浮着污秽、龌龊……

入夜，无数的灯光如繁星一般闪烁着，山坡上，看得见灯光一左一右地沿着坡道蜿蜒爬行。

香港之夜，是一幅多么生动、多么壮观、靓丽的景观啊！

香港的夜景，像一个华盖，又像一块自上而下的巨大天幕，在这块蓝黑色的背景天幕上，描画出了一幅淡淡的、若隐若现的城市轮廓：一个城区、一座桥梁、一个山岗、一溜海岸、一片森林……码头黑色的海水前方，阴沉沉地像蒙上了一层雾霭，穿过雾霭仔细看过去，你能隐隐约约地觉察到几艘停泊在这里执行守卫任务的军舰。在这没有一丝风儿的夜晚，军舰上悬挂着的英国国旗正无精打采地垂着头。

远处传来了轮船机舱里机器隆隆的轰鸣声，长长的吊车臂在空中转动，成捆成捆的货物从船的货舱里吊取出来。这是忙碌的港口运输，即便是黑夜，船上的水手们也闲不下来。

前方一条巨轮在缓缓起航，要离开港口了。驶向何方？是回欧洲还是前往美洲？是驶向日本还是驶向任意一个中国内地的港口？前往新加坡还是前往马尼拉？或者是荷兰的殖民地港口……

我已经多次听说，香港是世界上最美丽的港口城市。很遗憾，我还不熟悉世界上的每一个港口城市，无法对这一说法做出自己的评价。但现在我能证明，香港的确美丽无比。

海轮从大洋进入香港海域的那一刻起，香港在我的眼前就展现出了其独特的魅力。海轮数小时之久地行驶在宽宽的且渐行渐窄的进港水道上，直到抵达能停泊的码头。海轮行驶得很慢，虽说左右两边耸立着的是光秃秃的座座山丘，但一段一段形状各异的山丘仍令人过目难忘。在海水和山丘的上方，是无限延展的蔚蓝色天空，进港水道的水则为土黄色。表面上香港海域的风景了无生气，但每处风景又自有魅力，能吸引人并诱发人的遐想。

不言而喻的是，山丘的后面一定隐藏着一个个小的堡垒工事，英国占领军在工事里，把守着水道，监视着每一艘进入港埠的船只。当然，对此人们只能是猜想，外表是根本看不出来的。纯净的山丘似乎什么设施都没有，没有混凝土铸就的掩体墙，没有射击孔、瞭望孔的碉堡，更没有像手指一样直指蓝天的高射炮炮筒。可一到晚间，人们就能见到从山丘后面军事设施里投射出来的、交叉移动的探照灯锥形光柱。粗大的、强烈的光柱幽灵一般在香港的上空晃悠着、搜索着。

大不列颠守卫着香港之夜！

香港是一个仅有八十五平方公里的小岛，位于具有威慑作用的庞然大物——中国的前面。1842年鸦片战争后，中华大清帝国必须将这个岛割让给英国。由于香港岛如此危险地邻近中国大陆，相距仅区区几百公尺，英国人又于1898年在陆地上租下了十倍于香港岛面积的区域作为补充，租期为九十九年，租借的区域就在香港岛对面的一个半岛上。

在英国人20世纪中叶将国旗插上这个中国岛屿之前，香港还是一个荒凉的石岗，没有树，也没有灌木丛，是海盗藏身的理想场所。因此，香港也被视为南中国海不安宁的一个重要策源地。

　　可是，今天的香港岛却如同一个美丽的天堂。质量一流的沥青马路纵横交错地穿行在岛屿上，马路两旁是一排排阔叶成荫的法国梧桐树，上下山坡的路旁生长着茂密的桉树林和樟树林。香港不再有海盗出没，它已经从一个海盗巢穴变成为中国大陆的南大门。每年有将近十万船只在香港码头装卸货物，货物年吞吐量大约在四千五百万吨左右，比法国的马赛（Marselle）港、英国南部的海港或南美的任何一个港口都要多。

　　繁荣的贸易经营业务，宁静平和的工作环境，四处可见的国民银行，高雅的社交俱乐部，鲜花盛开的小花园，迷人的森林，精心保养的绿色草坪……香港已经成为一个经过伪装了的城池，一如西班牙的直布罗陀（Gibraltar）、欧洲的马耳他（Malta）、也门的亚丁（Aden）、新加坡狮城一般，外柔内刚。

　　更多地了解香港，在今天看来是十分值得和必要的。

一个南方人讲述中华帝国的诞生

"秦始皇······为求长生不老，几次派遣方士出海寻找一个神秘小岛，小岛大概位于黄海海湾的某一个地方。当时的占卜者对秦始皇说，那里有一个'极乐岛'，岛上生长着一种仙草，吃了仙草人就可以长生不老。可是方士们既没有找到传说中的岛屿，也没有寻找到仙草······人们却发现了另外一个岛屿，有人说······"冯先生带着些许怀疑的口气说道："这个岛屿就是日本岛······"

※

在广州，我见到了一位年轻的中国人，名叫Fogg，来自一个上流的富裕家庭。在中国北方人的发音里，他的名字Fogg就成了Feng（冯）。

在广州的八天时间里，我几乎天天与冯先生在一起。离开广州的时候，我们俨然已成为朋友，并相互承诺，今后要继续保持联系。他告诉我，打算不久去德国旅游，如有可能的话，希望我在德国能陪陪他。他要亲眼看看并认识他多次耳闻的德国。

冯先生十分推崇德国，包括他的父亲。

有一个问题，多次浮现在我的脑海，要我说，这是一个听起来轻松，但回答起来却并不轻松的问题。这个问题是：中华民族到底是一个衰老的、精力已经耗尽了的种族，还是一个令人期待的、年轻的、还有待于开发光大的种族？一想到中国人拥有的古老文化和长达四千多年悠久的历史，人们就很容易认为，中华民族是绝不可能被视为一个年轻种族的。但是，我所有的与中国人打交道的经历又告诉我：中国人仍然属于新鲜的、未曾消耗有待于开发的年轻种族那一类。在这一点上，我能在我认识的所有中国男男女女中找到答案：不同年龄段的、南方的、北方的、中部的、城市的或乡村的，他们中的不少人都已经成了我亲密的朋友。

众所周知，中国人天性热情奔放，人们还经常能听到一种生物学意义上的评说，即中国人的繁殖能力很强。这些都使中国人直到现在仍能保持着旺盛的、自然的、年轻的生命力。

"中国人有能力，通过自己的力量完成伟大的业绩；中国人有能力，消灭军国主义等破坏性的社会力量；中国人有能力，为民众的福祉从事建设性的工作。总之一句话，中国人是完全能治理好自己的国家的。其先决条件是，有这种可能，即在民族命运的形成过程中没有被中断和妨碍……通过人民的力量和国家的财富，中国有朝一日一定会成为一个繁荣昌盛的国家，成为世界民族大家庭中最坚强的一根支柱！"这是昨天冯先生翻译给我听的一段话，是蒋介石（Tschang-kaischek）先生在1936年举行的国民党代表大会上讲的。冯先生还补充说：

"蒋介石先生相信人民中间蕴藏着年轻的、富有活力而非畸形的力量。这种力量是一个衰老的种族不可能具备的！"

冯先生的话也使我想起了一位英国种族研究学家的一段描述：

"在人类种族的进化上，中国人属于最年轻的一个阶层，尽管他们的文化悠久古老。从种族学意义上分析，他们是年轻的，或者说仍保持在年轻的状态。是的，他们仍具有很强的适应能力，柔韧性大，有原始蒙昧、未曾得到开发的自然特性，也就是说，具有'特殊的天赋尚未形成之前的童年人固有的'特性和素质，这些特性和素质可以说还有待生长成型。"

一位颇有见地和学识修养的中国人称这一点为种族学意义上的"长时期延续的儿童时代"，今天的中国人仍逗留在这个儿童时代。这句话针对中国人特别具有象征意义，因为大多数中国人都显得有些天真单纯，不善严肃认真，甚至可以说稚气未脱。有人也说，中国人天性中缺乏一种责任心。

几乎每一个横贯中国并与中国人有过深切交往的旅游者，都会得出这样一个经验，即这个民族的生命力是不可能被战胜和摧毁的，中华民族的力量只是还未被挖掘出来、振兴起来而已。由于未被开发的这个状态持续的时间会很长，而保护这种原生态的围墙又已经开裂，故在外人眼里，中国人会给人一种无助的、不能自理的、玩耍过度的印象。像一个孩子，一个还没有长大的孩子。在外来的影响下，出于当今时代的形势所迫，这个孩子还必须像成年人那样独立自主。实际上，中华民族就是这样直接地、近距离地呈现在世人面前。而站在远处，人们只看见了他们壮实的、不气馁的、乐观的民族身躯，看到了他们出色的、了不起的文化以及悠久的、从未间断过的历史链，听见了他们富有哲理的警句格言或柔美婉约的抒情诗章……展现在我面前的中国，就像一个童话世界，一个由一群孩子很好地、灵巧地、富有天赋地扮演着的生动活泼的童话世界。

尽管如此，中国却并不是童话。

一位中国人曾这样评说自己同胞的特征：懂事明理、简单朴素、热爱自然、忍耐宽容、与世无争、爱开玩笑、勤勉刻苦、热衷生育、简朴平庸、温和柔顺、家庭意识、满意知足、幽默诙谐、墨守成规、感情用事。

有人告诉我，中国人之所以热爱生活，主要是因为生活的现实价值，这同样也是种族年轻、尚未成熟的一个象征。尽管经历了几千年难以尽数的磨难以及文化熏陶，中国人民对于生活仍始终保持着一种新鲜的"胃口"和兴致。

就拿眼前的这位冯先生来说，他在与我的接触过程中，但凡有机会，他都在用热情洋溢的语言表达着他拥有的广博的知识涵养、浪漫生动的幻想以及炽烈的热爱祖国的感情，但他留给我的印象还是：一个未完全成熟的、有待继续成熟的成年人。实际上，冯先生今年三十七岁，已结婚十五年，是一个六个孩子的父亲。

我俩愉快地在热闹的广州大街上散步，天天都是如此。

广州人是真正的中国南方人，他们动作灵巧，身手敏捷，一般来说，嗓门也比北方人大。中国南方人就整个个性而言，更不安分、更能打动人、性情更加暴躁、更具自我意识，大概也更爱虚荣。漫步在五颜六色、秩序混乱、行人拥挤、车来车往的广州大街上，有时会产生一种身在日本的感觉。这是因为，中国南方人与日本人有许多共同之处，两者的个头都比北方人要小，都十分好斗、胆大鲁莽、骄傲自负。他们都有一种北方人不熟识的、近乎病态的敏感，对外国人表现出来的自以为是、狂妄自大，或者说倨傲而又刻意显示出宽容或友善的那种居高临下的恩赐态度十分反感。而中国北方人，则完全保留着他们不可动摇的镇定自若、慢条斯理的温良宽厚以及藐视他人的优越感。

广州作为一个城市和中国南方的一个文化中心，其历史甚至比北京还要古老。自古以来，这里就是孕育和保留高尚文雅的中国精神和优美别致的文化艺术的摇篮和场所，几乎所有试图改变中国的思想革命运动都是由南方率先发起的。

例如，1911年推翻清王朝的中华民国缔造者和国民精神的创造者孙中山（Sun-jatsen）博士，就是广东人。同样，还有洪秀全（Hung），他打着他所理解的基督教旗帜，为了使中国从外来束缚下解救出来，在20世纪中叶发动了太平天国农民起义。还有蒋介石，也是出生于中国南方。著名的还有他的国民革命第十九路军，几年前在上海英勇顽强地与日本军队交战，十九路军（其前身是粤军第一师第四团）全部将士几乎都是广东人。

广州的意义不仅仅只是一个城市，在数百年的历史进程中，它一直都处在中国北方、南京、北京的对立面，往往还是处于敌对的位置。我有这种感觉，今天，似乎中国南方比中国北方更能理解当代中国的伟大意义和悲剧之所在，也更加迫切地渴望和追求加速中国社会的除旧布新。

广州在许多方面都可以称为最现代化的中国城市。在其他城市，那些洋人以及比洋人更洋人化的中国人在提供现代化城市城建规划的构想时，往往是非常荒谬可笑，甚至是十分愚蠢地拒绝自己国家已经拥有的、最宝贵的、最有价值的民族力量。但在广州，实施这些城建规划构想的，则是真正的、未掺假的、纯粹的中国人。

在广州，你见到的现代化建筑几乎都是由中国人自己设计建造的，中国拥有的、真正的、最现代化的高等学府也在广州。不用说，美丽的中山大学（Sun-jatsen Universität）是广州人最引以为自豪的现代化学府，这是一所能与欧洲和美国的任何大学媲美的高等学府。虽说中山大学是最好的、最先进的摩登学府，但其建筑设施体现出来的风格却是北京、天津以及其他大城市的高等学府所不具备的、典型的纯中国式风格。大学里的房子均为精心设计的大型中式建筑，与周边风景的地形地貌特征相适应。新建的这些中国建筑实用、合理，整体轮廓和分区布局明快整洁，甚至可以说相当雅致，与人们见到的古老中国建筑群类似。

今天一大早，我和冯先生前往广州市郊，参观了美丽的中山大学。大学建在风景优美的山岗上，与山岗接壤的是一大片绿化场地和学校运动场。校园里，上千的男女大学生们在愉快地读书、运动、散步、交谈……他们都是健康、富有朝气，有纪律、有美好未来的一代新人。大学生们穿着由原生态粗糙布料制成的浅蓝色统一校服，这种布料也是中国南方人的专利。校服是布料染上颜色后由本地妇女手工缝制而成的，没有引进什么外来的东西，体现的是一种新式的、独立的中国民族精神。我曾经尝试着用手在一位讨人喜欢的、有着日晒后呈现出健康棕色皮肤的、正在中山大学研修中国文学的女学生身上摸过这种校服布料。说到这里，人们一定会作如是想：这个欧洲人一定是别有用心，借摸衣裳布料的机会来抚摸我们这位漂亮的中国女大学生。我可要坦白地说，潜意识就是如此！

"这种布料是撕不破的，可以穿很长时间。"女学生笑着告诉我。

接下来，我和她凑在一起窃窃私语，我约她晚上再见面，她竟然允诺了，甚至告诉我在城里的哪家餐馆。可是，最终她却没有来，而是把我一个人晾在了那里……

"冯先生，我记得，"我注意到冯先生当时已经没有多大兴趣继续在嘈杂的大街上散步溜达了，于是，我提出建议：

"您不是说要给我讲一个故事吗？要不，找一家茶馆坐坐？"冯先生高兴地答应了：

"这个主意不错，我确实已经很疲倦了。瞧，这里面正好就有一家上好的茶馆。"他指了指前面的一幢大楼。大楼临街的楼面垂挂着很多彩色的条幅和三角彩旗，条幅和彩旗上绣着大个的或黑色或蓝色的汉字，都是楼里各家店铺对外做的宣传广告。

很快，我们横穿过大街，甚至是冒着一定的生命危险走进了商店大楼。因为，车水马龙的大街上秩序十分混乱，叫喊声不绝，人与人之间有时会野蛮地推搡、冲撞……此情此景，我不由得会痛苦地回想起德国家乡那令人不愉快的、需十分谨慎遵守的交通规则。

茶馆在大楼的四楼。

"您真的想听我给你讲一个关于茶的故事吗？"待我们双双在茶馆坐定以后，冯先生问道。

"我觉得不是的，"我回答道：

"您之前说过的，已经想到了一个与当今时代比较吻合的故事，可能类似吧，难道真是关于茶的吗……"

"哦，我想起来了，"他打断了我的话：

"是关于我们中华帝国诞生的故事。"他说话的腔调显得有些生硬、刻板，好像是在一本正经地讲述一个大的通栏标题。

"这个故事涉及一个使人深感了不起的、将权力的施展与发挥成功付诸现实的人……我说的难道不对吗？"他边说边笑地看着我：

"对今天这个时代来说，也是很有现实意义的。"

他又接着说了下去：

"在我们中华偌大疆土上建立第一个帝国的时间大概要追溯到你们欧洲还是一个半岛的时期，也就是今天被概括地称之为'欧洲'的这个半岛，在当时，欧洲半岛还是一个根本不为人知的地方，谈不上有什么意义。这个时间大约是……"冯先生将手放到了额头上，做思考状，轻声低语地说：

"稍等一下，我很快就可以把这个年代推算出来。"他闭上眼睛，嘴唇慢慢地蠕动着。

"大约，"他慢慢地说着，像睡觉一般，眼睛都没有睁开：

"在你们的公元纪元开始前约两百年。"他睁开眼睛马上说了下去：

"帝国的建立我一会儿再向您介绍。帝国建立之前，中国的皇帝就相当于一位地位最高的神父，享有声望，拥有值得人们崇敬的神的圣光，但并没有什么实质性的权力。总的来说，围绕着这样一个皇帝的各诸侯国还都是完全独立的，用句时兴的话表达，即各诸侯国当时完全自治。广大的群众，或者如今天人们习惯说的民众，"他附带补充了一句：

"大多数都不知道，还会有一个皇帝。他们只知道，在某一个地方庄严地坐着一尊神，坐在他们根本就无法企及的那个地方……"

"这样的一种态度对我们民众来说是最好的，"说到这里，冯先生用力地摆动了一下头颅：

"您不应该忽视的是，当时的中国人民已经接受了一百年左右的孔子儒家学说。儒家学说教导民众：在自然秩序的维护上，也就是说，在尊重个人状况和通常的天性差异的情况下，人与人之间要温良恭俭让，以和为贵，并没有基督教宣称的平均主义。孔夫子说，最好的君主是让民众感觉不到君主存在的君主。这样，一个国家就会秩序井然，民众敬仰皇帝就相当于在敬仰一个真正的神。"

我觉得，冯先生引言过后似乎在有意地拖延时间，以便能吊足我的胃口，使我能始终处在一种好奇的精神状态之中。带着狡黠的神情，他故作姿态，出声地吸了一口气，终于慢吞吞地以一种严肃认真的语调又讲述起来：

"不过，在数千年的历史进程中，中国有过多个君王，每个君王都牢牢地将国家的缰绳拽在自己一人手中。君主治国可不像'祖传'的中国名句、格言听起来那般舒适愉快。我们最突出的一个独裁统治者就是秦朝的皇帝，这也是独裁这种统治形式在我们这个半球上的第一次出现。正如前面我所说的，发生在公元前两百年左右。

"有人说，包括有名望的历史学家都强调，这个皇帝为了实现个人野心勃勃的集权统治，第一次将中国人之间存在的一种自然的、建立在人的理性基础上的、君主和臣民之间的太平秩序，简洁地说，即相互之间存在的一种所谓'集体人'的关系，毁坏了、打破了。"

稍稍停顿一下之后，冯先生的语调显得沉着镇定起来：

"其实不是这样的，"他摇了摇头：

"一如历史上常常出现的那样，当时的中国，也正处于诸侯割据的分裂局面，七个诸侯国各自独立统治且相互敌对。一个个小诸侯国的名称，我们现在就不去细究了，眼下并不重要。"冯先生抿了一口茶水，润了润喉咙：

"诸侯列国之间的战争从不间断。当然，在弱肉强食的对抗过程中，实力雄厚的诸侯国国王会成为战争中的胜利者，而这个最后的胜利者就是秦国的国王。不可一世的秦王一举征服了所有诸侯国，赶走了这些诸侯国的国王们，使自己成了这些国家的主宰。

"成为统治者的秦王，用手中的强权——名副其实的权力，顺理成章地、残忍粗暴地、目标明确地实施了自己的暴政，对宗教或社会上的其他思想观念却鲜少过问。出于对手中权力的着迷，具有天才意志力的秦王用铁腕清除了挡在前进道路上的所有障碍。他要废掉从古至今的全部历史，要让世人以后不再知道在他之前发生的任何历史事实。秦王还给自己封了一个大的名号：始皇帝，翻译成德语，即Der erste Kaiser（第一个皇帝——译注）。要知道，"冯先生以训导的口吻继续说了下去：

"中国人民在此之前已经经历了多个朝代，但秦始皇却一概不顾，他之前的所有都得废掉，完全不要。中华民族、中国历史、中华帝国要从他开始，他还合乎逻辑地作出决定，即从他开始，代代君主均为皇帝，序号为秦二世皇帝、秦三世皇帝……以至万世。

"不言而喻，秦始皇拥有了绝对权力，即所谓'独裁'。他废掉迄今为止所有的诸侯列国，将天下分为臣属的三十六个郡，郡又分成若干个行政县。他的官吏机构，从最高官员至最低的收税官员以及负责治安的警察、监工均按这一原则改建，即每一个官吏都要个人对皇帝担保和负责。他的意志和愿望是：只有一个皇帝，就是他自己；只有一个帝国，就是他的帝国；只有一套礼仪，就是他颁布的礼仪；只有一个信仰，就是信仰他拥有的、绝对的神的使命。"冯先生说得十分兴奋、激动，柔弱的手指还不由自主地攥成了拳头。

"这是中国历史上第一个强权的中央政府，这个政府，难道不会……"他镇定自若地、友好地瞅着我反问道：

"……使人感到与今天这个时代合拍吗？相符吗？即政府、宗教、权力和社会生活秩序都集中在少数几个伟人手中，国家机构的'血液循环'都高度集中在了一起。"说到这里，冯先生还不失时机、煞有其事地正了正自己的领带。

"一个国家要做到长治久安，就必须有一个强有力的中央政府，这个思想在当时也不算什么新鲜内容，并不是秦始皇的个人发明。"冯先生继续宣讲着：

"公元前450年前后，当时的秦国（Tsing）就生活着一个王侯，大名商鞅，根据史籍上的记载，也叫卫鞅（Wai-jang）。商鞅提出，只有通过法律手段的应用，通过狠狠地打击人民中间具有危害作用的力量以及国家的敌对势力、取消诸侯国国王宗室的特权、强化国家首脑的权力，一个强大的中央集权和国家政府才能成为可能。商鞅算是中国法学界一位国家级的科学家，属于历史上著名的法律哲学流派——法家。法家视确定的、神圣的国家法律为基本原则。商鞅后来推出了自己拟就的刑事诉讼法，史称'商鞅变法'。秦始皇本是'商鞅变法'的支持者和拥护者，但成为皇帝之后，他突然就改变了立场，在做出每一个决定和讨论每一个问题时都排斥新法，而只将他的个人意志视为国家的最高法律。

"当时，也有很多人反对皇帝，特别是那些有学问的老学究们。这些人往往也不能很好地解释和评价孔夫子的学说，自负狂妄地抵制它。他们的态度和立场是，过去父辈政府推出的基本原则，现在必须为后裔所沿用。他们经常公开地抨击皇帝，并引经据典，以强化他们的观点。

"对此，秦始皇采取了断然措施。他命令中华帝国所有的臣民要将家中收藏的春秋列国史记、诸子百家典籍、历代人文著作都统统交给当地的地方官员，然后再将收集上来的这些堆积如山的书简一把火都焚烧掉了。冲天燃起的火光成就了历史上著名的'焚书'事件。我想，您一定也听说过这一事件。"听冯先生此时的口气，似乎打算终止这一话题，但他的头脑仍在斟酌、在沉思。

"所有上古时期流传下来的典籍文献都付之一炬，在这个世界上永远地消失了。"冯先生慢慢地重复着，抿了一口茶后，若有所思地沉默了下来。

"不过，"冯先生又说：

"关于占卜算卦、天文地理、农业经济以及医药方面的书籍还是得以保存了下来，少量当时本要烧掉的禁书也偷偷地被人们私藏了起来。在这里，我们要特别感谢那些敢于违反禁令、勇敢无畏的学者和文人，他们将这批书偷偷地藏匿起来，有的埋在地下、有的放在不为人知的保险地方、有的砌进了砖墙，有的人甚至将整本整本的书背诵了下来，然后再凭记忆一代一代地口头传诵，直到最后又用文字记录下来。要知道，违反皇帝禁令的人，得到的惩罚是不能宽恕的死罪：砍——头！数百学者和文人都因此而丧失生命，被砍掉了头颅！"冯先生斩钉截铁地蹦出"砍头"这两个音，像一个军人在下达一道命令。

"无畏的、果断的性格，加上一群追随他、为他出谋划策的幕僚，"冯先生继续说道：

"秦始皇从内部巩固了他的帝国。一旦完成了内部整肃，他马上决定扩大帝国的疆域。"冯先生向前俯弯下身子，双手小心地捧着茶杯，像捧着一朵含苞欲放的花朵。他眼睛向下盯着茶水，试图通过一来一回缓缓地头部移动，在茶水水面上找到自己头的倒影。虽说在玩游戏，但他并没有停止叙述：

"中国的疆域当时还只限于黄河流域的中部地区，东部边境还不到大海。秦始皇首先向东，将疆土的东部边境扩大至黄海边，然后向南一直打到了'交趾支那'（Cochin-china，'交趾支那'为法语名称，意思是南部，指的是越南南部、柬埔寨之东南方。"交趾"是中国古代对越南的称呼——译注），获得了大量的疆土。在西边，秦始皇又将我们今天称之为四川的这块肥沃的狭长地带收归己有，使秦国长长的南部边界直抵富饶的扬子江流域。

"在声势浩大的疆土扩张行动之后，不可一世的秦始皇建立了第一个大中华帝国，这块疆域一直保持到今天。真是妙！妙！妙！"冯先生突然出乎意料地叫了起来，还攥紧拳头连续有力地在桌面上敲了三下。

"您知道吗，即使放在今天，这也算是一个了不起的丰功伟绩！"他又转向我，嘟嘟囔囔地说了几句我听不懂的南方方言，我只能听懂北方话。不过我想，他一定是在诅咒什么，因为语音语调是怒冲冲的，面部表情是愤慨的。几天来，我还是第一次见到他流露出如此激动的表情。冯先生的手指仍紧紧地握住茶杯，好像要表达的是：我们中华民族要紧紧团结在一起，或者是想说：我们的国家不允许任何外来者入侵。

我毫不怀疑，我的朋友冯先生有着高尚的爱国主义情操和信念，但我又不得不作如是想，即在这一点上又不能完全认真严肃地去接受他（这种类型在今天的中国还大有人在）。我不禁自己问自己，既然如此爱国，为什么冯先生又什么正事都不去干，而只是依靠他父亲的钱财悠闲舒适地享受个人生活呢？冯先生没有工作，而且从来就没有工作过，他甚至还为自己能身居社会的高贵阶层而感到无比自豪。为什么他自己就不能身体力行地去真正为国家效劳呢？即便挣钱对他来说并不是必要的。在我看来，他拥有足够的人文知识，完全可以在某一个方面为国家所用。只有聪明的头脑、友善的姿态和高雅的情操是不可能保证拥有持久的、富有意义的生活的。更主要的是，没有一个民族和国家会认可冯先生具有的这种本身并不坏的特点，特别是在今天这个时代。但我还是要时刻提醒自己，千万不要对冯先生表达我的这种想法。我知道，如果我这样要求他，他会感到十分沮丧的，况且，他还是会按照原来的方式继续生活下去。因为，他同样是一个还没有完全长大的、内心世界尚未定型的、还不能、也不想去感受西方人文社会意义的人。从这个角度上讲，我想，他计划中的德国之旅，对他思想意识的改变一定会很有帮助。

"秦始皇的朝代为'秦'，"我听他继续往下说：

"根据这个Ts′in音节——人们以后已经知道，'秦'是我们国家的先民，——引出了'China（中国）'和'Chinese（中国人）'的名称，如今天人们推测的那样。"

"为什么秦始皇的统治不继续向西和西北方向扩张呢？"我问道。

"他确实尝试过，"冯先生道出了缘由：

"但没有成功。在北方，那时居住着野蛮的匈奴部落，也就是你们欧洲人称呼的'Hunnen'（胡虏——译注）。匈奴人经常侵犯秦国，但也一次次地总是被赶走，爱好和平的中华民族总是希望和平安宁的。但遗憾的是，今天的中国人民太讲究和平和友善了。"他不失时机地补充了这样一句。

"这些野蛮部落实在是令人可怕，就像可怕的狼群一样。与匈奴人出没一样，那一带也经常有狼群出没。饥饿给匈奴人壮胆，驱使他们不断地入侵，他们破坏内地所有的一切，掳走的就更多了。他们来无影去无踪，神不知鬼不觉，要想抓住这些野蛮的、狼群一般的匈奴人，谈何容易！

"这群四处游荡、居无定所的乌合之众，没有自己的文化，既没有文字，也没有人们能够听懂的语言，只会像动物般地大声号叫。他们骑着敏捷灵活、飓风一般狂奔的骏马。这种马当时还不为秦人所熟知。他们的脸应该也是狰狞可怕的、变形的、怪模怪样的、野性的、干巴巴的、粗糙的、带着深深裂纹的……不管怎样，我们过去的史书上就是这样记载的，顺便提一句……"叙述中冯先生插上一句话：

"我一下子想起了一位天主教教父撰写的一篇关于胡人的文章，您知道吗？当然这是很晚以后的事了。"

"是的，是的，"我急忙予以证明：

"我是读过这方面的一些文章，胡人……"我话还没有说完，冯先生又插了进来：

"我也读过一些，这些文章对胡人的描写多多少少有些恭维和奉承。"就在我点头同意时，他又接过先前的话茬：

"人们能够与这些乌合之众交战，能打败他们，赶走他们，但就是抓不住他们，无法彻底地消灭他们，强势的秦始皇也拿他们没有办法。一骑上骏马，他们就闪电般地消失了，又回到漫无边际、不为人知的蛮荒之地。人们多次试图追赶这些马背上的胡人，但每次都是无功而返。

"为了有效地抵御匈奴人的不断入侵，秦始皇决定，修建中国长城——万里长城（一万华里，约五千公里），这样，便可保护北疆不再受到残暴的匈奴人的侵犯。"

"真是很有意思！"我禁不住插了一句。

冯先生对我因新奇而颇显幼稚天真的回答报以浅浅的微笑，他的表达很可能出于某种说不出来的原因使我有些难以相信，因而表现出一种孩子似的惊讶态度。我有些不好意思地、下意识地用食指在桌面的彩绘图案上钻着孔，好像这才是世界上最重要的一件事情一样。

为掩饰尴尬，我为自己点上了一支烟，冯先生又说下去了：

"这个长城今天仍能见到的，就是屹立在北方，将中国内地与满洲、蒙古地区隔开的长城。长城在北京与谋克敦之间的山海关边终止。

"在秦始皇时代，长城完全是另外一种模样，不是像现在这样连贯的砖墙结构，而是一道由泥土堆集起来的、高高的、简陋质朴的土墙。以后，才在历代皇帝的授意下，用灰砖或就地采集的山石砌成砖墙，因此形成了真正的抵御能力。长城的平均厚度为十米，高度将近十米，可以作为军队沿北部边境快速推进的军用公路。城墙上有难以尽数的城楼和小塔楼，很多城楼高达数层。城楼上长年驻扎着军队，日日夜夜地守卫着边防。

"这是一个雄伟的蓝图，中华帝国的长城今天仍作为历史的见证屹立在那里。"冯先生情不自禁地大声叫了起来：

"但是，我们也切不要忘记那些为修建长城付出了自己生命的芸芸众生。上千年的工程啊！"冯先生将食指高高举起，又重复道：

"为修建长城，中国人民劳作了上千年，才有了今天这个规模。如果您有机会到北方去，一定不要错过去长城跋涉的机会。"他向我建议道：

"即便您穿破三双鞋底，也是不可能将长城走完的。"

"您能想象吗？"冯先生突然问我：

"如此浩大的工程是如何完成的？我似乎看见，为了贯彻执行皇帝的指令，成千上万的劳工，被挥舞着皮鞭和棍棒的监工驱赶着，黑压压的、像一群群蠕蠕爬行的蚂蚁，布满在五千公里长的边境上。采石场上，劳工们凿出石块（炸药和机器当时是不可能有的），然后弯腰弓背、上山下山，将方石块扛到、拖到工地上，在工地上再用灰浆垒砌起来……我似乎听见，毫无怜悯之心的监工尖利的呵斥声，落在劳工赤裸脊背上沉闷的棍棒击打声以及累垮了的劳工痛苦无奈的呻吟声、哭喊声……在这强制劳作而产生的伟大力量面前，我深感战栗。修建长城的劳工中有罪犯、学者、作家、商人、农民，有富裕人家受宠爱的男儿和穷苦人家品行端正的后代，有以前的贵族、白发老翁、丧权落魄的官僚以及声带都还没有完全变过来的稚气少年，还有不少妇女劳工。妇女劳工中有妓女、有行为不检点的姘妇，也有坚守操守道德、保持贞洁的女孩，她们唯一的过错就是没有让歹人奸淫、强暴……在这里，你可以见到坚持不下去的弱者和老人相继死去，可以见到累倒在地、被殴打流血、久病衰弱、冻僵或中暑的劳工，可以见到背着石块在山坡上痛苦地跛着脚艰难行进的残疾者……可以见到遍野腐烂发臭的尸体，还可以见到没有父亲的婴孩出生，伴随着的是年轻母亲悲哀的抽泣……"冯先生情绪激动地又唠叨了好一阵。

"如果今天站在长城上，"冯先生的语调趋于冷静、客观：

"没有人会想到这些惨死的劳工。换句话说，柯先生，您会为这些成千上万服苦役的人感到心痛吗？"冯先生睁大眼睛看着我。

我没有感到吃惊，而是继续安静地嗑着口中的盐炒瓜子。我不乏熟练地、就像我在北京张小姐那里学会的那样，用牙先嗑开瓜子壳，然后在嘴里用湿润的舌头将瓜子仁剔出来再吃进去。那味道真是好极了！边吃瓜子边喝茶，茶水也会觉得更加芳香。

"确实如此！"我继续听冯先生讲述：

"任何人、任何民族都潜藏着向往伟大，效尤伟大的崇高幻想，这种幻想不会潜藏在极端低劣的人种当中。回顾历史，每一个民族都会为自己创下的丰功伟绩而感到自豪和骄傲的！"冯先生降低了他的声调。

我琢磨着，他还想说些什么。他在努力寻找一种适当的表达，但没有实现。过了片刻，他放弃了这种努力，以一种平静的语调又说道：

"我也为秦始皇感到自豪，为他的伟大感到自豪，是他的伟大成就了我们这个民族。尽管秦始皇也干了很多令我深恶痛绝的事，但是，任何一个伟人在发出耀眼光芒的同时也是会留下令人遗憾的阴影的，当是自然法则。

　　"秦始皇以一种不屈不挠的力量、以合乎逻辑的思考除旧布新，摧毁了陈旧的势力，成就了新的壮举。他派遣科学家、军队将士外出，考察无人涉足的新地区。为求长生不老的仙药，他几次派遣方士出海寻找一个神秘的小岛，小岛大概就在黄海海湾的某一个地方。当时的占卜者对秦始皇说，那里有一个'极乐岛'，岛上生长着一种仙草。吃了仙草，人就可以长生不老。可是方士们既没有找到传说中的岛屿，也没有寻找到仙草。但是——传说是这样的——人们却发现了另外一个岛屿，有人说……"冯先生带着些许怀疑的口气说道：

　　"这个岛屿就是日本岛，谁知道呢！"他耸耸肩，继续下去：

　　"按这个说法，中国与日本两千年前就有了交往。"冯先生摇晃着头笑了起来，颇意味深长地说：

　　"尽管如此，我还是感觉不到日本是我们的近亲，也不喜欢他们，今天就更不喜欢他们了！"他的语调听起来严肃认真，带着思考，随后是一阵沉默。

　　我急切地期待着，他接下来会说些什么，我真正感兴趣的是他能说些现实的话题。我很快将嘴中的瓜子壳吐到了地上

（在这里是可以随意往地上吐的），想继续听下去。但遗憾的是，冯先生并没有就中国和日本这一话题展开：

"据今天的资料介绍，秦始皇在世时还修建了很多规模宏伟、金碧辉煌的宫殿，其中最了不起的一座是建在首府咸阳（Hsien-jang）的'阿房宫'。阿房宫的正殿可容纳上万人，二十米长的旗帜可以挂在殿内的墙上。这个在皇帝的授意下，短时间建成的豪华宫殿耗用了徭役劳工七十万人。遗憾的是，阿房宫以及其他宫殿现在都已经不复存在了，后来的入侵者和连年不绝的战争将这一切都夷为平地，宫殿里数不尽的珍宝也被陆续盗走了。几百年来，这些珍宝一直散落在世界各地。"冯先生的声调越来越低。

我想，他一定是累了，没有太大的兴趣继续唠叨下去了。谁又知道，他脑子里现在在想些什么呢？果不其然，当我提出结束今天谈话的建议时，冯先生丝毫没有犹豫就表示同意了。

我们约好明天一早再打电话。他回家，我回酒店。

我现在人在上海，几个小时前在酒店里与塔玛阿（Tamara）一起用过早餐。

塔玛阿是一个身材娇小、无家可归、令人难以忘怀的白俄罗斯姑娘。塔玛阿太漂亮、太可爱了——如她遥远家乡的其他俄罗斯女孩一样，富有青春的魅力与活力。塔玛阿性格温柔，一对注视着你的大眼睛十分富有灵气，她那动人的、非同寻常的个性只有心灵最纯洁的人才会拥有，这样的人我怎么可能忘记呢！她会永远出现在我的回忆之中。她有时候会哭，但不像其他女人那样。她哭，不是因为我，而是因为她给我讲述的故事：对俄罗斯、对这个她从未见到过的家乡的虚幻记忆。塔玛阿是在上海出生的。

来上海之前，我从广州去了日本人占领的台湾岛，在那里过的圣诞节。这是我在太平洋岸边一个整洁小巧的日本歌妓馆里度过的一个别样的圣诞节：没有雪花和圣诞树，只有灼热的阳光以及浑身淌着的滚滚热汗。歌妓馆里，七个打扮得花枝招展、举止轻佻的日本女人陪伴着我。她们将削好的苹果一块块频频送进我的嘴里，我还都得把它们吃进去。一个老掉牙的留声机"咯吱咯吱"地在角落里唱着，发出的噪声甚至压住了音乐声。歌妓们有着纤巧细嫩的小手和手指，可惜，她们的话，我一句都听不懂。

十五天以后，我来到了上海。上个星期三，我认识了塔玛阿。现在，我正在写这段故事，今天晚上已经有朋友邀请了我。如果不出什么意外的话，我明天一大早会前往南京继续我的旅行。我不打算坐火车去南京，而是想沿着扬子江边坐长途客车，也可能我会中途提前下车，如果某一个地方能特别吸引我的话。

今天的上海大雨滂沱。

上海在哭泣！上海有足够的理由哭泣。大街小巷，人人都在议论，日本人要来了……

　　　　　　　　　　1938：德国记者笔尖下的中国和日本

我回忆起我经历过的那些瞬间，这些瞬间已经成为永恒，但我总能想起来，即便我早已过世，循入天国，我也能想起我自己，想起地球，想起与我交谈过的那些芸芸众生和我曾经漫步穿行的、有着色彩缤纷与喧哗热闹的街道及广场的许多城市；我能想起我报道过的中国，想起现在仍坐在法租界自己房间里的白俄罗斯姑娘塔玛阿——她应该正在镜子前整理自己蓬乱的金发吧！

　　我想到了这些，因而记下了这些……

在上海，婴儿被遗弃

女人从灰墙中拉出一个抽屉，将一直紧紧抱在怀中的包袱放了进去，小心翼翼地、缓慢地、迟疑地……伴随着伤心的哭泣，迟疑地、缓慢地、不情愿地将抽屉推了进去。又是"哐"的一声，灰墙上的抽屉关上了，弹簧锁落下锁住了。可女人此时却十分激动地开始拉着抽屉，使劲地摇晃，很可能是想把抽屉再次拉开。但是，太晚了！抽屉再也拉不开了。

※

上海，大雨如注。

为了抄近路，我正穿过上海的一个大型跑马场。

跑马场的地面已经被雨水泡得泥泞松软，一脚下去就是一个既大又深的脚窝，直至踝关节几乎都得陷进去。我还得特别注意，唯恐在提脚时不慎将鞋留在了泥里。我的全身已经被大雨淋得透湿，由外及里，直至肌肤。头上的小毡帽越来越紧地将我的额头扣住，雨水像溪流一样从帽檐处顺着鼻翼、脸颊、耳朵往下流淌，径直流进衣领……皮肤贴着湿漉漉的衣服，开始还感觉特别难受、不舒适，现在也慢慢习惯了。不过，从东南方向吹过来的、裹挟着味道浓郁的大海气息的海风，对我的嗅觉来说还算是一个令人愉快的善举。只是时不时会有从湿透的衣领沁出的、伴随着雨水的体味干扰着我的嗅觉，棉织物打湿后的气味确实十分难闻。

跑马场，在这里称之为Race-Course（竞赛场地——译注），坐落在上海国际贸易区的中心。

如果没有暴风骤雨的轰鸣声盖过了城市交通的嘈杂，在这里，我就能听到各种各样的喧嚣声：黄包车夫的吆喝声、来往的各种车辆的鸣笛声、"嘚嘚嘚"奔跑的马蹄声、沉重的人力车发出的不规律的"嘎吱嘎吱"的摩擦声……这些声音现在都听不见了，只有持续不断的、数百万计的雨点集中在一起轰轰烈烈地包围着我。

通常情况下，上海的气候沉闷阴郁、蒸晒湿热、黏糊糊的，下场雨就会使人倍感清新提神。此时此刻，我就感觉这座百万人口的大城市似乎一下子敞亮了，回归到了原始的自然状态，人似乎又置身于清净的、由上帝营造出来的、自由自在的荒郊野外，置身于乡村大地田园般的平和与安宁之中了。

实际上我现在所处的位置，与车来车往的繁华大街相距只有数百米。

环顾四周，我能看见很多彩色的灯箱广告。霓虹灯管、白炽灯泡、耀眼的各色图像，在灯箱上一亮一熄地、节奏紧凑地闪烁着。各式各样的广告灯箱上光珠滚动，瞬息万变、流光溢彩……人物形象、男女头像频频闪现。一会儿，你看见啤酒白沫漫溢的巨大酒瓶；一会儿，你看见灯光装点的香槟在硕大的酒瓶里涌动；一会儿，魔幻般的光影在戏弄姑娘风中飘动的裙边……红色、绿色、蓝色的霓虹灯箭头在黑夜中跳跃着，指示着一个个小卖部、酒吧、旅店、卡巴莱剧场、餐馆、军人俱乐部……的具体方位。突然间，广告灯箱四周光珠滚动的速度与频闪的节奏逐渐加快、再快、更快……光流顺着灯珠，血红色、黄色、金色……五彩缤纷，令人眼花缭乱！

这边，刚才还是黑暗一团，忽地就蹿出了一缕紫色的灯丝。只见灯丝的光亮在急速、有次序地追逐着、蜿蜒地爬行着，瞬间形成了一个大的紫色光环。光环的中央又迅即闪出一束草绿色，渐渐又演变成金黄色。金黄色的图案刚刚定格，尖端处又冒出麦穗状的花序，还没等你数到三，灯景又立刻更换，一切又从头开始。紫色的灯丝又舌头般地蹿了出来，又是……

"塔克、塔克、塔克……"在声响的节奏中，光影追逐着光影，快速地、精准地，一个接着一个地……字母、词汇、句子，醒目的通栏标题，瞬间地、依次地闪亮登出，又瞬间依次地隐没消失……

这就是上海——花花大世界流光溢彩的夜晚。

上海之夜，是厚重的中国大书中的一页。

中国，是一本难以阅尽的大书，一本最具现实意义的当代大书，一本鲜活的、蕴含着五千年历史的大书，一本孕育着未来的大书。

注视着这闪耀的灯光广告，我战栗地、肃然地体验着这魔幻般的光影世界，我似乎看见了地球上最大的国家——中国的今天，也看到了来自三千年前孔老夫子时代的中国人的心灵画面。在现代化灯光广告魔幻般的循环演绎中……历朝历代在转眼间闪出、逝去，日、月、年、百年、千年在其间渐变、流逝。时代在更替，繁华与贫穷在变化……

"兴衰交替，此乃天道。"此刻，我不禁想起了中国伟大的历史学家司马迁（Sze-ma-Ts'in）的评说。在数千年的历史进程中，中国人民一直伴随着战争、忧患，也伴随着伟大和创造。20世纪30年代末的当代中国，将会又一次面临战争的忧患。一想到这些，眼前的这些现代化的商业广告灯火，又像是污浊的小池沼里的鬼火，在病态地抽搐、躲闪、鞭打……这貌似繁华的背后，实际掩藏着的是要将穷苦的、下层民众骨头里的最后一点骨髓都压榨出来的险恶用心。

这是现代化中国大都市华贵和富有的假象，迷惑人的灯火游戏给人们带来的只是一种沉重的悲剧感。因为，我们知道，闪闪发光的外表后是十分之九以上、令人难以置信的、贫穷的中国人的痛苦。

塔楼敲响了午夜的钟声，如注的大雨还在下个不停，轻快地吹拂着的东南风还没有平息。我好像刚从梦中醒来，感觉不到丝毫的倦意。可就在刚才，在与塔玛阿坐在烟雾弥漫的小酒馆里时，我已经在昏昏欲睡了。

"不，我还不想马上回旅店，还想在雨中清醒清醒。"我在自我调侃。

蹚过路面上深深的水洼，脚踩着泥水，发出"吱吱"的声音。哇！这情景太美妙了。难道还有比这场雨更令人神往的吗？此时的我，像在一块褐色的陈年沃土上耕耘，正感受着泥土迸发出的活力和混合着马粪臭味儿的泥水鲜活的气息……

怎么搞的，雨竟如此之大，连一根烟都无法点燃！咳！我又上前紧走了几步。现在又是什么地方呢？是灌木丛吗？是矮树林吗？哦！原来是将整个跑马场团团围住的矮树篱笆，一个密密匝匝地篱笆墙，但出口又在哪里呢？

夜色漆黑，伸手不见五指。我将帽檐拉下遮住脸庞，欲低头向前，在矮树丛形成的围篱中拓开一条走出跑马场的路。行进中，树枝被撞断，反弹回来的枝条像鞭子一样抽打着我，树叶也随之纷纷落下。好不容易，我艰难地穿过了矮树丛围篱，终于站在了跑马场外的人行大道上。大道湿漉漉的沥青街面反射着五光十色的灯箱广告，恰似一条流光溢彩的闪光彩带。

情景如画！

轿车在飞驰、黄包车在奔跑……我很快横越街道，逃避似的跑进了一条昏暗的、但较为僻静的侧街。这里没有五光十色的灯箱广告，只是在很远的某个地方零星可见地悬挂着几盏散发着微弱亮光的灯笼。这个时辰，街上几乎见不到一个人影。我就让强劲的风这么推搡着行走，自己都不知道该朝什么方向。向左、接着向右，横过马路、穿过小巷……一辆黄包车迎面走来，问我是否愿意坐他这辆破旧的车回家。我拒绝了，继续随心所欲地慢慢溜达在上海一个我十分陌生的城区。尽管湿漉漉的西服沉沉地压在我的身上，但我的内心却感到很轻松，好像沐浴在春风之中。

对于深夜探险，我一直抱有很大的兴致。

迎面又是一辆可怜的黄包车，我本想避开，拐进小巷，可黄包车夫已经看见我了。大概觉得有生意要做，黄包车夫一阵小跑径直朝我而来，令我躲避不及。我又挥手表示拒绝，但这一次却没有奏效，黄包车夫已经站在了我的面前，正满脸堆笑地看着我呢。

"请上我的车吧！"黄包车夫提出请求，车挡住了我的去路，直接就停在我的脚前。

"我把您拉回租界，您一定住在那里。"车夫说：

"在这种大雨天里，您是不可能步行回去的。"

看着车夫苍白瘦弱的脸，我突然产生了一个奇异的念头。我对车夫说：

"好（中国人说'好'，也表示'应允'），请你上车！"我十分礼貌客气地请车夫坐上车去。

顿时，他脸上的笑容消失了，屏住了呼吸，睁大眼睛惊愕地望着我。他的面部表情是无助的，甚至有些犯傻。他明白了我的用意吗？

"是的！"我又坦率地补上一句：

"请你上车，我来拉你。因为，我想当一回车夫，你也应该自己坐一坐。"说这话时，我的语气十分坚定，有点不容置疑。

"但是，"他迟疑着：

"这可不行，还是您上车吧，我把您送到您想去的地方。"然后又惊讶地自言自语道：

"我一生中还从来没有遇到过一个外国人竟要拉我。"

车夫远远地吐了口痰，痰在空中划出了一个漂亮的抛物线，接着，又从袖口里抽出一条脏兮兮的灰色汗巾，擦了擦脸上的雨水，仿佛要使自己清醒清醒似的。上千年来根深蒂固的社会等级观念作祟，使他不知所措而表现出一脸的茫然。

"这怎么可以……"他还在喃喃自语，有些不解，近乎气恼……

"你上车吧！"我再一次敦促着他：

"我来拉你，你要去哪里，可爱的先生。"我真诚坦率地看着他的脸说道。

他迟疑地向后退了一步，仿佛要将我看得更明白些似的。他用疑惑的目光将我从上到下打量了一番，我脏兮兮、湿漉漉的一身很难使人产生信任感！看起来，他还没有弄明白我的意图。

"不用害怕，"我安慰他说：

"我只是想拉着你围绕这片住宅区转一转，我还是会付给你五角钱的。"

尽管我这样解释，他还是一副迟疑不决的样子，用大拇指很快地摸了摸自己的鼻子，几乎是半恐惧地走近他的黄包车。他终于准备上车了，但行动非常迟缓，一步挨着一步。

"我不是劫匪，"我继续安慰他，尽量显得若无其事："我只是想体会一下做一个车夫拉车的感觉。"

车夫终于坐上了车，像坐在灼热的煤球上，畏惧害怕的目光追随着我的每一个动作。我从裤兜里掏出承诺的五角钱，递给了他，也使他相信我意图的真诚。他很快接过了钱，在这点上，他既没有害怕也没有犹豫。接着，我站在两个车把手中间，双手抓住了车辕，扶起车子开始拉了起来。

拉黄包车比看上去要简单一些，车一动起来就不怎么费力了。车夫跑起来轻松得就像没有车一样。因为，坐车人的重量正好压在车轴的上方，保持着车的平衡。当客人舒适地靠在车座上———般都会这么靠着坐——车身就会失去平衡，车辕把杆会上扬。上扬的举力通过攥着把手的两只手上传到全身，就会相应减少拉车车夫的地心引力，两条腿跑起来就会像装上了弹簧一样，十分轻松。但不管怎样，拉车人都要特别小心，因为坐在车上的人不会那么安分，他们一会儿要向后靠，一会儿又可能猛地向前俯身。在这种情况下，就有可能出现车辕把杆从车夫手上滑落的危险。

我很快就掌握了拉车的技巧，仅仅几百米后，跑起来就像一位拉车的"老手"了，兴致盎然的我甚至有些悬浮飘逸的感觉，好像地心引力减少了一半似的。现在我也似乎明白了，为什么一个黄包车车夫能够连续不断地跑上一个小时都不会感到太过吃力。只是上坡的时候感觉会重一些，不仅要拉上车的重量，还得加上乘客的重量。在我拉的这一个短暂的行程中就要经过一个小小的拱桥，拉上桥我就已经气喘吁吁了。下坡路则十分轻松，但要特别注意，不要超过自己双腿的速度，车子推着人向前的力量是相当大的。

大约拉了十五分钟的黄包车，雨点一路在不停地敲打着我的面颊。这项运动给我带来了极大的乐趣，特别开心的还有，我完全不用担心着装，反正已经湿透，脏得不能再脏了。

"Ding-chau（顶好）！"我听见了车夫在后面的叫唤声。这是一个褒奖词，他在赞扬我。但尽管如此，他还是十分紧张地、带着恐惧直挺挺地端坐在车座上，他在担心他的黄包车。作为初学者，我是很容易失去平衡而踉跄摔倒的。这样，车辕把杆就有可能落地摔坏。要知道，两根质量好、有弹性的木头车辕杆是很贵的，至少是车夫拉上一个星期的收入。但我没有摔倒，相反，还拉得相当好，车夫下车时还在这么夸奖我。

我问车夫："我车拉得如何？"

"顶好！顶好！"车夫又不停地夸奖道。当我为了对他因坐车要忍受惊吓予以补偿又递给他几枚铜钱时，他更是喜形于色了。

车夫慢慢地拉着车离开了，他很激动，可不是吗？不仅有了这一非同寻常的经历，还如此轻易地赚了更多的钱。好一会儿了，他还在不时地回头看我，然后消失在一个昏暗的侧巷里。他现在又在怎么想我呢？

我继续在深夜中散步。现在已经是凌晨两点半钟，如注的大雨还在下个不停，但风已经明显减弱了。沿着街面，我经过商店、饭馆、澡堂、旅店、妓院……光线微弱的街道上没有一个行人。夜上海，直到现在我都还不熟悉的穷苦人居住区的夜上海，给我的感觉就像一处大的戏剧布景。

我的思绪回到了过去，更确切地说，我想到了以前的上海。

五十年前，上海当时还只是一个条件尚好的渔村，后来，来了外国人。外国人入侵中国，也带来了商品，在这里从事买卖交易。慢慢地，中国成了世界贸易地，这个渔村也发展成为一个小的城市，继续发展成为一个中等城市，进而成为一个拥有百万人口的大城市。

现在，上海已经成为一个国际性大都市，是中国最富有的、规模最大的城市，也是享誉世界的五大都市之一，拥有人口近四百万。林立的高楼大厦、令人印象深刻的金融大楼、华丽的酒店、别墅王宫、大型工矿企业、浓烟滚滚的烟囱，等等。短短的半个世纪，这些建筑就在以前渔民们晒鱼网的地方雨后春笋般地冒了出来。以前渔村的房子，根本就看不到了。新城区建了起来，有富人区、穷人区、别墅区、外国人区、商业区，还有贫民窟……黄浦江沿岸，耸立着巨大的港口设施，能见到来自世界各地的远洋巨轮。船舶在这里抛锚，在这里起航，将货物带进来，又将货物运出去。商贾云集，贸易繁荣，金融兴旺。今天的上海已经成为重要的国际港口和贸易城市，国际化规模之大，似乎都不属于中国了。

不过，上海确实是中国的……

前面是什么？我发现了一个弯着腰的人影在慢慢地横过街道。看清楚了，是一个女人，夜风正将她长长的头发吹起。好一个幽灵般的画面。

"这是一个不修边幅的女人，大概是一个街头妓女吧。"我这样暗自思忖。

我慢慢地靠近，小心翼翼地沿着街边房子的墙根，以免被她发现。相隔大约五十米，我看得更加清楚了：一个女人，胸前还紧紧地抱着一个包袱。被风吹散的头发湿漉漉地贴在额头和鬓角上。

"深更半夜了，这个女人还在这里干什么呢？"我自己问自己：

"还有她表现出来的令人奇怪的行为举止？"

我继续走近，像一个猎人，顶着风，缓慢地、轻灵地、紧紧地贴着墙根前移。在一个光线昏暗的门前我站住了，女人就站在离我几米远的地方，我都能清楚地看见她的脸了。由于我身处暗处，她看不见我。这是一个年轻的女人，看起来还像是一个少女。苍白无力的样子，不修边幅的打扮，一缕缕黑色的发绺散乱地耷拉着垂挂在脸上。她走过街道，显得那般迟疑犹豫，面对一面灰墙，她站住了，神情呆滞地、吃惊地盯着灰墙上的某一个地方。不一会儿，她又畏缩地向后退了几步，身体像在打战。她又站住了，略向前倾的身姿助跑似的好像随时准备再次向灰墙冲去。

"是要撞墙吗？"我脑子里突然有了这一闪念：

"没准我今天又能挽救一个年轻的生命了！"我屏住呼吸，不无忧虑地继续注视着。

女人的怀里抱着一个紧紧裹着的包袱，里面裹着什么东西？是偷盗来的赃物？还是一只可爱的小花猫……女人低下了头，我看得十分真切，她弯着身子，正用脸颊亲抚着怀抱里包袱中的……那轻缓的、充满爱意的动作分明饱含着无尽的情愫。

此时，女人抬起了头，表现出一副自负且坚定的样子，眼光像钉子一样逼视着身前灰色的、冷冰冰的墙壁。顺着她的眼光，我竟发现，墙上齐腰高处还有一个黑色见方的大印块。是什么？黑暗中我无法辨识。隐约间，觉得四方印块上有一块小牌子，牌子上还写着三个汉字。不过，不远不近地隔着这个距离，三个汉字我还是无法清楚地解读。

女人还在犹豫着，像在畏惧什么，迟疑地、退缩地……然后，内心似乎下了什么决心，又向灰墙前进了一步，随后又惊恐地退回一步，明显地感到吃力、难受。看上去她很绝望，陷在一种难以了断的自我烦恼当中。我也让自己做好了准备，随时准备前去营救。

现在，女人又开始向灰墙走去……看来不会再退缩了！她艰难地拖着步子，靠近了灰墙，又站在了黑暗的四方印块前面。像为惊骇所攫住，她忽地直起了上身……可一会儿又弯腰俯身下去，充满爱意地用脸颊抚摩着包袱中的……又害怕地、紧紧地抱了抱怀中的包袱。

过了一会儿，女人似乎恢复了些许镇定，转过身想离开。可走了几步，她又停了下来，仍孤寂地站在冷清的街道中央，脸面对着我的方向转了过来。我极力屏住呼吸，唯恐被她发现，不然的话就太尴尬了。她现在一定天真地以为，她是独自一人在这里，没有人注意她、偷窥她，可我却感觉自己像一个小偷。她的眼睛向下盯视着街道地面，苍白的脸痛苦地扭曲着，带着忧伤的、可见的褶痕，嘴角向下垂挂着。她的皮肤是灰白的，泪水留下的渍印像蜗牛爬过了一般。

我听见了伤心的哀鸣声，是女人在暗自抽泣……我感到非常奇怪，触景生情，也产生了哭的冲动。我当然没有哭，只是闭上了自己的双眼，努力地让自己心有旁骛，去想一些能令人高兴的事……

有一次，在印度洋航行的途中，海轮上举办一次舞宴。曾经的一幕出现在我记忆的荧屏上：

我认识了维奥拉（Viola）女士，这个娇小、苗条、温柔的金发女郎却有一个身材肥胖臃肿的丈夫……她用充满慈爱的心对我讲述着她的两个玲珑秀气、天使般可爱的孩子。这是一种只有母亲才会拥有的、纯洁无瑕的、完全利己的爱。是的，是一种自私的、排他的爱……

突然，我意识到，风什么时候已经停了。万籁寂静的夜晚，只听得到雨水从屋檐上滴落下来的声音，滴答、滴答……

又听见女人轻声的哭泣了，我的思绪回到了现实，眼前的这个女人，还在用脸颊不停地亲抚着胸前拥抱着的包裹。

希望她没有发现我！我油然而生同情，好心情全没了，突然有了一种疲劳和苍老的感觉。而且，长时间的站立使我感到吃力，偏偏在这个时候小腿肚又开始发痒！但我不敢弯腰去挠，任何一个微小的动作都可能会出卖我，泄露我躲在这里的秘密：在这里偷听、偷看……

突然，她抬起了头，直起了身子，表现出果断的、坚定的神态。她将耷拉在脸上的发束猛地甩到了脑后，眼睛直视着没有星星、只有流云的夜空。她的下嘴唇不再向下耷拉了，嘴唇抿成了一条线，一条"终结线"。到底要终结什么，到现在我还不甚明白。她的眼睛急速地睁大，闪射着亮光——几近残酷的亮光。

现在，女人又慢慢地走回到灰墙，在黑色的四方印块前站住了，站在了这个令她辗转犹豫的地方。她开始用抽搐的手伸向四方印块，我能清楚地看见她的每一个动作。我是那么的紧张！

突然，"哐当"一声！是金属碰撞的声音，响声在深夜死寂的街道上回响着，重重地敲击着我的耳膜。

塔楼的钟声此时正好敲响了四下……

女人从灰墙中拉出一个抽屉，将一直紧紧抱在怀中的包袱放了进去，小心翼翼地、缓慢地、迟疑地……伴随着伤心的哭泣，又迟疑地、缓慢地、不情愿地将抽屉推了进去。又是"哐当"一声，灰墙上的抽屉关上了，弹簧锁落下锁住了。可女人此时却十分激动地开始拉着抽屉，使劲地摇晃，很可能是想把抽屉再次拉开。但是，太晚了！抽屉再也拉不开了。

女人蹒跚地、跌跌撞撞地往回退了几步，摇摆着身躯，颤颤巍巍地向地面弯下了腰。她跪了下来，双手撑地，向着街道的石板路面低下了额头。她在磕头，面对着灰色砖墙上的黑色抽屉！

我又听见了她伤心的哭泣声……

很遗憾，昨天晚上我没能追上那个女人，她像黄鼠狼一样一下子就溜掉了。我还没走到她的身边，也就不到五十米的距离，她拐进了一条侧巷。当我试图追上去时，她已经消失了，也不知进了路边的哪一扇门，了无踪影。

有人在敲我的门。

"请进！"睡眼惺忪、意识还懵懵懂懂的我叫了一声。年轻的侍应生进来了，为我端来了早餐。

"年轻人，"趁他在桌上摆放早餐的时候，我与他聊了起来：

"我想问问你，昨天深夜，也就是今天凌晨我见到了一件非常奇怪的事，很可能你比我知道得更加清楚。在跑马场的对面，你知道吗？那里有一条侧街……"侍应生点点头，好像在表示：您不用再往下说，我已经明白了。

"您先吃吧，不然，咖啡凉了，烤面包片也不好吃了。"侍应生殷勤地建议，并将早餐桌子推到了我的床边。

"我见到了一个女人，"我继续讲述我的奇遇：

"她的行为很古怪，哭得很伤心，总是在一面灰墙前迟疑、犹豫，然后拉开了灰墙墙面上的一个抽屉……"

"我知道了，我清楚是怎么回事，"侍应生迅即打断了我的话，说道：

"这是'Chieh-Jing-chu（弃婴处）'，是一个行善堂！"

"原来是这么回事。"我连忙说：

"穷苦的妇女去这个地方，取回点什么需要的……不！"我连忙自己打断了自己的话，接着说：

"可这个女人并没有取回什么，而是将什么……"

"……给了出去！"侍应生接下了我的话茬，笑着将我要说的话说完了。

"婴孩……"他很快又补上一句。

"我也是这样认为的，"我插上一句：

"将一个裹着婴孩的包袱给了……"

侍应生没有耐心地又打断了我的话，摇摇头说道：

"不是，不是这样的，贫穷的女人生了孩子，不知道自己用什么来养活他（她），就会找一个漆黑的、见不到人的夜晚，来这里将孩子放进灰墙上的抽屉匣子里。这种事几乎每天晚上都能见到。"他讲给我听，带着平静理智的语调，好像这是世上理所当然的一件事似的。

"但是，"我不无惊讶地问道：

"小孩关在抽屉匣子里不会挨饿受冻吗？这也未免太残忍了吧！"

"不会的，"侍应生对我说：

"小孩是不会挨饿受冻的，那里是一个行善堂，只要抽屉门一关闭，里面的电铃就会响起来，很快就会有人过来，从里面将婴孩接走，你明白吗？"侍应生那语气，好像是在反问我，接着他又说道：

"婴孩留在行善堂里喂养，长大以后，就会让他们学上一门手艺，如木匠、司机、鞋匠、裁缝……有天赋的孩子还会让他们写字读书。婴孩的一切在行善堂都安排好了，完全不用担心。"他进一步安慰我说：

"也会有富裕的家庭，由于夫妇俩没有孩子，又希望有个孩子，就会去行善堂，挑选一个自己喜欢的孩子领养。"

"是谁建立的这样一个机构，谁又来扶持它呢？"我又问侍应生。

"是这个城市里几个有钱的中国人家庭。对这些家庭来说，钱不是问题。"侍应生说得很快，看来他还有很多事等着要干。

"您还需要几片烤面包吗？"他一口气又问了我一句。

"不用了，谢谢……那么，"我追问道：

"当妈妈的以后还有可能去看望自己给出去的孩子吗？"

"为何？婴孩在行善堂的生活要比在妈妈那里好多了，另外，她又怎么知道，哪一个孩子是自己的呢？婴孩送出去时，长得几乎都一样。行善堂里有上百个弃婴，如何辨认得了呢？每个人来了都会说，这个或那个是自己的孩子。里面的人也不认识孩子的母亲。这是行不通的。"侍应生对我的问话感到惊奇：

"给出去就给出去了！之后，也不能投诉和索赔。只有有钱人，能够付得出钱来的人，才可以挑选其中最漂亮的孩子，作为自己的孩子带回家。"

"太可怕了！"我感叹了一句。

我不禁又回想起深夜里的那一幕，那个绝望的女人在雨中、风中、夜色中、在空寂的大街上，思想在激烈地斗争着、来回地徘徊着，直到最后艰难地做出将孩子给出去的决定……

"这有什么可怕的呢？"我听到侍应生惊讶的、不解的语调：

"完全没有什么可怕的，这是善事。你要知道，以前贫穷的女人养不活孩子是怎么做的吗？她们将孩子就这样放在街边，还有不少婴儿直接就在很多大型外轮停泊的地方被丢进了黄浦江。不是这些女人狠心无情，她们是不想亲眼见到自己的孩子活活饿死。"

年轻的侍应生的音调突然降了下来，他沉默了。然后又想开口补充几句，嘴张开了，但什么也没说出来，只有街上已经明显减弱了的城市喧嚣声还在断断续续地传来。

"我们中国人很不容易，必须与生活做艰苦的搏斗，才能勉强地活下来。你们外国人是不可能理解这种生活的……"他

63

悲叹地、缓慢地诉说着，此时的语调充满了感情。

"我想，中国不是将子孙满堂作为上天的一种恩赐吗？怎么可能会这么容易地将小孩给……这样做不是违背了你们的宗教、习俗了吗？"

"可以这样说，"侍应生思考了一下又说道：

"但是人的需求，人要活下去的欲望却迫使着人、使人成为非人……例如，男孩就很少遗弃，主要是女婴，因为女婴不是家族的继承人。"他对我解释。

突然，他向我抱歉，向门边跑去。他确实太忙了，不能继续陪我聊天，其他的客人还在等着吃他送去的早餐呢！

阳光从窗外流泻进来，银亮的、耀眼的晨曦。透过晨曦，人们能清楚地看到细微的、悬浮在空气中的尘粒在熠熠生辉。如果对着空气中的尘粒吹上一口气，尘粒就会像飓风一样四下飞旋，无数的灰尘就会在空气中野性地、狂放地跳上好一阵"圆舞曲"才会渐趋平静。然后，灰尘又会轻飘飘地继续悬浮在闪烁的阳光中，给人以平和、阳光般的童年梦幻。

但谁又会注意到这些呢？灰尘毕竟是灰尘，从原则上讲，人生在世一定就比悬浮在空气中的灰尘更富意义吗？

此时，我突然想起一首中国古诗开头的一句：

今朝有酒今朝醉

……

我按响铃声又将佣人叫了过来，还想要一杯威士忌，今朝有酒今朝醉……一阵电话铃响惊扰了我的思绪：

"哈罗，哪一位……哦！是旅行社……是的，我要订一张明天早晨的车票，去南京，是的……"

闲话老子

"老子应该是一位传奇般的长寿之人，按照民间的说法，老子根本就没有死。

在一个风和日丽的下午，老子骑上一头青牛出关了。

……人们再也见不到他。他可能骑着青牛上了高山，登上了云雾环绕的山峰，消失在了云烟中、雾霭里，或者存在于云彩间，人们不可能再见到他了。但现在还有不少中国人相信老子总有一天会重返人间。这样，中华民族会再次伟大富强起来，中国将会变得宁静、秩序、和谐……"

※

"在古希腊苏格拉底（Sokrates，公元前469—399年，著名的古希腊思想家、哲学家、教育家——译注）漫步雅典城，将自己的思考闲聊似的讲述给他人听的百年前，在印度乔达摩（Gauthama，古印度著名思想家、佛教创始人释迦牟尼的姓——译注）佛祖给信徒们宣讲他神秘的顿悟学说的同一个世纪，中华民族也诞生了一位伟大的人物——老子（Lao-Tse），一位幽默、讽刺、风趣的哲学大家。老子的伟大堪比伏尔泰（Voltaire，法国启蒙时代思想家、哲学家、文学家，被称为法兰西思想之父——译注）。"乔（Tschau）先生对我如是说。

乔先生是一位年轻俊朗的中国人，是我在上海至南京的长途汽车上认识的。我们此时已经离开了南京城，正行进在前往郊外紫金山的路上。紫金山上有我想参观的著名陵墓和辉煌的文物古迹，山上，在中国明朝（1368年——1644年）皇帝的遗骨旁还安放着中华民国的缔造者孙中山大总统的陵墓。乔先生兴致很高，我俩边走边聊。他的德语还凑合，是在上海城附近的同济（Tung-chi）大学学的。

"如果我们古老的传说没有错的话，老子应该是在你们的纪年开始前来到这个世界的，出生在中国的河南省。遗憾的是，关于他年轻时的经历我们均一无所知。"乔先生就事论事地陈述着。为了练习自己的德语表达，他像在口授一篇在学校里完成的论文。

"年轻的时候，老子应该任过公职，在洛阳城里任国家编撰史籍的文书官员。"说到这里，乔先生指向西方，继续说：

"洛阳是当时中国朝廷的所在地。与现在一样，当时的中国也处在动荡之中。"我新结识的朋友带着平静的语气强调说：

"那些专横独断的将军们，与今天的当权者们如出一辙，完全是根据个人的感觉、好恶来统治和治理这个国家，皇帝的权力仅限于少数几个城市以及城市的周边地区。整个中国大地，可以说是无法无天，一片混乱，人民怨声载道，承受着无情的统治者们强加给他们的沉重负担。"乔先生停顿一会儿后，又略带思考地轻声补充道：

"顺便要说一句的是，中国今天的情形似乎就是那个时代的重复和再现。"他的眼睛盯着脚下尘土飞扬的黄土地，深思的表情似乎要说：就是在这同一块土地上，今天发生的事情当时也都发生了。

说到这里，乔先生用力跺了跺脚，看样子是要将鞋上的泥土跺掉，但更多的像是要发泄自己内心愤懑的情绪。

这里的风景是迷人的，坡度平缓的山丘覆盖着密密的、绿茵茵的草皮，像绵延起伏的绿色波浪。一路上，我们不时能遇到一群群放养的水牛。水牛头上长着非同寻常的、大且尖硬的弧形牛角，角尖向内弯曲着。水牛在温顺安详地低头吃草。令人诧异的是，周围竟看不到一个放养牛群的牧童。此时，又迎面走过来一位挑着满满两大筐、进城卖蔬菜的菜农。菜农一言不发地从我们身边走过，听得到他沉重的喘息声，看得见他勤奋辛苦的模样，汗水正像溪流一样地顺着光裸着的脊背往下淌。

"是的，这些大权在握的诸侯们，"乔先生又开始继续说下去了：

"对当政的国君不屑一顾，导致朝廷内部也很不团结。诸侯们各自为政，在皇宫大院里密谋策划，相互勾结。谋反、暗杀成了宫廷里的家常便饭。"说到这里，乔先生若有所思地沉默了下来。

他取下帽子，用手帕擦拭着额头上的汗水，嘴里还在嘟嘟囔囔地表达着不满的情绪。到底在嘟囔些什么，我也听不大明白。不一会儿，他从裤兜里掏出了一包香烟，递给我一支后，自己也点上了一支。

我们继续前行。

"我必须不断地重复这一事实，"我聆听着乔先生那柔和的、带着些许女性特征的声音：

"即当时的情形与今天中国的情形别无二致，尽管两个时代相距两千多年。国家内部也是这般四分五裂，也一样面临着来自外部的、掠夺成性、贪得无厌的侵略者的威胁！当时的侵略者是来自北方的'蛮族'，今天的侵略者也是来自这个方向……"还没有结束这句话，他又摸着自己没有胡子的下巴继续喃喃自语着什么，同时，举起松弛的手腕，大拇指向后指了指身后北部的天空方向说道：

"Jiben、Jiben……"乔先生说这话时流露出来一种听天由命的无奈语调。"Jiben"，中文意思是"日本人"。

"……也是来自北方的蛮族！"乔先生愤愤地声音非常清晰：

"按照当时的说法，只要是不直接从属于中华帝国的民族都被称为'蛮族'。"

"话题又回到了老子。老子坐在洛阳的'办公室'里百无聊赖……"乔先生降低了声调，略加思考，为了更快地将自己头脑里形成的想法表达出来：

"洛阳，古老的皇都，这个城市今天还在，往西，扬子江的上游。今天的洛阳是长途飞行的飞机中途降落的地方，相当重要，"乔先生特别强调：

"对未来飞往欧洲的洲际航线来说，也有着非常重要的意义。洛阳、兰州、哈密、乌鲁木齐……地理位置上，已经在你们欧洲的经度上了。"说这话时，他特意用手指着我。

"老子，"乔先生又接过了刚才的话头：

"当时端坐'办公室'的老子对国家的现状并不满意是完全可以想象的，就像我一样，作为一个中国人，对今天中国的现状也很不满意。应该说，任何一位有思想的人都不会对今日之时局有好感。"乔先生讲得很快：

"特别是对宫廷里拉帮结派的现状，老子深恶痛绝。因此，他毅然决定，与'国家公务员'工作说'再见'。老子最幻想的是，到一个人口不多的小地方，一个宁静安详、民风淳朴的小地方、一个国家权力干涉不到民众的小地方、一个完全按自然法则生活的小地方……老子如此梦幻着。他辞掉了自己这份稳定的工作，离开了洛阳城，开始游走辽阔的中华大地，他又一无所有地像以前那么穷了。"乔先生的眼光再一次低下来朝着大地，像是在寻觅老子的足迹。

"老子无欲无求，十分健谈，不仅有修养、讲人性，而且勇敢大胆，拥有理智而又正确的态度。他脑子灵活、善于应对、极富幽默感……没有什么事能难倒这位智者，所到之处很受欢迎。

"老子有着难以令人相信的、十分健康的身体，虽然不是那么健壮，但柔中有刚，可以说，像体格既柔软又强悍的食肉动物，至少人们是这么评价他的。老子独有的、远大的抱负表现在他根本就没有抱负上，'因为抱负'在他认为'是所有卑鄙、所有不满足、所有道德上失礼、所有纵欲无度的根源……'在长期的、孤独的游走中，他的内心更加成熟了。他的思考、灵感、经验、观察在渐渐增加，渐渐浓缩、聚集成为一个相互关联的整体，成为一个生动形象的、一团朦胧的雾气、一幅有声有色的画面，以致最后形成了自己对世界的独特理解。他的观点是如此深邃，如无底的水，如此高远，如无边无际的天。"乔先生提高了声调，先看看地，又抬起头来望着天空，保持着仰望天空的姿势，他继续说道：

"突然有一天，他觉悟了、觉悟了！"乔先生重复着，像一个正在做报告的官员，富有感染力地继续着：

"人的生命就像一条狭窄的小路，向上延伸、延伸……这是一条由自然本质规定了的发展之路，路的两旁是蒸腾的雾气、深渊、万籁俱寂……这条小路的汉语表达为'道'。因此，老子哲学中的生命学说也就称为'道德经'，这是我们民族伟大的生命哲学中的一种。

"只有'道'能将人带入真正的和谐。'道'是永恒的、无为而无不为的。老子如是说。"乔先生的一番介绍浪漫且深奥，好听但不好懂。

　　"在老子幻想中的'小国家'里，所有的人都应回归于清香四溢的大自然，有些类似于法国人卢梭（Rousseau）想象中的理想国，通过'无'——没有抱负的、天堂般的纯自然状态——实现'有'的提高。'退为进'，老子这样说，很可能是针对他自己。他继续游走着，脚步没有停下来。

　　"庄子，"乔先生继续介绍：

　　"是老子众多优秀学生中的一个，他是这样描述'道'的：'道不可听，可听就不再是道了；道不可见，可见就不再是道了；道不可言，可言就不再是道了。能成形的形体，自己则是无形的。因此，道也是无'名'的。宇宙万物形成之前是什么，是'道'。'道'使事物回归原本，但'道'本身不是事物……'"

　　"这也就是说，人们其实什么都不知道，是吗？"说到这里，我问道：

　　"老子长什么样呢？我在想，诸如他的穿戴、他的行走、笑容或者……就没有留下什么描述吗？"

　　乔先生首先耸了耸肩，整理了一下自己的上装，好像在为老子整理着装似的。他紧了紧领带结，取出自己的手帕擦拭着鼻子，在我看来，表情颇为尴尬，可能他对我幼稚的问话有点误解。不过，他很快就镇定下来，咳嗽几声后又继续介绍起来：

　　"表面上看起来，老子的生活是没有什么条理的，像一位总是笑容可掬的'无用之人'：破旧的鞋、不灵活的步伐、懒散的举止、愉快而不拘礼节地性格，吃饭时也是吧唧吧唧地咂舌……没有人能模仿老子喝茶的样子，也没有人能像老子那样慢条斯理、有滋有味地喝酒。他的衣装是舒适的，但邋遢得令人难以描述。

"在任何地方，他都可以倒地而睡——农田里、森林里、山崖上，在烟气缭绕的农舍、阴暗潮湿的地下室、寺庙殿堂里的地板上。当然，他也可以在王宫贵族富丽堂皇的大床上……无处不可，处处都是享受。他睡觉时发出雷一般的鼾声，老远都能听到。"说到这里，乔先生的音调降下来了。

我们已经到达目的地了。

浅白、明亮的阶梯就在眼前，沿着紫金山的南坡向上直至孙中山先生的陵墓——今天的中华民族圣地。那边还有壮观的明代皇帝陵墓，陵墓的旁边是一座座漂亮的、各自独立的灵塔，这是为缅怀国民革命中阵亡的将士兴建的。紫金山脚下延伸着的是整齐洁净的体育运动场，运动场上有漂亮的检阅场、环形跑道以及经精心保养维护的草坪。

我与乔先生慢慢拾级而上。

"乔先生！那么，老子到底在哪里？在什么时候、又是如何逝世的呢？"我不失时机地又提出了余兴未尽的关于老子的话题：

"到今天都没有人知道，"我得到的是这样一个回答：

"老子应该是一位传奇般的长寿之人，按照民间的说法，老子根本就没有死。在一个风和日丽的下午，老子骑上一头青牛出关了。老子将青牛唤过来，抓住牛角，骑了上去，拍了一下牛身，在那里还掉了一只鞋，然后毫不迟疑地向西骑行而去，远远地、远远地……人们再也见不到他。他可能骑着青牛上了高山，登上了云雾环绕的山峰。老子消失在了云烟中、雾霭里，或者存在于云彩间，人们不可能再见到他了。但现在还有不少中国人相信老子总有一天会重返人间。这样，中华民族会再次伟大富强起来，中国将会变得宁静、秩序、和谐……"边说边登石阶的乔先生十分吃力了，呼吸已经急促起来。

站在紫金山上放眼四野，风光十分旖旎迷人，山岗起伏，原野碧绿，分外妖娆。远处是宽阔的、滔滔东去的扬子江水。江边延展着由三十四公里长的围墙围起来的南京市，市区里大片的房屋建筑海洋般波澜壮阔，一如滔滔江水冲刷而成……

江河与山峦——两个民族心灵

地震神话和洪水传说，更多地、更强烈地形成了中日两个民族完全不同的性格特征。谁要是在日本旅行，而不想思考深深植根于日本人心灵中的火山和地震，那就根本不可能正确地理解日本人。同样，谁要是来到中国，而不去关注中国人因担心、害怕、希望而写下的那些关于江河以及洪水泛滥的神话和传说，谁也就无法真正把握住中国人的心脉。

※

在浦口（Pukow）前往天津的铁路线上，有一个小车站，离小车站不远的地方，有一个不引人注目的小村庄。村名为"刘家村"，寓意"刘姓人的家乡"。

"刘"是中国人常用的一个姓氏，像其他中国的"大姓"一样。在整个中国，姓氏不超过四百个，你可以想象，该会有多少人共一个姓氏，上百万人姓张、姓李、姓王、姓孔、姓焦、姓谭、姓冯……是毫不奇怪的了。

浦口位于扬子江的北岸，与南京城遥遥相对。

刘家村约有一百八十位村民，但仍被视为中国的一个行政管理区。村里均为简易的土坯房屋，一条较宽的乡村马路围绕着村庄。马路上尘土飞扬、高低不平，只要一下雨，就会成为一条几乎不能行走的泥潭路面，其泥潭之深，一脚下去，几可陷至膝盖。村里有树，但树不成林，这里一棵，那里一棵，随处零星可见。盖在泥坯房上的是厚厚的呈钝角的茅草屋顶，为居住在屋里的村民遮风挡雨。农舍的后面大多会有一个宽敞的院落，围绕着院落的简易篱笆墙大都由植物茎秆编织而成。农家院里一般都会喂养几头嗷嗷叫唤、黑鬃蓬乱的牲猪以及羽毛鲜亮、咯咯觅食的鸡群，有时候还能见到两三头小毛驴在院子里安静惬意地咀嚼着饲料。村民们还喂养奶牛，一般来说，奶牛在扬子江北部流域很难见到，几乎没有。

刘家村的周边是大面积的黄土地平原，向南走是扬子江，向北走则可抵达黄河。这个大平原是一块以"悲剧的方式"肥沃起来的土地。确实如此，它一直被世人称为中国的一大粮仓基地。

自古以来，在人们能够记得起来的岁月里，就有周期性到来但又是人们根本无法预防的、因江河变化无常引起的洪水灾害。只要这个季节来临，黄河、长江以及其他小江小河的洪水，就会带着巨大的威力，肆虐着、咆哮着泛滥在这块平原上，造成十万以上的甚至更多的、难以计数的人丧失生命。但只要洪水一退，灾区的农民就又会返回自己的家乡，在积水尚未完全消退的这块潮湿的平原大地上，沿着老房子的墙基开始兴建新房。中国农民这份故土难离的情结，是完全可以理解的，也是值得尊重的。可想而知的是，连年洪水泛滥，连年泥沙囤积，这块平原也因此逐年肥沃了起来。

相对于日本的地震灾害，洪水给中国人带来的危害要更大，死亡的人要更多。如果说，日本人将火山视为命运之神居住的圣地，那么，中国人则是将洪水视为神灵的所作所为。洪水是神的魔法和光华，是神的意志。作为神的象征，有神龙、神蛇、神龟、神鱼等。它们都居住在水里，通过"发大水"，即洪水泛滥来影响、侵犯、主宰人类的命运。

这样类似的体验和观点深深地隐含在两个民族的心灵中，是的，它决定着这两个民族的精神状态。地震神话和洪水传说，更多地、更强烈地形成了中日两个民族完全不同的性格特征。谁要是在日本旅行，而不想思考深深植根于日本人心灵中的火山和地震，那就不可能正确地理解日本人。同样，谁要是行走在中国大地，而不去关注中国人因担心、害怕，而又充满希望地写下的那些关于江河以及洪水泛滥的神话和传说，谁也就无法真正把握住中国人的心脉。

中国是一个江河之国，日本是一个火山之邦。日本人不想逃避自古以来就相伴而居的危险火山，中国人也不想离开他们性情乖戾、暴躁不羁的大江大河。

火山与江河根据神灵的心情来索要祭品，且年复一年地不断再现。灾区的人民也听天由命、顺其自然地不去考虑采取什么措施才能有效地避免这些自然灾害，减轻自然灾害带来的危害。他们不希望比他们信奉的神灵更加聪明、理性。他们觉得，上天就该拥有赐福人类或惩罚人类的权力。因此，水灾过后，中国农民会认命地又回到长江与黄河之间那块土质肥沃的地区。

中国人与日本人一样，都十分忠诚于他们家乡的土地。

黄河是中国人的一大"心病"。"心病"这个别称是17世纪统治中国的清朝嘉庆（Jhia-Ching）皇帝赐予的，还是嘉庆皇帝驾崩前颁发的最后一道圣旨。

黄河发源于西藏（Tibet）西北部高原四千米高的巴颜喀拉山，自古以来，中国的纪事年表就对这条河的洪水泛滥和历来的战争破坏做了记载。直到今天，黄河都是一条与传奇故事联系在一起的河流，中国农民祈祷黄河就像祈祷掌握着生杀大权的命运之神一样。他们爱戴它、害怕它，也听命于它。他们不想离开、也确实不能离开这土质肥沃的黄河流域，这被视为中华民族发源地和摇篮的地方。

黄河从发源地至北直隶（Petschili，按现代的说法，黄河入海处应在山东渤海海湾——译注）海湾汇入黄海，全长超过了三千多公里。由于在自上而下漫长的流程中，黄河裹挟着大量的山石碎片、卵石和黄泥，故黄河之水从不曾清澈过，总是混沌的、稠稠地充满着黄色的泥浆。因此，中国人将这条河命名为黄河——"黄色的河"，蒙古人则称之为"喀喇木伦（Kara-murren）"，意即"模糊不清的、黑色的河"。黄河水中含有的大量泥沙沉积物是造成年年发大水的真正原因。黄河在上游落差很大，下泄的河水很容易将泥沙裹挟下来，河水经开封（Kaifeng）进入平原地区后，就不再有山峦的束缚，也几乎不再有高低差距导致的流水加速，故黄河也就将一路携带着的沉积物囤积在这里，这里也就成了洪水泛滥成灾的起始点。

由于黄河进入平原后河水流速降低，上游带下来的大量泥沙随即沉入河底，从而也慢慢导致黄河河床年复一年地增高，河床的增高又导致河的水平面也相应增高。如此一来，每当一场大雨来临，河水就会在河道的狭窄处猛烈地冲击河岸和堤坝的上沿，一旦河水越过河岸、冲垮堤坝，就会如猛兽一般涌入人口稠密的居住区，没有什么力量能阻止这一强有力的洪水泛滥。

在围堤造坝方面，中国人有着很高的工程艺术造诣。这种历经千年的工程建设在中国被奉为一种神圣的、至高无上的社会行为，为历朝历代的中国皇帝所亲自关注。洪水泛滥的次数以及造成损害的规模，在以前中国历史学家的笔下，被评价为神灵给一个统治者恩赐财富的多少和程度。预言家、算命先生、和尚道士以及那些具有慧眼、具有特异功能的人士则解释说，水患有否、规模大小取决于神灵喜怒无常的情绪。一个君主神的圣光、一个朝代的兴衰往往就取决于这戏剧性的突发灾害事件。

今天的地理学家们已经研究确认，意大利的波河（Po）每年从上游携带一千一百五十万立方的泥沙，美国的密西西比河（Mississippi）比波河要多出二十倍，每年的泥沙携带量是二亿一千二百万立方，而中国的黄河则是五亿立方。这样一来，黄河河床高出两岸地面至十米也就没有什么可奇怪的了，这也是堤坝决口原因的解释。只要洪水拍打、冲刷、淹没堤沿，水就会迅速四处漫溢。

经过地质学家的计算，黄河的河口每年都在向海里推移近一百米，以至于自12世纪初马可·波罗（Marco Polo）以来，在天津海湾，海底已经隆出海面长达五十公里。就这一发展，另外一位地理学家甚至认为，现在仍被海水覆盖着的黄海，会成为未来中国平原的一个延续部分，即在不远的将来，这个海会被河流带进的泥沙填满而演变成陆地。

在扬子江与黄河共享的洪泛区我已经停留好几天了，就住在小小的刘家村。我已经很好地适应了这里的环境，打算多住上几个星期。在这里，我整天四处闲逛（我很惬意这种闲逛的方式，因为它能使我得到真实的所见所闻），甚至是毫无目的的。我不想向中国人传教，不想让他们皈依其他的什么宗教，也没有要在这里从事商贸经营活动或政治活动的远大抱负。在长途旅行的过程中，我往往是采用步行的方式。遇到独轮车，有时候我也会上去坐一坐，尽管它颠颠簸簸的并不舒服……在与刘家村相邻的小村庄里，我与土生土长的男孩、女孩、年轻的小伙子、姑娘们、老头老太太以及大妈们聊天交谈，虽然他们说的全是本地方言，但江南的方言我基本上还能听懂。我与农民，与乡下年龄最大的、牙齿几乎都已经掉光的老翁，与短期逗留此地的粮商以及其他农产品贸易商交谈，与很多人在闲暇之余喝茶、饮酒、唱歌，有时候也搂着女人过夜……我什么都干，只要我愿意，完全根据个人私下的消遣欲望。

我不是一个间谍，但是人们却喜欢根据自己的意愿和想象，挑起这个讳莫如深的、对我来说十分难堪的话题。我不得不一次又一次地、颇为尴尬地向他们解释。在这穷乡僻壤，有时候我会感到孤独，十分想念远在天边的德国家乡。有时候，美美地睡上一觉后，我会感觉自己是一个诗人或作家。我就会去尝试，一个人待在一边写点什么，但不是去虚构、编造。有时候，我感觉自己像一个哲学家，毫不谦虚地说，像中国伟大的哲人老子。有时候，我也会为一些小事懊恼、气愤……其实，在哪里不是一样呢？我知道，在这一带，我不是最聪明的，不是最机敏的，也不是最勤奋的。事实上，我在这里什么都没有干。

当然，我也会思考一些社会问题，如上面所表述的，思考中国的河流。

在这里，我虽不是一个不受欢迎的人，但却是一个最奇怪、也最引人注目的人。人们不知道，我到底从何处而来？为什么会待在这里？有多少钱……他们知道，我不属于他们，不是这里的人。我来自遥远的地方，是因为旅行才到这里来的。一开始，他们戏称我为外国来的"鬼佬"，现在，他们知道了我的名字，知道的甚至更多，还给我取了好几个绰号。我不再是一个"鬼佬"了，而是一个与这里的所有人一样的，有一定道德操守但缺点不少的凡人。在此期间，他们也都明白了这个道理。简言之，我很快就适应了、习惯了这里的生活。我理解这里的人们，他们对我十分友好、和善。如果我说，在这里我感觉生活得很不幸福，那就是在大大地撒谎了。

我在这里过着无忧无虑、无拘无束的生活。这里的生活也太便宜了！虽然，我每天平均的生活费用只需付五角钱，也就相当于四十分尼（原德国分币——译注），但感觉过得却是王公侯爵般的生活。这五角钱够我支付所有费用：在农民王家租下的房间、丰盛有余的饮食，包括酒、茶水以及其他的我额外的宴请。我时不时地会邀请聊得来的朋友们来家中聚个餐，如邀请邻近村庄那些漂亮的"歌女"。村里那些年纪大的老人们偶尔会带着调皮的神情为照顾我的生活给我介绍这些美女，这样，他们还能在我这里得到几分钱的介绍费。所有的加在一起，每天就四十分尼。在哪一个国家会有这么好的事呢？我的生活，当地人根本无法相比，他们每天的消费大概就在五分尼左右，或者更少。一个鸡蛋卖给我是零点五分尼，本地人买还会更加便宜。如果像当地的中国人那样生活，如果我不是在某一天，甚至是很快就必须离开这里，继续我的旅行的话，我可以夸张点说，简直可以在这里住个上千年，如果我能寿享千年的话。

可以想象，我的房间也相当简陋原始。我睡的床是一个硬炕，与这里农民的炕别无二致。写字台是一个由四条腿支起来但一点都不带摇晃的木头板架子，看起来像是世界上最原始的桌子雏形，是先人在创造性的灵感支配下花一个小时的工夫组装起来的。写字台上放着一盏冒着黑烟、跳动着微弱火苗的油灯，油灯燃起的黑烟从来就没有使我的鼻黏膜满意过。墨水、自来水笔、纸等文具，我自己都带来了，数量之多，也足够我在这里写上"上千年"的了。

房东老王送给我一只金丝雀，幸运的是，它似乎还没有经过歌唱训练，有着令人难以置信的、令我深感欣慰的安静，只是一天到晚在鸟笼子里高高兴兴地蹦来蹦去。有时候我会用抓住了的臭虫来戏弄它。你再瞧小鸟瞅着臭虫的那个样子，好像在想：这是我可以吃的东西吗？小鸟从来没有去啄我手指间的臭虫，只是厌恶地抖抖雀身，那诙谐的模样真令人忍俊不禁。金丝雀看起来并不漂亮，全身几乎无毛，只是脖子周围有一圈散乱的、一缕缕的、说不清什么颜色的羽毛。有时候我都怀疑，它到底是不是一只能歌善舞的金丝雀，但老王却一口咬定是。

有一天，我赠送给老王一块银圆，他内心实际一直在期待着这一馈赠。在这里生活，就得了解中国人的心理！一块银圆，按今天的汇率，相当于七十八德国分尼。对老王来说，这是一个相当贵重的幸运礼物，要知道，一块银圆可是他七口之家整整两个礼拜的生活费用。我甚至打算在我离开时将手表作为一个永久的纪念品也送给他。但我又担心，如果我现在就将这个礼物送给他的话，在幸运的好事面前，他没准会高兴地一下子精神失常，没准还会在我的眼前，带着极大的兴趣过度地拧转手表的发条，以至于"砰"的一声，将手表的发条崩断！

我可不想看到这位老农因此而表现出来的失望神态。他应该活得更长久一些，与所有在他家四处爬行的臭虫一起长寿下去。

当然，这些臭虫也没有放过我，即便我用完了随身携带的"飞立脱（Flit）"杀虫剂以及其他药剂瓶里的药水。但话又说回来，时间一长，我对臭虫的叮咬也渐渐没有什么感觉了。人是能够适应一切环境的！臭虫不会再影响到我的睡眠、我的写作和我的思考；相反，它甚至能诱引我产生幻想，使我更倾心于做梦。有了梦，这日子就好过多了。

此时，村民们都已进入梦乡，我还在房间里整理关于中国江河方面相关知识的思考。乡村的夜空没有一丝云彩，如水的月光带来的是一片静谧与平和。当然，外面的宁静恬适，我是享受不到的，因为房间仅有的一扇小窗都用不透光的油纸给糊上了，我听得见的只是在屋里乱窜的老鼠群发出的"唰唰唰"的窸窣声。不过，也见怪不怪了，有时候老鼠甚至会过来咬我的手。

中国有三大江流，其水系庞大，布满了大量的支流和旁流。除此之外，中国还有很多小的河道和河汊。三大江流是：北部的黄河、中部的长江以及南部的西江（Si-jiang，珠江的一部分），浩浩荡荡的三条大江由西向东，将辽阔的中华大地分成了四个区域。江河之宽，有些地方甚至一眼望不到河岸。

西江，翻译过来就是西部的江，流经中国南部绿色盈盈的山岗坡地和植被茂盛的平原，虽说是三大江中最小的一条，但仍号称中国第三大江，是相当重要的黄金水道。西江上来往的汽船、帆船不少，一方面将南中国生产的产品运往海岸，另一方面将所有殖民统治国家的进口货物，即来自日本、美国、欧洲、印度以及荷兰殖民岛屿的货物，运往中国内地。西江上，有很多所谓水陆两栖的港湾居民或江河居民。他们年复一年地蜗居在篷船上，漂流在西江江面，在船上生儿育女，同样，也在船上养老送终……

西江同样也是一条性情乖戾的江河，时不时也会冲垮堤坝。不过，与其他两条兄弟江相比，它的破坏力小，性情要温和多了。

扬子江大约有六千五百公里长，是世界上最长的、水量最大的江河之一。它的源头同样在西藏高原，位于黄河源头南约二百公里处。扬子江几乎将整个中国从中部隔开成两大部分，南部是绿色的中国，北部则是褐色的、黄色的……

扬子江足有一千公里的河道可以行驶远洋巨轮。此外，直至汉口段可以航行中、小型汽船，如果是帆船，甚至可以行驶二千五百公里直至内地，继续上行就是激流险滩了。扬子江上游激流险滩众多，水急浪高，布满暗流、漩涡，因而也无法用作航运水道。与所有中国的江河一样，扬子江也有洪水泛滥之时，尽管没有北部相邻的黄河那么频繁、来势那么凶猛，但涨水时的水势也会大得漫过江岸，冲垮人们修建的防洪堤坝。不过，也正因为它带来的洪涝灾害不那么频繁，才更显得其威力大和破坏程度高。

1931年，是扬子江最近发生的一次洪水悲剧，淹没了四千五百万人居住的一个庞大区域。在这次洪水灾害中，有超过一百万人丧失生命。我当时正在中国，并考察了这个地区。我试图采访洪水灾害中的幸存者，但他们根本不愿意开口，这是当地人一个难以启齿的痛苦话题，一个难以想象的灾难事件。有人告诉我，说当地灾民不愿意唤起这段痛苦回忆，作为记者的我，也就只能根据自己的亲眼所见来报道水灾的真相了。

这确实是一个令人难以想象的重大灾难事件！没有任何一个其他民族能承受住如此沉重的命运打击！面对灾难，中国人并没有一味地去怨天尤人，洪水一退，灾民们就又回到了灾区。生活从头开始，盖新房，耕田犁地，日复一日地劳作……谁只要身临其境，在当地实实在在地、无所畏惧地体验了这种中国式的、与我们的理解完全无法类比的、逆来顺受的所谓认命情节，谁就可以心安理得地、凭良心地说：在中国人身上，他最大限度地认识了人类能够拥有的忍受能力以及坚韧不拔、顽强奋斗的精神。

虽说扬子江泥沙淤积的程度没有黄河那么严重，但也是十分可观的。如科学家们了解到的，位于海岸边的扬子江三角洲每四十年就会向太平洋延伸六公里。有些"外国人"甚至带着幻想在做数字计算：这个不断生长的"泥舌头"什么时候会"舔"到美洲大陆！遗憾的是，我已经忘记了这个计算结果。当然，我也可以很容易地将这个结果计算出来，但我觉得这个努力没有什么实际意义，也不值得，特别是对我这样一个缺乏数学天赋的人来说。说实在的，一看见打了格子的计算纸我就会发蒙，对这种数学公式和这类美国式的、幻想式的计算游戏，我愿完全保持沉默。听了我这话，没准德国数学家阿达姆·里泽（Adam Riese）会因此在坟墓里辗转反侧呢。

但尽管如此，一些在"美国佬"的国家、在美式棒球比赛休息的时候尝到了所谓美国智慧的中国年轻人，却对这种严格的、科学上的可能性抱有极大的兴趣，他们迫切地希望知道中国大陆什么时候会与美洲大陆真正地连接在一起。

现在，让我们再一次回到黄河，回到三条中国江河中流水最为湍急的这条河流上来。黄河除了它愈演愈烈的、因此也被称之为中国"心病"的洪水泛滥恶作剧之外，除了它拥有的几乎完全不能作为运输水道利用的缺点以及导致难以计数的人民丧失生命的罪恶之外，它还是有不可低估的优点的。

前面我也曾提到过，岁月流逝，时代更迭，黄河与其支流已经将中国的北方平原造就成地球上最肥沃的一块土地了。今天这一区域，也就是我现在所在的地方，无可置疑地已经成为中国的一大粮仓。有科学家认为，其西部边界与海岸还相距数百公里的这一大片平原，就是由黄河从西藏高原携带下来的泥沙，经长年累月扩散、堆积而成的，以前这个地方应该是浩渺澎湃的茫茫太平洋海水。有这种可能，但我不太相信这种说法，也可能因为我对史前发生的事件的内在联系少有研究的缘故。

我认为这种思考方式是不客观的，这样会导致人产生一种不受时代限制的、漫无边际的幻想。有人对我就说过，漫无边际的幻想对人的心灵，尤其是对人的性格特点，是一种危险。建立在道听途说的事件基础上的信息对我总是会产生可怕的作用，我认为，最好能将这类信息拒之门外。但这种抗拒并不是每一次都能成功，因为我的好奇心很大，尽管内心有抵触情绪，但还是难以阻止这种好奇。我更多、更强烈的兴趣在于已经突破了迷雾、露出了端倪的既定事实，即注重所谓已经掌握了的、明确了的事实。

黄河的恩赐在于——这一次我甚至理解了——裹挟而下的泥沙在洪水退后留在了平原。泥沙中的绝大部分成分来自神秘的细沙型土地和含石灰质的泥土，称之为黄土。这种黄土来自中亚干燥的戈壁地区，而黄河上游在中亚地区的流程就已经超过了三千公里。由于这种经黄土改良后的土壤最适于耕耘，所以每一次洪水泛滥过程都在客观上是一次耕田土质的改良过程，也正是因为这个原因，这一地区才如此肥沃和多产。

被我视为麻雀的金丝雀现在正在鸟笼里点头，有时候还会轻轻地、婉转地叫上几声，大概是在梦幻中学唱美妙动听的、夜莺的咏叹调吧！

从这里往北约一千公里左右可抵达下一个大的城镇——潼关（Tung-kuan），这是一座古老的、筑有防御工事的城市。根据我在地图上的确定，潼关应该是陕西、山西、河南三省交界的地方。我一直有步行前往潼关的想法，我还拥有一封特别介绍信，当然不是一封如现在某些机敏的读者所想到的、交给某一位将军的信，而是给一位李姓小姐的信。

李小姐是一位相当摩登且具有运动员气质和风度的女士，能说一口相当好的德语。她在德国留学多年，并完成了德国大学的政治学博士学位。对我来说，更重要的是，她才二十三岁，年轻、漂亮、善于交际。但话又说回来，尽管去潼关对我有着巨大的诱惑，但想法归想法，我最终还是没有真正付诸实施。我并不太热衷长途步行，以前是这样，今天也是这样……

天已渐明，纸糊的窗户也顽强地开始发亮，我想，这个时候公鸡该啼叫了。只有听到鸡鸣狗叫，才称得上是美妙的中国乡村之晨。可惜，还听不到鸡鸣，倒是有不少狗在远处汪汪地叫唤开了。老鼠逃掉了，臭虫也安静了下来。

啊！恬静的中国农村，多么美好！

笼中的鸟儿也开始叽叽喳喳，像是它邀请我来这里做客似的——在刘家村，在位于长江与黄河之间、浦口至天津铁路线上的一个小车站旁的一个小村庄里。

雨的恩赐

中国人与日本人之间的关系有点像猫与老鼠的关系，只是人们还不能很清楚地分辨出，谁是猫，谁是老鼠……令人难以理解的是，中国人和日本人，这两个皮肤颜色一致的民族，其性格特征却有着本质的不同：两个完全不同的种族。中国人从不指望要从日本人那里得到任何东西，但日本人则想占据中国的所有：中国领土和中国人民。

※

潘良楚（Pan-Liang-tsu，音译——译注）是一个小佃农，他租种的农田就在"王村"附近，老潘是山东人。人们常说，中国人性格最好的要数山东人。老潘说一口山东方言，听起来不仅生硬、粗犷，还有股扑腾扑腾的劲儿，虽说是慢吞吞地吐出来，却有那么点唱的韵味儿。那调儿乍一听，还有点像是德国拜恩州（Bayrisch）与萨克森州（Sächsisch）方言的混合。

这么说来，老潘说的该是德国方言味儿的中国话了。

大约十年前，老潘与当时是他东家或称老板的哥哥因一件毫无意义的琐事闹翻后，被赶出了潘家的门。整整三年，他从一个省迁徙到另一个省，为自己的生计辛苦地奔波、劳顿。十年的时间里，他几乎到过中国的每一个省份。

中国的北方他也去过，在以前的满洲里、今天称之为"满洲国"的地方打过工。他觉得，就生计而言，在满洲里日本人那里干活挣钱很多。不管怎样，干上几个月银行里就会有一笔数额可观的存款。但直到有一天，有人对他婉言告诫说，给"小日本"打工，对中国人来说是一种侮辱。就这么简单的一句话，就足以使老潘强烈地意识到，自己以前从未意识到的民族自尊心。他发现，自己还是一个伟大的爱国主义者，爱自己的国家和人民。反过来的作用力又促使他坚信，日本人特别坏，因而为自己现在在一个日本老板手下干活感到无比羞耻。

在一次突如其来的、难以控制的愤怒情绪支配下，也可以说完全没有什么直接具体的理由，老潘竟愤愤地跑到了日本老板面前，直言不讳地说了许多斥责的话，诸如：你们这些日本人都是些狡诈阴险、道德败坏、恶劣毒辣之徒，败坏得已经沁入骨髓；你们根本就是些没有骨头的人，看你们这些岛国小人晃动罗圈腿走路的熊样就知道了。这种没有骨头支撑的走路姿势，老潘从他日本老板身上早就已经注意到了，况且老板的腿还罗圈得格外厉害。你们"小日本"图谋毒害所有的中国人，要侵占中国，要掠夺中国所有的宝藏；我老潘太了解你们这些经过伪装的魔鬼了，我早就、事实上一直就知道。说着这些话，老潘发自心底的愤怒也越来越盛。

更令面对面坐在宽大办公桌后面的日本老板感到惊讶的是，老潘甚至还愤愤地吐了一口痰在地上，并用脚狠狠地踏了上去。

"潘先生今天是怎么了！"日本老板诧异不解。他一直认为，潘先生是一个诚实、勤奋、性格安静的人，一个什么工作都能拿得下来的人。他试图安慰老潘。他对老潘说，你不应该这么激动，人们对你讲的这些都不是事实，都是在挑拨离间，都是中国知识分子的恶意宣传，是对日本人智慧和优秀的妒忌。也正因为如此，一位日本人曾经说过，日本天皇不想再长期袖手旁观，看到这个有着古老文化的民族再如此萧条、不景气、被凌辱践踏下去。是的，这主要是来自你们自己同胞的凌辱和践踏。这些人完全不负责任，在广大中国民众忍饥挨饿的时候，还在大量地、肆无忌惮地搜刮民脂民膏。

老潘完全不听日本老板的解释，仍不断地往地上吐痰。

"明白了，明白了，真是些美丽的谎言，但这只是你们这些狡诈之徒嘴上的冠冕堂皇！我太了解你们这些无赖了！只要一听到你们这些人嘀咕，听到你们糟蹋我们高贵的语言，我就……"说到这里，他又一次愤愤地朝地上啐了一口痰，接着又狠狠地踩踏了上去。

一直强忍着的日本老板现在也发怒了，他知道，与老潘已经没有什么可说的了，断然地将老潘轰了出去。

之后，老潘对朋友们说，日本老板还在他身后叫嚣："你们中国人将要为这种行为付出代价的！"

已经过去八年了，其间，老潘有相当长一段时间都在四处游荡，差不多整整两年时间没有干活，直到最后来到了王村。

七年前，老潘租下了村里大地主林家的数亩土地，并且轻信了大地主林家管家宣读的一纸租约，在租约上签了字。老潘自己既不会写字也不会认字。租约上规定，老潘所有收成的百分之五十要交给大地主林家，还要先交一百五十元的押金，以保证老潘不会违约。一百五十元对老潘来说当然不是一个小数字，相当于他三年辛苦工作、节衣缩食省下的全部积蓄。当然，租约上也规定了，如果他在这些年里能老实守时地履行租约上规定的义务的话，上交的押金十年后会退还。

老潘当时并不知道在被人捉弄，他只是想，又回到了自己的土地上，与自己的同胞在一起，不是在为日本人卖命了。但他还是被恶人欺骗了，今天的老潘终于也明白了这一点。

五年来，老潘一直都诚实地将收成的一半交了出去，虽说没有特别富裕起来，但生活总算还过得去。在此期间，他将自己的妻子和已长大成人的孩子都接到了身边。一家人乐融融地生活在一起，日子虽然艰难，但还算凑合。

但到了第六年，厄运降临了。

数月来，老天爷竟没有下一滴雨，一场旷日持久、难以形容的旱灾不期而至。老潘万万没有想到，田里的收成竟会如此之差。农民们揪心如焚，老潘也不例外。

一天，地主的管家来了，他告诉老潘，尽管遭遇旱灾，但今年也还是得按去年、前年一样的数量上交租子，不然的话，欠交的租子就得经折算后从预交的押金中扣除掉。

由于干旱的原因，今年的收成实在太差，即便将田里的收成全部上交也不足往年上交的百分之五十，但他又不能全部上交，一家子人还得生活下去呀。因此，老潘只交了当年收成的百分之五十，欠交的部分就只得从押金中扣除了。可令老潘大吃一惊的是，大地主林家的管家告诉他，一百五十元的押金根本就不够交当年欠下的租子，他们要按当时最高的粮食市价折算。这个消息对老潘来说无疑又是当头一棒，无助的他只得用颤抖的手签下了管家递给他的一张欠条，又欠下了七十五元，还带着零头。

怎么还这笔钱？生活靠什么维持？该怎样继续？老潘思考着。冬天即将来临，他想到了要伴随自己在饥寒交迫中勉强度日的妻儿。如果明年的收成还是如此糟糕，那全家就真得出去乞讨了。

老潘陷入了困境，眼瞅着土壤干涸的农田。严重的旱灾还在继续，秧苗根本就长不出来，一切的一切都寄托在老天爷开恩下雨之上。他该向天神祈祷吗？如果雨水太多了呢？河水会上涨，又会带来洪涝。焦急万分的老潘在田间来回行走着，平素十分开朗活泼的性格现在变得阴沉抑郁。他的意志在一天天消沉。到底该怎么办？苦思不得其解，看不到出路。现如今，他不仅花掉了所有的积蓄，还欠下了地主林家一屁股的债。

1938：德国记者笔尖下的中国和日本

老潘天天在祈祷，期盼着老天下场透雨，雨势不要太大，也不要太小，期盼庄稼能长势良好。从去年开始，他就在祈祷，点了香、烧了纸，但所有良好的愿望看来都落了空，甚至还事与愿违，情形反而更加糟糕。现在的他，不仅欠下了债，还得忍受大地主林家的责骂，丢尽了脸，受尽了侮辱……就在前天，他十五岁的女儿被大地主老林的侄子骗走，强行霸占了，现在已经成了他的第四个偏房太太。老潘一开始并没有答应，但林家刁难他，甚至派士兵用扣押来威胁他。老潘知道，林家有一个儿子，是一个将军，还给他家派驻了一队士兵。如果老潘执意不从，士兵就有可能深夜闯进住宅，把家里抢劫一空，很可能还会将他的另外两个女儿一块抓走，将他的儿子再打成残废。想到这里，不得不从的老潘只好在前天将女儿送了过去。

老潘十分恼怒，在愤怒与胆怯之间徘徊着，他的勤奋和诚实给他带来了什么呢？这个冬天，他注定要忍饥挨饿，他的妻子、儿子以及还留在家中的两个女儿也注定要生活在饥寒交迫之中。但愿这个冬天不那么严寒、那么冷酷，他自言自语地安慰着自己。晚上，他再也无法入睡。平时，他是一个习惯起早的人，日出而作，天一擦黑，就上床睡觉。可现在，他整夜整夜地在田间转悠，在月光下徘徊……精神上、身体上受尽折磨。

渐渐地，老潘变得精神恍惚、心神不定。很快，邻居私下里议论开了：老潘中了邪气，有鬼缠身。在路上，只要碰到什么人，他都会弯腰鞠躬行上一个大礼。

唉！一个忧愁、伤感、抑郁的老潘。

时间在一天天流逝，一个星期、一个月……老天爷仍没有下雨的迹象。慢慢地，老潘的头脑中形成了一个想法，甚至有了一个计划。带着这个计划，他开始积极准备起来，私下里悄悄进行，没有对任何人透露。他完全不说话了，即便是对平时十分坦诚相待的妻子，也不怎么言语。对此，他的妻子也没有任何预感。他想，在所有的计划都完成以后，再一五一十地告诉妻子，当然，是在还有向妻子解释的可能性的情况下。老潘还没有完全迷失在幻觉之中，换句话说，还没有完全精神失常。

天还是没有下雨，树上的叶子已经开始枯萎。骄阳似火，残酷地烤灼着一切生物，火炉一般的大地，一阵微风吹过，就会高高地卷起细细的黄色粉尘。灰尘形成雾霭，使空气更加令人难以忍受。

老潘要设法搞到一只手枪，还要有两百发子弹。为此，他拜访了他在军营里的朋友，一个姓焦的军人，军营离王村步行还不到四个小时。顺便要提及的是，这个兵营就是大地主老林的侄子掌管的。

朋友焦先生十分信赖老潘，他们从小一起长大，双方父母直到去世都非常友好，作为邻居，两家的房子都是紧挨着的。老潘对老焦说了为什么他需要枪的原因，并极其严肃地和盘托出了他酝酿的计划。他们在一起密谋策划，那架势，好像他们之间的话题关系到了整个中国的命运似的。这个世道，一定要发生点什么，否则一切都会毁灭的，包括整个村庄、农村和城市的居民。但是，该毁灭的不应该是我们这些无辜的人。老潘开始列举那些该死的人的名单，所有的勒索者、暴虐者都得杀掉，不杀掉他们，上天就会惩罚我们，会发大水或带来其他的什么自然灾害。

在中国，反抗、打击恶贯满盈的当权者，是替天行道，是劳苦大众的一种神圣的责任。

老焦头脑简单、幼稚，林家雇用的这位最贫穷的士兵，张着嘴虔诚地听着。他悟出来了，明白老潘对他讲述的这一切意味着什么。他告诉老潘，可以帮他弄到手枪和子弹，他有机会把部队的武器悄悄地偷出来。

果真如此，两天后，老焦来王村找到老潘，使一个眼色，将一个厚厚的包裹递到了老潘的手中，老潘马上将其藏匿了起来。

"好了！"老潘此时想：

"我有武器了！现在可以小心地着手干了，可不能半途而废。"

老潘感觉自己像一个殉道者。随着时间的推移，他开始真正进入角色。他的思考是谨慎周到的，所有一切都考虑得清清楚楚。几个星期前将他的心情捆绑得紧紧的抑郁和伤感，似乎已经烟消云散。此时，他感觉甚至非常好，比以往任何时候都更富有信心、更生机勃勃、更无忧无虑、更青春焕发……幸运之神降临在了他的身上。

行动计划完成之后境况又会怎样呢？

"会如此这般！"他将双手攥成拳头，做出一副强悍的样子，自言自语道：

"我就会从债务中解放出来，从有失身份的刁难中解救出来！所有的村民都会理解我、感激我、为我欢呼叫好的……"

此时的老潘，坐在一棵大栗子树营造的树荫之中，似火的骄阳似乎要将天下苍生都烤焦似的！空气在颤抖、悬浮的尘粒微光熠熠。离老潘数米远的地方，蹲着一只野狗，血红的舌头尽可能长地垂吊在外面，令人窒息般地喘着粗气，狗嘴里溢出一串串涎沫。再远一点是几个赤条条的、周身脏兮兮的孩子在玩耍。不时还能听到毛驴在叫唤，自然是乞讨水喝的叫唤声，可村里的水井早已经干涸了。

老潘陷入沉思，那样子又像在注意倾听着什么。周围不见一个人影，只有头顶上巨大沉重的栗子树冠在沙沙作响，像是满树行将断裂的枯枝在呻吟、叹息。一片小小的叶子飘浮着，飞舞着，落到了地面……

"从上层开始，"老潘想：

"但我又怎样才能靠近那些上层人物，让他们能置身于我的子弹的有效射程内呢？难道就穿这样一件破旧不堪的衣裳吗？值勤的众多门卫是不会放我进去的，我不可能一下子将他们全部撂倒，我也不想将他们都打死。"

他突然想起了文氏兄弟。文氏兄弟也是他的一个好朋友，也是一个善解人意，随和的人，还是他妻子的亲戚，我可以与他聊聊。

"我要找一个借口与他面对面地谈一谈，在去的路上我就要想好借口。"

老潘越想进取心越强，越满怀信心：

"我要说服他，他一定会放我进去的。我会对他说……"我到底该对他说些什么呢？老潘的脑袋一下子又不听使唤了，一片空白。

"不！"他继续思考下去：

"对文氏兄弟我可不能实话实说！他年纪太大了。此外，他已经为他的主子效劳多年，一定也不愿意掺和此事。他有一份固定的军饷，当下的日子也过得不错。站在他的角度想也是对的，完全对！他当然不希望有人去影响他现有的、安宁的生活。"

就在这当口，马路上迎面走过来一个人，使思考中的老潘大吃一惊。

这是一个矮个子男人，穿着一身在当地人看起来怪怪的衣服，远看像是工作服。不过，当这个人走近后，老潘才发现，他穿的并不是什么工作服，而是在城里曾经见到过的一身不太合体的欧式西服。

"啊哈！是一个城里人，一定是从火车站那边过来的。"老潘这样想着：

"看上去又不像是外国人，是一个中国人。他来这里干什么呢？难道又是一个收税银的官员吗？怎么走到这里来了！看他那独特的走路姿势，完全不像我们这里的人。"来人越走越近，老潘更加确定了：

"我们这里的人是不会这样盘着腿走路的。他不是中国人！他有两条弯曲的罗圈腿，走起路来两只手一前一后摆得如此过分，两条不成比例的超长的胳膊！还穿着一双皮靴。"

来人越近，老潘便越感到惊讶：

"到底是什么人？外国人，令人感到厌恶的外国人。一个工作负担重的驮驴，一个乌龟崽子，背上驮着这么大个包裹……

还没等老潘想明白，矮个子男人已经走了过来，对着老潘满脸堆笑，边笑还边礼貌地弯腰致意。

"噢！他竟能如此低的弯腰鞠躬，"老潘确认：

"这个讨厌的人，不正常的人。"老潘本能地觉得他和来人之间一定存在着一条深深的鸿沟。

哦！原来是一个日本人！

慢慢地、带着娇滴滴的娘娘腔，"小日本"开始说话了：

"百货……货，好的东……东西，好、好、好……"

说着说着，他将背上的包裹放到了地上，并解开了包裹上的绳结。服装、袜子、手绢、肥皂、梳子、儿童的小围嘴儿、额头上的饰带和床单、短上衣、小背心以及其他更多的商品一股脑地都展示了出来，"小日本"还一件接一件地拿给沉默不语坐在一旁的老潘看。

"对这些个不值钱的小玩意儿我完全没有兴趣，"老潘带着轻蔑的神态思忖着，也不自主地回忆起了在满洲日本老板那里打工的日子。

正如所有中国人面对日本岛民会产生的情绪一样，老潘在这个"小日本"面前也有着一份天生的优越感。这种异常的感觉，人们根本无法从中国人的思想上排除掉，至少现在，还没有人能够做到这一点。

中国人与日本人之间拥有的关系有点像猫与老鼠的关系，只是人们还不能很清楚地分辨出，谁是猫，谁又是老鼠。两者都觉得自己是狮子，但日本人现在显得似乎更强势一些，因此，中国人对日本人的敌意也就表现得更加强烈一些。令人难以理解的是，中国人和日本人，这两个皮肤颜色一致的民族，其性格特征却有着本质的不同：两个完全不同的种族。中国人从不指望要从日本人那里得到任何东西，但日本人则想占据中国的所有：中国领土和中国人民。正因为如此，中国人从心底就有这种感觉，日本人是不公正的化身。不管是不是被他人煽动，中国人都会带着一种占绝对优势的、有着悠久古老文化种族的自豪感来拒绝、抵制日本人。日本今天拥有的所有文化都来自中国，每一个中国人都知道日本人不能否认的这一事实。日本人自己也承认这一点，只是日本人的自尊心在抗拒这一点。越是这样，在中国人的面前，他们就越是要表现出一种令人难以形容的高傲和自负的神态。

老潘极端地蔑视这个长着罗圈腿的"小日本"人，他想："他一定是想将他这些肮脏的劣质货硬塞给我，"

恼怒至极的老潘，恨不得一口痰又吐到这个"小日本"的脸上。他响亮地在喉咙里积聚了一大口痰，愤愤地吐到了地上，仿佛在演练一般。

　　他想起了许多流传的、骇人听闻的说法，都是各地发生的中国学生抵制日货游行示威活动中传出来的。诸如"日本货是有毒的，是用来灭绝中华民族的"等。比如传言中说，日本人的肥皂中含有一种物质，用过后会腐蚀人的皮肤；日本人的火柴中含有一种气体，会导致一种慢性瘟疫；穿日本人的鞋会使人的脚慢慢腐烂……老潘相信这一切。是的，他不仅相信，反应还更甚……他相信，日本人的眼睛里会发出一种邪恶的光；日本人的周身会扩散一种妖魔，将无法治愈的疾病传染给周围的人；日本的纸张上都抹上了一层鼠疫传播剂，如此等等。关于日本人的这些传说，中国人都作为事实全盘接受了下来。这种群众性的、四处蔓延的情绪，即便是有清醒认识的中国人都会在不同程度上受到感染。

　　不过，老潘此时却有了另外的想法，因此，他现在还不能将痰吐到这个"小日本"的脸上去，也不能马上将他赶走。他重重地摇了摇头，权衡着事态，然后装出一副友好的面孔看着站在对面的"小日本"商人。这个在中国内地四处晃悠、为日本轻工业产品寻求买主的"小日本"商人，还在不停地从大包里抽出一件件商品，并在老潘面前夸耀着。

　　突然，老潘心生一计：

　　"如果我穿上一身讲究的服装，不就可以很容易地走进衙门接近高层长官了吗？我就能用我的手枪将他们……我如此打扮的话，朋友文氏兄弟、省长衙门的门卫一定认不出来。我也要像"小日本"先前那样深深地鞠上一躬，让朋友文氏兄弟不便直接看到我的脸……一位如此高贵的先生，文氏兄弟是很难提防的，也不敢贸然来打扰或刁难。"

老潘开始与"小日本"交涉起来，他想买一套西服，尽管他身无分文。他想，总会有通融的办法。两个人在一起聊天的时间越长，老潘对这个岛国居民的厌恶感居然慢慢减少了。

"这个"小日本"人，尽管有些滑稽可笑，但还算是友好的……"

老潘这样想着。他已经开始拥有了一种比较温煦的心情，也不去回忆那些道听途说的传闻，不再去想那些诅咒日本人的话了。

直到"小日本"友好地、坦白地说出，来来回回地砍价没有什么意义，西服太贵，如果老潘要买的话……

"但是，""小日本"慢慢解释，同时注视着老潘流露出真诚的眼睛说：

"我想将西服以一种做广告的形式送给你，"他说得非常平静，唯恐给老潘留下不友好的感觉。

在中国逗留时间长的日本人，大都有与中国人交往的愿望，也容易渐渐地放弃他们原有的本质特征。不少日本人内心深处都有一种渴望，即希望将自己融入这个伟大的、原始的、健康的民族躯体中。这就是中华民族的魅力，一个炽热难拒、毫不客气的大熔炉。一如历史经验所表明的，在悠久的历史进程中，中华民族会将所有外来部落和种族吸收、同化掉。

"我能代表我的公司。"日本人边说边递给老潘一件上装、一条长裤、一件马夹背心、一件衬衣、一条领带和一双袜子，甚至还送给了老潘一双皮鞋。就连一些袖口上要用的纽扣，他都没有忘记。

"可惜我没有将帽子带来。"他向老潘道歉，带着友好的微笑。

"这个年轻的日本人还算友好，"老潘这样在想：

"与我一样，与所有的人都一样。我想，我在满洲的日本老板大概也没那么坏吧……"他高兴地站了起来，对日本人表示感谢，并以中国式的礼节，小小地行了一个点头礼。

一高兴起来，老潘竟忘记了自己要成为一个"殉道者"的角色。

在两个人互道告别之后，老潘的头脑里还是纷乱无序的，混乱的思绪来自方才高涨起来的情绪。

"前面踽踽独行的'小日本'，背上背着一个大包裹，可能现在又奔下一个村子去了。"老潘想：

"好啦！"他摇摇自己的头，仔细地观看着西服套装的每个部分。这是上衣口袋，领带的颜色真不错，到处都是漂亮的纽扣，结实的布料……老潘一辈子还从来没有享用过如此高级讲究的服装。

"事实上，我一直都知道，日本人也是人。"老潘对自己说：

"当然，在日本，也有好人坏人，这里难道不是一样吗？难道我们这里就没有地痞恶棍了吗？"

想到这里，要实施的计划又坚定地回到了他的思绪中，他的脸又因此变得阴郁起来，方才的好情致又烟消云散了。他不由自主地摸了摸腰间的皮带，又慢慢平静了下来。手枪还在！

天上看不到一丝云彩，唉，我的庄稼！老潘又万分痛苦起来。他似乎又看见农田的庄稼尽数枯萎，看见了自己被大地主林家赶出了家园，有病的儿子遭到痛打，妻子被士兵，被这些放荡纵欲的流氓土匪强盗亵渎后用刺刀捅杀，看见了留在地上的一大摊鲜血……他似乎看见家中的两个女儿被掳走，在陈设讲究的房间里被好色之徒强奸，又看见所有的亲戚都陷入贫困之中，慢慢地都久病不起……老潘还看见了其他村民，看见他们的家庭以及亲属、儿子、女人和儿童们……

老潘的内心在沸腾，绝望又一次揪住了他的心。

"这些勒索他人、盘剥他人、心狠手辣的歹人，这些将我和我同样穷的同胞逼入绝境的人。"想到这里，老潘怒火胸中烧：

"该枪杀、该刀剐，从上至下：从省长到区长、到收税官、到大地主林家以及他的侄子、儿子、林家的所有亲戚……他们都该死，这个世界不会因为他们的完蛋而失去什么的。"

老潘想象着，慢慢地往家里走去。回到家后，他将装有西服、手枪和子弹的大布包藏了起来。温顺的妻子并没有什么不祥的感觉，她已经习惯了苦恼、贫困、饥饿、忧虑……现在，她正在偏房里生火，准备做饭了，小小的厨房里已经是炊烟弥漫。

屋外院子里，空气是静止的，没有一丝儿风，老潘再次走出家门。他全身都湿透了，尽管只穿了一条裤子。

夏季的炎热和干旱、内心的绝望、没有生活出路的担忧和困境……所有这一切都集中在了一起，老潘麻木了。

他满脑子只想着一件事：复仇、解救、谋杀……

老天不下雨、恶人当道、没有同情心，还要养活一家老小……尽管如此，他今天的情绪并没有特别悲伤，因为，一个悬而未决的感觉在支持着他。他要与现在正弯腰烧火做饭的妻子告别，与他的在整个村子里拥有最漂亮的"三寸金莲"小脚的两个女儿告别，与他的已经熏得几近漆黑但却无比熟悉的农舍告别。这可是他最喜欢的、洋溢着灵气和温馨气息、充满信任的土坯房子……他要与家中的一切告别，与一件件熟悉的家什……所有这一切，现在还都默默地围绕着他。

老潘再次转过头平静地审视着，他还要与冒着烟雾的房顶，与一串串挂在屋檐下风干了的洋葱、大蒜头，与已经破旧的但打补丁时派得上用场的布料告别……墙上还挂着一个篮子，篮子里装着上顿吃剩下顿还要再吃的大饼和腌菜。老潘看见了贴在窗框上颜色几乎褪尽了的破窗纸，松垮的窗框还斜挂着……唉！与这里的一切都告别了，唯独还没有与他自己……

老潘往地上啐了口痰，虔诚地注视着地面，看干旱的泥土怎样迅速地将湿痰吸尽。痰没了，干渴的地面上留下一小块灰暗的痰迹。

"只要老天下雨，农田就可以这样使劲地吸收水分了。"

老潘继续盯着地面，盯着还潮湿着的痰迹幻想着。他想到了土壤里的那些种子，它们因缺水而无法破土发芽。他看见种子渴死在土壤里，即便少数顽强长出地面的幼苗，也会暴露在如火的阳光中，即刻枯萎、干死。

慢慢地，一天又悄悄地过去了。

已近傍晚，老潘不说一句话地站在那里。然后，他蹲在墙角，喝着稀饭，这是他最后的晚餐。

空气变得稍稍凉爽了一点，老潘的皮肤有了清新的感觉。他不禁回想起过去的那些日子……想起了已经不在人世间的父母，想起两位被拉壮丁至今下落不明的弟弟，想起因一点鸡毛蒜皮的小事将他赶出了家门的哥哥，想起了自己的童年……一幕幕画面在他的眼前轮番展现，多变的生活经历不间断地在眼前滚动。老潘打了一个哈欠，感觉到了一个满是甜蜜的忧伤。

"我还不老，不到四十五岁，可生命就要结束了！明天……"

老潘和衣上床。

深夜了，可老潘难以入睡，他索性起床又在房子前来来回回地踱步。整个村子都沉浸在酣睡之中，他的妻子和孩子们也早就进入了梦乡，而老潘却思绪万千……大约过了半个小时，疲劳才渐渐袭了上来，全身感觉到一种很久都不曾有过的令人愉快的极度疲乏。他又回到家中，聆听着一家人温馨的鼾声，简陋的卧室里充满着宁静和平和。

他脱衣上床，紧紧地挨着妻子。他要靠近她，紧紧地靠近……长大了的孩子们也都睡在同一个炕上，一个病中的儿子和两个漂亮女儿，一个才十五岁、一个已经十七岁了……

在夏夜静谧的暗色中，老潘迫不及待地吮吸着妻子胴体上散发出来的芳香，这是一个三十多岁，仍然春情勃勃的女人。和睦的气息掠过房间，老潘的内心喜悦伴随着痛苦，涌起一股难以抑制的情欲，他抱紧了妻子……之后，老潘也响起了鼾声。但妻子还醒着，睁着一双明亮的眼睛，她扫视着屋子里的黑暗，高兴和喜悦地想象着。她不知道，潘家是否会因为今晚又添丁增口，一种被宠幸、分外幸运的感觉充盈着她。

天空破晓，太阳还没有跃出地平线，但东方已渐渐明亮起来。围绕着村庄的一片片田野笼罩在晨曦之中，没有一丝儿阴影。小小的王村着了魔似的显得特别空旷、宁静。家犬蹲伏在农户住宅的门口，牲猪还没有发出嘟嘟嚷嚷的声音，鸡群还站立在木梯上打盹，还听得到它们发出的叽叽咕咕的叫唤声……

老潘醒了，已经一个时辰了，他还平躺在床上睁着双眼。今天……那可怕的计划……老潘此时心情竟一扫先前的阴霾，舒适着、愉快着。

"奇了怪了，"他想：

"我完全没有急躁不安的感觉，相反觉得很轻松，很清醒，好久都没有这种感觉了。今天的空气也好像特别清新洁净。"他用力地伸展着四肢，关节在劲鼓鼓中咯咯作响。

"多么舒适、惬意啊！"他又证实了一下这个感觉，随即翻了一个身，右肩朝下伸直两腿侧身躺着，脸朝着还在熟睡的妻子。

"她还这么年轻，这么漂亮！"老潘又翻了一下身，朝着另外一面。靠近他的是儿子，儿子身后是他的两个女儿，都还在酣睡之中。

"所有的都还像是在昨天晚上，明天我还会躺在这里吗？"他深深地吸了一口气，他必须吸一大口气，然后将气再缓缓地嘘出来。

"这是怎么了？是在叹息吗？"是的，老潘并不情愿地叹息着。

他身后的妻子在睡意蒙眬中嘀咕了一句什么，老潘转过头，正好与她四目相对，她会意地朝他莞然一笑。

"孩子们……"轻轻地说着，向后退缩着身子……

不一会儿，外面响起了第一声鸡鸣，"喔喔喔……"仿佛是一个信号，可不是吗？东方的天空已经展现出一幅瑰丽的红霞图景！很快，王村就会苏醒过来、活跃起来了。狗伸着懒腰，撑着四爪，发出似醒非醒的声音，鸡窝里的鸡群开始"咯嗒咯嗒"地叫唤，毛驴也"嘚嘚嘚"地踢打着蹄子……晨风轻拂，大栗子树上树枝在摇曳，窗棂上的纸片也在沙沙作响。

如果村里有人戴表，他就一定会知道，现在正好是凌晨四点。但这里有谁会戴手表呢？

潘家的人起床了，铺盖很快卷了起来，堆在炕靠墙的一侧。年纪最小的女儿去牲口棚照看牲口，儿子已经挑上了两只木桶，要去最近的邻村一口水井里担水。另外一个女儿点燃了干树枝，正在生炉火。老潘的妻子正在用一个陶罐淘米，准备做早餐。简易的早餐，日复一日、年复一年都是一样：没有一点佐料的白水稀饭。老潘自己则在房间的一角，暗自将一堆"破布"捆绑好。妻子并不知道丈夫在干什么，没有一点新奇的感觉。老潘将捆绑好的"布包"放到炕上，这个"布包"确实重了许多，老潘可以确定。

当他的妻子走进房间，老潘对她说：

"我今天要顺便到常庄（Chang-Dschuang）的军营去一趟，我想去那里将这一捆破布卖掉。"说着指了指炕上捆好了的"布包"。

"好啊！"妻子回答道：

"去吧，卖几个铜钱也能贴补家用。你再带几个鸡蛋，没准也能卖上几个铜钱。"说到这里她又补上一句：

"但你千万不要卖给那些当兵的，他们拿了东西，又不付钱。"

"是的，是的，"老潘站到了他的"布包"前，一边平淡地回答道。

"我了解这帮人，他们总是会绕开当局的管理。"妻子拿鸡蛋去了。

半个小时以后，人们就看见在田野间行走着的老潘了。他心情不错，一路还哼哼唱唱的，王村已经被他远远地甩在后

1938：德国记者笔尖下的中国和日本

面。晨曦中，渐渐升起的太阳由东向西投下了长长的阴影。

"今天确实很热！"老潘这样想着：

"我是否能在这里冒一次险，将衣服换掉呢？"他很喜欢那套新西服。

老潘站住了，向四野望了望，没有一个人。他很快打开包袱，脱掉衣服，迅速套上了西服，然后将手枪在皮带上扎好。

"这西服真是太合适了，太精美了，简直无可指摘。"老潘扯扯衣襟、拉拉袖口，深感满意地又证实了一下自己的感觉，还沾沾自喜地拍了拍挎着手枪的腰胯，带着满心的喜悦继续赶路。

要走的路还很长。他横穿过农田，以期缩短行程，走过有不少坟丘的松树林，跳过几条已经干涸的水沟。两个时辰以后，他到达了途中的一个村庄，但离目的地还很远。在一口水井旁，他喝了个够，然后再继续赶路。他尽量沿着村边的小道，没有穿村而过，他担心别着手枪的左腰鼓鼓囊囊的太引人注目。

全身的汗水在往下淌，燠闷的炎热形成的压力使空气稠得令人难受，呼吸都感到困难。老潘遗憾地确信，内衣衬衫已经湿透，贴在了皮肤上。他担心打扮好的仪表会在卫兵的面前受到影响，高贵、有教养的外表会在阳光的灼热下"软化"。衣领太紧，卡住了咽喉，连气都有些透不过来。渐渐地，老潘的脚步缓慢了，整个身体都蒸发着热气，自我感觉有些虚弱。

"唉！还是我们中国的衣裳透气、凉快。"他又作如是想。

在一个坟丘的旁边，有一棵树皮呈白色的大松树撑起了这里的一片阴凉，老潘想在这里休息一会儿。舌头向前伸，他舔到了一丝汗水的咸味儿。拭去额头上和鬓角间的汗水后，他坐了下来，一会儿又躺了下来，闭上了酸痛的、冒着金星的眼睛。他将头枕在地面的一个小土包上，这是一个长满了草的小坟丘，下面埋着的应该是一个婴孩。闷热的气候使老潘头昏脑涨，整个头颅承受着巨大的压力，犹如一个烫手的大石头。

没几秒钟的工夫，老潘睡着了，随即进入了梦乡。

他梦见了大海：长长的、绿色的海藻在海里杂乱无章地生长着，慢慢地摇晃着。海藻之间是游动的海鱼——美丽明亮的海底动物：灰色的、绿色的、银色的，有绿色斑点的、闪烁金光的、体形硕大的、尖嘴利齿的、椭圆形的、像一面镜子的，还有蛇一般的长形鳗鱼……

老潘还在酣睡，他无法注意到，就在他沉入梦乡的时候，老天爷突然变脸了——多少个月来老天爷的第一次变脸。朵朵云片从东方、从远方大海的上空向这边压了过来，聚集成黑压压的一团团乌云，不动声色地、持续不断地在空中滚动着。人们已经能感觉到空气中凉丝丝的湿气了，清风中开始夹带着零星雨点……

坟丘所在的树林在沙沙作响，多节疤的枝干在风中弯曲，枝条开始发出"嘎吱嘎吱"的折断声。蟋蟀在坟丘上的草丛中啾啾地叫唤，青草在随风摇摆、沙沙低语，树叶开始哗哗下落……风势越来越大，远方传来了一阵阵闷雷。

　　　　　　　　1938：德国记者笔尖下的中国和日本

老潘仍在安睡，完全没有感觉，还沉浸在梦中，还梦幻着大海、海藻、海鱼……他感觉不到呼啸而来、将衣角不时掀起的阵风的袭击，腰间的手枪已经暴露无遗。睡眠中，老潘向另一侧翻了一个身，脸转向了地面，那样子，像是要钻进地底下一样，要用头开路，用嘴将地面撬开。

风势凶猛起来，开始旋转。树叶、枯草以及所有没有扎根于泥土的杂草都被劲风高高卷起，在空中肆意地飞扬，像一群群片状物上演着激动人心的园舞，稠稠密密地在地面上奔涌着，在小坟丘与大坟丘之间、在粗大的松树树干之间、在硕大的树冠庇荫下……第一滴雨下来了……老潘还在睡梦中：大海在涌动，波浪被飓风高高地掀起，波峰咆哮着，露出一排排狰狞的浪牙。所有的鱼一下子都不见了，只有长长的海藻带在来来回回野蛮地抽打着。突然间，一个大浪滚了过来，直接冲向了老潘……还没等他意识到，一堵高不见顶的水墙就立在了他的面前。眼看水墙就要被颠覆，水头向下朝老潘扑了过来……他赶快不顾一切地抵御、极力要保护自己，就在这千钧一发的当口……

老潘醒了。

"怎么回事？"老潘在想。

雷阵雨哗啦啦地下了起来，西服已经被淋得透湿，怒号的龙卷风将粗壮的树干吹得来回摆动。闪电和雷声在短促的时间段里交替出现，不时能见到远方耀眼的电光，数十亿雨柱在不断地往下倾泻。

老潘靠着一座坟丘坐了起来，眼睛瞪得大大的，放射出光泽。湿漉漉的空气味道浓郁，散发着大地泥土的芳香。一阵阵"噼噼啪啪"的声音在周围响起，摇摆的树干似乎要被飓风连根拔起。树枝在折断，草茎被风打得伏倒在地……雨中的空气十分清新。

老潘深深地吸了口气，深感惬意，他不禁问起了自己：

"我怎么会在这里呢？"他对自己目前的处境深感惊讶。他从泥土里拔出一把湿漉漉的小草，然后用手指在雨水软化的淤泥中钻了一个洞。雨水从头上小溪一样地往下淌，流过他的眼睛、鼻子、脸颊、嘴唇，流到衬衣上……

全身都湿透了，他闪亮的眼睛看着围绕着自己的广袤田野。极目远眺，是一望无际的平原，是勤劳的农民犁出的一条条整齐的田垄。一切都还是黄色的，秧苗还没有钻出地面。不过，很快就会是绿茵茵的一片了，在这久违的、凉爽宜人的风雨之后。

硬邦邦的？哦！是手枪！老潘从身后抽出了别在腰间的手枪，远远地将它扔了出去。手枪摇摆着在空中划出一道弧线，像一个飞镖，"砰"的一声，撞到了树干上，"砰"的又是一声，落在了地上。老潘都没朝那个方向看，他完全不想知道，再也不想见到那手枪了，再也不想……

"下雨啦！"老潘终于纵情欢呼起来：

"这是上天在赐福！谷种喝水啦，就会发芽啦，很快就会是绿茵茵的一片啦！"

前几个星期，老潘的心情还是如此的黑暗、糟糕、绝望，一如干渴、萎败的枯草，现在却满怀希望地憧憬着金色的田野、待收割的庄稼……

"庄稼、庄稼、庄稼……"老潘不断地重复着这句话。他简直不敢想象，之前怎么会产生要报复杀人的念头。

"难道我们国家多几个人或者少几个人就会好一些吗？是啊，他被拐骗的女儿……难道就一定过得悲惨吗？"老潘奇怪地自己问自己，还情不自禁地耸了耸肩。

"尽管女儿是做偏房太太，但她的生活从此无忧，说不定以后我和妻子还会享她的福呢！今后，当我丧失了劳动能力，成为一个体弱多病的老头的时候……况且，林家也没那么坏。"老潘又这样想。

从天而降的大雨，完全改变了老潘的想法，他内心的危机化解了。他又回到了从前，还是那个人人喜欢的、友好善良的、没有嫉妒心的人……还是四万万相信未来、从不气馁、顽强不屈、要将中国从上千年的悲剧变迁中拯救出来的人民中的一员……直到现在，老潘都是一个有着毫不气馁、锲而不舍精神的、如老树皮般心灵的中国农民。

暴风雨过去了，但天空还是灰蒙蒙的。老潘还在这个不知名的坟丘前自言自语，不断地叫喊着一套套感谢上天的话语。他对上天说，对把握着地球和人类命运的神灵说，对难以尽数的父老前辈、祖先说……然后站了起来，发疯似的暴怒地撕扯他身上那件得体讲究的西服，带着极其轻蔑的姿态将它扔得远远的。西服落到一座坟丘上，老潘抓起自己的包裹走了。

老潘惬意地走在田野上，哼唱着小曲，他小心地挪移着脚步，唯恐踩到了谷种，歌声远扬，回响在一望无垠、湿润的大地上空。

他要回家……

两个星期以后，我又看见潘良楚弯着腰在田间行走，田里已经是一片葱绿。他走得十分缓慢，一步跟着一步，小心翼翼地踩在犁沟上，他十分仔细地观察着农田，不时地将土壤里的杂草拔掉。

老潘早就忘记了曾经的干旱，忘记了曾经的困境与绝望，忘记了曾经背地里阴谋的没有实施的那一出精心策划。

昨天，妻子对他说：又怀孕了。

昨天，他又碰到了老地主林家，林家还不乏友好地询问他的近况。

老潘如此弯着腰在田间行走：一个地地道道的中国农民形象，在温柔和煦的晨光中移动着，明亮的天空衬出了他佝偻的身影——好一幅动人的画面。

新的一天又开始了。

村头传来了公鸡的第三声啼鸣，农田里一群麻雀在叽叽喳喳地叫个不停。老潘仰头一声吆喝，惊飞了鸟雀，却迎来了一阵"汪汪汪"的狗叫……

这就是平和宁静的中国农村。

拜访谭博士

谭博士今年五十一岁，属于中国人中的"高贵一族"，人们一般认为，这种"高贵"类型的人完全是由古典传统的中国文学熏陶出来的。"高贵一族"在思想态度、文化意识、价值观念以及道德水准上，接受的是经数千年打磨的、已经发黄的、完整的中国文化。因此，他们在思想观念上、待人处事上、行为方式上会显得有见识、有智慧、有思想，能体谅人，和善可亲，像一个从中国古典画中走出来的人物。

※

凛冽的寒风从西北方向刮了过来，已经持续好几个小时了。

"嘴唇要紧紧闭上，"我这样提醒着自己：

"闭上就不会总是想着用嘴去呼吸。在如此恐怖的寒冷中，用嘴呼吸是很容易导致牙根感冒的。"

我努力地用冻得已经失去了知觉的鼻子呼吸，在这种干冷的、导致身体的每一个部分都近乎僵硬的刺骨寒风中，是没有什么愉快可言的。我感觉到了鼻黏膜的疼痛，尽管我一直在用长长的、厚厚的、能将整个小臂都套上的猫毛手套严严实实地捂住自己的鼻和嘴。

坐在黄包车上的我，裹在一件重量超过了一般大衣近四倍的熊皮大衣里。这件大衣是我最近在蒙古购买的，卖大衣的商人告诉我说，他是在西伯利亚最北边猎杀了这些熊后，将熊皮偷运进来的。厚厚的大衣皮毛领像屏风一样高高地翻竖起来，保护着我的脖子不受寒流的严重侵袭。

我几乎是难以忍受地看着在前面奔跑的黄包车夫——人类的"拉车牲口"，他正喘着粗气、艰难地顶着强风前行。我曾几次要求下车自己步行一段，可车夫说什么也不同意。

"这是我必须干的活，即便是在这种恶劣的天气情况下。"车夫说，他让我放心，并试图尽力地掩饰自己的疲惫状态：

"对我们来说，任何天气都是一样的，都得干活。"此时，他的话能给人一种信赖：

"您不要顾及我。"他安慰我，丝毫没有将车辕放下让我下车的意思。中国人的心灵中没有空间可以盛放过分敏感的怜悯和同情。

"尽管如此，"我想：

"下车也帮不了他，没有什么实际意义——我上百次地在这样想——他不拉我，就会去拉别的客人。拉不到客人，他就会在这种天气下，可怜巴巴地待在寒风中的某一个角落，等待、等待、再等待……带着发了炎的眼睑，带着流着因为疼痛而不能马上擦掉的鼻涕，带着冻硬了的、黄白的、尸体般没有血色的耳朵，带着一双灰白的、破裂的、有鳞屑的双手……等待着希望坐车的客人。等不到客人，他很可能就吃不上晚餐。中国一句老话是这样说的：中国黄包车夫的生活是直接从手里送到嘴里。也就是说，他们没有积蓄，没有多余的铜板。

我们理解的、一般意义上的怜悯、同情和社会关爱，我觉得在中国没有什么位置。但这并不是说，中国人是不具备与我们拥有同等人生价值观的人，不能将所谓普世的人的本质关系往他们身上套。非也！实在是因为这个国家有着完全不同的另外一种社会观。

在中国，生存竞争是冷酷无情的，对个体提出的要求更多。残酷的生活现实构筑了中国人逆来顺受的认命情结，而这种情结在所谓"传统的"方式上是不怎么讲究所谓同情心、怜悯心的。西方人常常会错误地解释亚洲人的人文表现形式。例如，中国人的礼貌，比方说我们想到的、也常常提及的中国人的"笑容"。一般而言，人们会认为中国人的"笑容"是一种发自内心的表情。是的，在一定意义上可以这么说。但实际上，这种笑的"表现形式"首先只是养成的一种习惯，一种轮廓鲜明的个人生活习惯，就像某些电影明星习惯表现出来的那种没有什么实际内容、龇牙咧嘴的故作姿态。

我的黄包车夫并不期望在我这里得到善意的、悲叹伤感的同情心，他理性地站在现实世界中。就我所知，地球上还没有任何一个国家，人的生存条件显得如此艰难与苛刻。黄包车夫乐意我能最大限度地利用他，能不惜一切代价地，不择任何手段地使唤他，在他看来，这才是善举。他期望的是，在最后付钱的时候，能超出约定的多给他几个铜板。这样，他在晚上至少可以放心地吃上一顿饱饭。没有车夫会感到生气，即如果有人对他提出高的，甚至是过高的要求。等级不公的概念对他们来说是陌生的。所谓"认命"情结，即是说，社会不公是天经地义的，是上天为今人安排好了的。

"人这辈子的生活是上辈子都安排好了的，今生得偿还上辈子欠的所有债务。"中国人大概就是这样想的。

由于有这种潜藏在心里、在精神生活中占据着统治地位的心态，所以他们就必须承担所有的艰难和痛苦，使自己不沮丧、不绝望。在其他地方去探索所谓"债务"的想法，即这"债务"可能是因为"人的利己主义引起的社会不公正、地球上物质分配不均所造成的人的不平等"的想法，对一个苦力而言——少数挑拨煽动的因素除外——则是完全陌生的。他们满足于自己艰苦的、贫困的生活现状，真诚地接受着、忍受着现实生活中的压力，并致力于通过自己的勤劳和牺牲精神来减轻自己的困境。他们总是挂记着人世间和上天那些大量的、具有主宰人们命运意义的神灵……每一个黄包车夫几乎都抱有这样一种宿命的生活态度。

乘客付给他的每一个铜板的意义都要大过人们面对他们表现出来的哪怕是最贴心的社会理解和最合礼节的人道体谅和关照。但如果人们因此而得出：这是一种极端的物质利己主义表现，那我要说：没有什么比这一推论更加错误的了！

尽管车夫们与他人一样，拥有发财的欲望，但他们想到的，往往还是施舍者本身的福祉。

"每一个善举都一样，"他们总是这样在想：

"施主捐献出叮当作响的铜钱，也是在为自己的未来积德行善。"

从这个角度想，黄包车夫会从两个方面来理解乘客表现出来的善举。他们高兴，因为乘客的捐献，他能饱饱地吃上一顿；他们也高兴，因为乘客的这一善举会给乘客本人的未来带来福气和幸运。根据佛家的世界观，每个人此生的善举都会给自己来世的生活带来好的影响。人生是轮回的，即所谓有"来世"的，人不会因为死亡就逃避了他生前犯下的罪行。同样，只有最纯洁的人，通过无休止的生命轮回、筛选、过了滤的人，才会真正圆寂，步入天国。

我的黄包车夫当然不会想那么多，他现在最重要的是要把稳车辕把杆，顶着凛冽的寒风前行。

我迎着风的眼睛只能微微地睁开，眯成一条小小的细缝，在寒风中，艰难地淌着泪水。寒风打在脸上，像无数根细针在扎。架设在空中的电线，在寒风的吹打下"呜呜"地呼啸着。横穿天津国际租界的维克多利亚大街（Victoria-Street）今晚空无一人，寒风吹过大街，灰色的沥青路面像抛过光的镜面一样，平滑、光亮。

每每阵风吹过，我都担心会将黄包车掀翻。车夫必须使出全力才能顶住扑面而来的风势，这样，我舒适坐着的车才不至于后退。

我紧紧地蜷缩在一起，关闭了所有的感官。尽管所有的中国理念，我都可以拿来自我协调、自我安慰，但我还是对可怜的车夫寄予了深深的同情。我不能自己决定下车，尽管其原因只是不想因我的下车给车夫带来更多的痛苦，听起来像是一个借口。人来到中国后就会自然产生这种愿望和企图，即将自己随身带来的、普世的、同情和关怀的情感在这里表现出来。

这里笼罩着的肃杀和寒冷，似乎要将一切生灵灭绝。零下四十到四十五摄氏度，这是中国北方并不少见的气温！

我们的车终于向右拐进了一个小侧巷，风从侧面呼啸而来，但要比顶风前行舒适多了。我马上就有了感觉，脸也开始发热，像突然闯进了一间温室。

"师傅！还行吗？"我向前面的车夫叫道。

"怎么啦？"他友好地回应着。

坚韧不拔的毅力是中华民族独有的，世界上没有第二个民族具有这种毫不气馁、令人难以置信的坚韧毅力！我的车夫就具有这般毅力，他顽强地、灵活地向前奔跑着，是的，急速地奔跑着……呼啸的阵风不时将街两边的房顶刮得哗哗作响。

我现在正在前往谭（Tan）博士家的途中。

谭博士是一位上了年纪的颇有修养的中国绅士，他内在的丰富文化涵养、令人惬意的行为举止以及博学多才都赢得了我特别的好感。与他在一起度过的时光，都给我留下了最美好的记忆。他说话时那浑厚的音调听起来就像一曲低沉悦耳的音乐，我乐意将我与他的谈话特别命名为"僧侣间的对话"。

谭博士以前是一位外交官，代表中国在很多国家任过职。在欧洲一些国家，包括德国，还有日本以及美洲的不少国家。他已经回天津（Tientsin）居住多年了，现在就待在这个近乎荒凉的让人提不起精神的北方城市。天津缺乏灵气，是中国最没有文化内涵的城市之一，在这里就只有经商做买卖。

谭博士今年五十一岁，属于中国人中的"高贵一族"，人们一般认为，这种"高贵"类型的人完全是由古典传统的中国文学熏陶出来的。"高贵一族"在思想态度、文化意识、价值观念以及道德水准上，接受的是经数千年打磨的、已经发黄的、完整的中国文化。因此，他们在思想观念上、待人处事上、行为方式上会显得有见识、有智慧、有思想，能体谅人，和善可亲，像一个从中国古典画中走出来的人物。

谭先生的下巴上已经长出了几根银白色的胡须，脸上有了些许皱纹，但还不算满脸皱纹。谭先生是近视眼，但平时在公共场合却从不戴眼镜，尽管如此，那开朗活泼的眼神却极富穿透力。谭先生能说一口流利的几乎不带口音的德语，就连中国人很难发出的德语中的"R"音他都能正确地发出来。

一般来说，中国人常将德语中的"R"音发成"L"音，就像德国牙牙学语的小孩发音。例如，他们将"粗玉可（zurück）"

发成"粗绿可（zulück）"，让德国人听起来很是滑稽。

呜——！又是一阵强风从正面袭来，将我一下子打倒在椅背上，寒冷残酷地折磨着我的脸庞。像黄牛一样，车夫低着头顶风前行。街道上空无一人，死寂一般，我还没有到达目的地，谭博士的住宅位于天津城外。

头顶上是星光闪烁光耀明亮的夜空，呈现出一种自由辽阔、崇高壮美的伟大。中国北方冬夜的天空给人带来的感觉实在难以用语言表达！白天阳光灿烂，高不可测的天空没一丝儿云彩，清一色的紫罗兰色。空气是冷清、干燥的，而一到晚上，闪耀的星空看上去就像一个巨大的王冠。人们甚至可以这样说，北京，这个已成为石化传说的权力象征、这座历代皇帝久居的伟大京城，会出现在北方这种天空之下是毫不奇怪的。这里的天空昭示着一种伟大、壮丽，中华帝国最强有力的统治者，就是在这片天空下历练、成长起来的。

"终于见到几个活生生的人了。"我的思绪被眼前出现的一个街景所打断。

在前面的一个街角上，我看见一小群人，可随着黄包车越驶越近，我才知道这是多么令人恐怖的一幕：暗灰色的墙角下蹲着一群人，他们哆嗦着，那样子牙齿都在打战。两个妇女将两个婴儿紧紧地贴在自己的胸口。她们的周围站立着四个年约七至十岁的儿童，裹着脏兮兮的、满是油腻的破布片，衣不蔽体，双臂、双腿都裸露在外。女人在哭泣，骨瘦如柴的孩子在叫唤着冷和饿，还有那襁褓中的婴儿……耳闻目睹，人们马上就会联想到：这零下四十二摄氏度的寒冷和这刀口般锋利的寒风！

这是一幅怎样的人生画面！它使我一下子失去了自制和镇定！这一画面透彻地、有说服力地揭示了背井离乡的中国穷苦盲流的命运。我曾见过世上许多惨不忍睹的情景：有仍活着，但身体正腐烂发臭、濒临死亡的人；有因饥饿丧命，尸体已成枯槁的死人。在热带地区，我还见过像被踩死的蝗虫一般倒在路边的一个个穷人……但像这样严酷无情的情景，一群无家可归、满身褴褛的人在冰冻与寒风中挣扎的画面还从来未曾见过！

我不知道，我为什么没有马上让车停下来，我不能做、也不想做什么！一个力所能及的、聊以自慰似的小小帮助，在人类巨大的痛苦与折磨、在流离失所的灾难面前是微不足道的。这是我迄今见到的最为悲惨的、将人类无情的命运形象化了的一个"艺术"画面。一个有能力独自承受如此巨大痛苦的民族是值得人们去爱的。我自己对自己如是说，仿佛在聊以自慰。

"不管是谁，只要目睹了这一悲惨的情景，就不会再忘记。这是一个能使人深刻理解生活、净化人的心灵的画面。"我这样在想。

这令人心悸的画面，使我事后一想到整个身体都会再次颤抖。只有这中国北方的冬夜能理解我此时的感受，能分担我此刻的苦楚。我觉得，我就像一个暴君，经过这里，连眼皮都没有眨一下……

谢天谢地，终于抵达目的地了！身体冻得近乎半僵的我在谭博士门前走下车来，很快就坐在了他家中客厅敞开着的壁炉前。壁炉里的火苗跳跃着，惬意地闪烁着，不时还会传出燃烧着的木柴噼噼啪啪的爆裂声。

谭博士家宽大的客厅布置得特别清爽宜人：铺在地板上的厚地毯带着素洁朴实的颜色和图案，墙上挂着卷轴式的中国传统书画，箱子、沙发、椅子均为精雕细刻的黑色实木，华丽气派地摆在客厅的不同地方，将一个宽大的四方客厅分隔成一个个"没有墙壁的小单间"，谭先生曾如此风趣地形容他巧妙布置的客厅格局。小巧玲珑的烟几、茶几、花瓶、玉雕品，红的黑的漆雕箱、装饰盒以及很多其他的精美家什……一个客厅简直就是一个氛围浓郁的传统文化展室。

古老的中国艺术品摆放在客厅周围，给人的感觉不像是刻意摆放的博物馆藏品，自然得像原本就属于这个地方似的。物品散发出一种浓郁的、令人惬意的文化气息，即一种圣洁的、庄严的、一般"静物"不可能具备的气息。在教堂里，有时就能感受到这种肃穆、神圣的宁静气息。这里的每一件家什似乎都有它自己的年代和命运，它们融入了太多的人类幻想、创造和文化追求。作为过去年代的见证，它们现在正沉默地蛰伏在这里。尽管如此，只要您凝神关注，就会感觉它们也在倾诉：一种无声无语的表达，向那些能理解它们的人……

这是一尊光闪熠熠的龙雕，装饰着座椅的后背；这是一幅挂轴式的传统中国画作，画面上磅礴的山势、陡峭的山崖栩栩如生；象牙雕框子里镶着一面绿锈斑斑的铜锣；墙上挂着的是一块色彩幽暗的丝绸挂毯……

"所有的这一切，"我对自己说：

"展示出了一个伟大的传统，一个统一的不断趋于精美但其本质又从未改变的古老文化，它凝固了数百年形成的恒久不变的基本观念和价值标准。"

身前火光闪烁的壁炉使我的身体慢慢解冻、活跃了起来，但之前在街头见到的那令人心悸的悲惨画面，还是时不时地使我倍感黯然神伤和难以置信。我与谭博士坐在柔软的沙发上，佣人端来了热气腾腾的茶水。我发现，只有壁炉和我们现在坐着的沙发算是整个客厅里唯一可见的两件欧式家具。

"我很喜欢壁炉和沙发，因为它们给我带来了舒适的感觉。"谭博士有一次对我这样说：

"此外，您尽可以在我家里寻找，不会再有第二个家具是欧式风格的了，当然，"他又补充道："浴室要除外。"

"外面实在太冷，"谭博士打开话匣子：

"你真是值得称赞，能够不畏寒冷，外出走访……"

"这不值一提。"我谢绝了他的开场白，不乏礼貌地说道：

"您知道的，在您这里我是多么享受。对我来说，似乎在中国还从未见过像您这样舒适惬意的住所。博士先生！"

"过奖了！确实过奖了！"他笑着打断了我的话，接着说道：

"但我还是很高兴，因为我知道，您在我这里还是很愉快的，"说到这里，谭博士端起茶杯抿上了一口。中国人品茶时那享受的模样，他人是很难模仿出来的。眼睛微微闭合，脸上那神情，就像深深地陶醉在一曲美妙动听的音乐之中。

"我的太太们，"当他将手中的茶杯放下时，继续说道：

"如蒙同意，我要代她们向您道歉了。她们已经睡下了……每天的这个时候，她们都会准时上床睡觉的。"

我对谭博士表现出来的细致周到的礼貌报以唯一可能的答谢形式，即从沙发上站立起来，微微地向他鞠了一躬。他也微笑着说了几句难以听清的客套话，意思应该是，一切随意。

"今天一早，您就打电话到酒店里对我说，希望与我单独聊聊天……这茶真是太好喝了。"我马上转移了话题：

"这茶一定是一种十分昂贵的品种……"在最后一个词还没有说出口的时候，我就感觉到，血一下子上升到了头部。我突然想到，在中国，向主人直接询问茶的价格是十分不得体、不合礼仪的。

"请您原谅，"我很快说道：

"但您知道，我对此很好奇……"我请求谅解似的又补充道。

"但是，亲爱的朋友，"谭博士亲切友好地并故意表现出一副惭愧的样子拒绝我的道歉。好像要说：完全是我的责任、我的失礼，才会使您陷入这种尴尬的处境。人们得首先理解中国人礼节的运用，只有这样才能在一个上流的、中国贵族式的行为举止中注意到其间细微的程度区别。

"你没有无礼，即便从讲究礼节的角度上讲。"谭博士概括地说道：

"在哪里失礼了？"他问我，身体微微地向我这边欠了欠。

我赶快手指着茶杯说：

"我说的是茶，我想问一问这茶叶的价格。您知道吗？"我赶紧又补上一句：

"如此芳香醉人的茶我还从未品尝过。"

"哈！"老人短暂地干笑了几声。他听出来了，我关心的并不真正是茶的芳香，而是茶的价格。我以前似乎听中国人说过，中国上好的茶叶是十分昂贵的。昂贵到什么程度我至今也还没有弄清楚。现在我有了这个机会，可以从可靠的源头准确地放下这一悬念了。

"您不要讲客气，柯先生。"谭博士友好地说道：

"在这里您要像家里人一样随意，有什么问题尽可以问。我们相识已经很久了，相互之间也很熟悉，我很乐意尽可能地回答您提的问题。您想知道茶叶的价格，是不是？"他没有停顿就又开始说了起来：

"我很乐意向您透露。"谭博士很轻松地就接受了我的提问。

"不过，首先要清楚的是，不是每一个人都喜欢喝这种茶的，很多人会觉得它太苦。还有，这种真正上好的绿茶还几乎没有什么颜色，这在外表上也影响了一些人的喜好。很多人喜欢喝颜色呈褐色的茶，看起来所谓茶性'明显'，茶叶还可以留在嘴里嚼上一嚼。"说到这里，谭博士示范性地在嘴里嚼了起来，听得见牙齿上上下下发出的摩擦的声音。

"还有，不少人说，清茶（绿茶）香气太重。这所有的标志都表明，喝这种茶的人需要一个经过训练的味觉，才能获得别有风味的享受。喝一口经正确配制的最精细的绿茶，对我来说是一种高贵的享受。瞧！这亲切柔和的花香正从茶水里飘逸出来。嗬！嗬！"谭博士指着正飘逸着热气的茶水笑了起来。

"我很高兴，"谭博士站起来重复说道："这茶合您的口味。"

谭博士向壁炉走了过去，在墙边拿起一把火剪，在壁炉炉膛的火里四下捅了起来。他将燃烧的木柴在火中重新架好，将燃尽的木块推到一边，正在燃烧的木块则集中地架在炉膛中间，然后又将一个新的树根块放到了火堆上。在谭博士拨弄炉火的时候，我有时间关注客厅里摆放的一些其他艺术品。

在壁炉墙面向外伸出的一个平台上，一个绘有青花图案的瓷钵里插着一炷燃烧着的香签，香气正向我这个方向飘来。这种隐隐的具有暗示性的舒适惬意的气息，使我不由得想起曾经拜访过的教堂和寺庙，思绪也一下子飞到了印度、日本，飞到了欧洲，飞到了那些我寻觅过的教堂和寺庙的地方。人的梦幻是不会受所谓地域距离的限制的。

透过有着双层玻璃的窗户，我听到了外面一阵紧一阵的寒风阴森恐怖的呼号。在半明半暗的客厅里，我的眼光扫过光泽幽暗结实的木质圆角家具。在壁炉的火光照耀下，家具的表面反射出暗红色的光芒。墙上高高地悬挂着一幅幅画轴，看看这幅，又看看那幅，幅幅都吸引着我的目光。有些画幅不是绘画作品，而是充满艺术意味的毛笔字书法作品。内容可能是一种题字，也可能是一句格言，或是一句寓意深刻的话语……在后面的墙角里，我看见了一尊象牙雕小人像。这尊人体雕像有着一个非同寻常的高额头，布满额头的是波浪般生动的横条皱纹，永恒的微笑赋予他生动有趣的神情，十分逗人喜爱。虽说只是一个雕塑面具，但给人没有丝毫拘谨的印象。我情不自禁地产生了联想，以前似乎听说过有关这种人物雕像的传说！

是什么传说呢？哦！是的，它使我想起了"江河长老"的传说："江河长老"是来自中国史前混沌年代的传奇形象，是富有想象天赋的中国人在他们真实的历史基础上虚构出来的形象，中国人用这个形象来诠释人类社会的发生和起源。一如所有的文明古国和文化民族，中华民族也虚构了不少神话和传说，来补充和完善对这个世界的想象。我模糊不清地回忆起，后面角落的那尊用黄色象牙雕刻而成的、不乏滑稽诙谐的小人雕像应该就是中国创世传说中的一个形象。

"这种茶……"谭博士打断了我的思绪，干完壁炉前的活之后，他又坐回到了沙发上。

"太精美了，"我很快接过他的话茬儿，有那么点不知所措。

"难道我的表现又出错了吗？"我问我自己，因为我看见谭博士正抿着嘴在笑我。

"您的思想总是在开小差，"他用一种开玩笑的、提问似的腔调说道。就像我总是在不应该做梦的时候做梦似的。

"这样也好，说明您在我这儿有了在自己家中一样的感觉。"他用手指着地板继续说道：

"进入梦境，深入思考，这只能在内心没有任何压力的情况下才能做到。"谭博士解释道。为了佐证他的观点，他还特别为我引用了几句中国古典文学中的句子来予以说明。

"您说得没错，"我回答道：

"我的思考刚才正放在那里，"我指着客厅后面墙角里站立在木雕台座上的那尊象牙小人雕像。

"那一尊，"他颇讲究修辞地接着说：

"这是再生的'五个天上长老'中的一个。'五个天上长老'帮助'真王'，即'真正的帝王'统治着上千部落，换句话说，统治着整个人类。"

我频频点头，表示听懂了他的话。实际上我一点儿也不明白，至少是没弄懂谭博士讲的那些事之间的关系。他出声地惬意地喝着茶，眼睛盯着手掌上托着的茶杯，并没有准备继续给我讲解"五个天神"的故事。接下来，我又听见他在自言自语，两只眼睛开始扫描着身前地毯上的图案。

"今年夏天我到了中国的最南方，即在广州附近拜访了我的几位亲友，我在那里美美地住了整整三个月。在我离开的时候，亲戚们给了我几包金龙茶。金龙茶（Djin-Lung-tscha）可是一流的好品种，这种品质的茶叶如今在市场上几乎见不到。以前，我们的皇上也只是在庆典活动中才会喝这种茶……"

"在市场上，如果见到这个品种，"谭博士稍稍停顿一下，又继续说道：

"那将是十分昂贵的，"又停顿一会儿，接着用一种几乎听不见的声音说：

"您一定很想知道的，大约要一百元到两百元。"最后一个词谭博士说得非常之快。

"您说什么？一百元到两百元？"我吃惊地又重复了一遍，并问道：

"您说的是，我的博士先生，可能是一满罐茶叶吧？"我说着，并用手比画着一个抽屉柜大小的茶罐。

"哦！不是，"他很快插话：

"没有满满一大罐，如此高贵的茶叶怎能放在这种粗糙的容器里呢？一小片茶叶，用一杆金称来称，这样衡量才是合适的。"他颇为任性地强调道，一个手指轻轻地掸了掸丝绸罩衫上的一个小灰点。

"我看，也就一小盒而已，用丝纸严严实实地包了七层。少许几克，只能泡一到两杯茶。"谭博士进一步解释道。

"原来如此，"我迟疑地又冒出一句：

"您刚才说的那价格还只能泡一到两杯茶？"

"是的，"他轻轻地说道，并点头予以证实。

"那我得赶快再品品这茶。"说话间，我抓起茶杯，仓促地喝了一大口。一下子竟给呛住了，接着竟剧烈地咳了起来。谭博士马上起身，轻轻拍打着我的背部。

"您不能喝这么快，这么仓促。"他关切地说。

看到我很快平静下来，他又坐回到沙发上笑着说：

"像你这样喝当然就谈不上享受了。"

我的眼睛流着泪，咽喉像勒住了一般说不出话来。这样也好，免得我还得继续对茶发表意见。平心而论，这茶还真不太对我的胃口，闻得到四下飘逸的茶香，可喝起来，这昂贵的饮料还真不适应，可能是我的味觉没有细腻的感受，没有经过足够的训练吧。我有些不好意思地端坐在沙发上，用皱巴巴的手绢不住地在裤腿上擦拭着不小心滴落在裤子上的茶水渍印。

"这茶水不会在衣服上留下印渍的。"谭先生在安慰我。

"您刚才说，"过了好一会儿，我提出了另一个话题：

"角落的那尊象牙雕像是再生的'五个天上长老'中的一尊，您可以给我讲讲他们的故事吗？"

谭博士微微地咳嗽一声，往后靠在了沙发背上。他询问似的眼光从侧面看着我，我不知道为什么。

"我很乐意给你讲！"谭博士说道，端起茶杯又抿上了一口。

"您是知道圣经的，"他开始讲了起来：

"这要从圣经说起，圣经上讲上帝是怎样在六天内创造了这个世界的，但我们中国人的传说却是另外一个版本。中国人相信，在上帝和天地形成之前的上古时期，整个宇宙是混沌一片的，这是远离所有想象的一种想象。"

谭先生慢慢地，几乎是把词一个一个地单个挤出来，仿佛是在争取时间，让自己也能够好好地回忆、好好地组织语言。

"上古时期，整个宇宙可能是波涛澎湃、翻腾滚动、咝咝作响、泡沫涌动的水的旷野，汪洋一片，没有开端，也没有尽头……从这一原始的混沌状态出发，产生了两极：阴和阳，即明亮和黑暗、恶和善……您能明白吗？"说到这里，谭先生转向我这一边，眼睛看着我。

"'阴'和'阳'这两个自然的原理、法则，经过数千年的漫长岁月，"他快速地介绍起来：

"在某一天就产生了一个类似于人的生命体，也就是我们创世纪的史诗创作者，我们将这个生命体命名为'盘古（P'an-ku）'。"

"混沌开始一圈圈地围绕着盘古，我们的神话传说是如此描述的：盘古，即原始的、史前的水——混沌，慢慢地以极其神秘的方式演变成石头，当时的世界到处都是无比坚硬的花岗岩岩石。"

"盘古开始了他的工作，用凿和锤子将一个个花岗岩岩石凿成一个个人的形体。他苦凿了一万八千年——可不是你们基督上帝的六天，"谭博士简明扼要地补充道：

"直到天地最终形成。这就是我们中国人说的世界起源。"

谭博士将他坐的沙发向前挪了挪，又开始拿着火钳四下地捅了捅壁炉炉膛里的火，燃烧的木柴飞溅出火星。尽管手中干着活，但谭博士并没有中断介绍。他的声音冷静、柔和，极具亲和力。边说还边向我这边瞅瞅，看我是不是在认真地聆听。

"在接下来的某一天，宇宙里冒出来两个动物，一个是巨龙，一个是麒麟。您，"谭博士继续描述：

"一定经常在我们的绘画作品中见到过这两种动物。在我们的传说中，龙和麒麟是要帮助盘古。当时地球都还没有完成，还谈不上有人类。盘古有了帮手，也就不用那么疲劳了，他过剩的精力，开始用在了其他的地方。盘古的身躯在增长，开始明显地长大、长大，每天都长上个六英尺（约合三十厘米）。越长越高大，直到有一天长得与他创造的地球一样大，他很轻易地就可以推动地球，直到最后自己也变成了地球的部分。盘古巨大的头颅成为山峦，他的呼吸成为风，他湿润的气息成为云霭……盘古还在长大，直到高达十万埃勒（Ellen，尺骨，德国旧长度单位，约六十至八十厘米——译注）。如果他说话，那就是雷声隆隆，盘古的血管就是江河，皮肤就是肥沃的土地，他布满全身的汗毛就是绿草和灌木丛，他的头发就是树木和森林，他的骨头就是岩石、钻石以及埋藏在地底下的金属矿藏。如果盘古流汗，天就会下雨。"

"后来，"谭博士继续娓娓道来：

"盘古庞大的身躯死掉了，他的尸体被分割成数不尽的小块，每一个小块都各自独立，继续生长，盘古的精神则赋予这些小块躯体以灵魂。很快，地球上出现了爬行的龙形怪兽和昆虫，它们饱食盘古死尸的剩余部分，并不断繁殖，越来越多。部分龙形怪兽和昆虫慢慢形成了富有人体特征的形体，他们现在仍生活在地球上，比如我们两人。"谭博士风趣地拿自己和我打着比方：

"最后成为地球居民。"谭博士的最后一个词像音乐一般有旋律地渐轻渐弱，然后沉默了下来。

谭博士站起来，用火钳又夹起一块树根块送进了壁炉的炉膛，松木在火中噼里啪啦地发着"牢骚"。火苗上蹿，整个客厅都闪动着光亮，我们的身影也超出体形数倍地投射在身后的墙壁上。那巨大的身影，恰似盘古……

"如您所听到的，"谭博士又说了起来：

"我们的创世纪传说与你们的上帝创世说相去甚远！"

谭博士又坐下来继续讲述：

"除了这个传说故事，还有一个其他的说法，这是之后又杜撰出来的，它延续着刚才叙述的所谓创世纪故事。现在我来介绍您感兴趣的所谓'江河长老'这个话题。您一会儿就会知道'江河长老'的来历。"

谭博士又介绍起来：

"'五长老'在盘古还没有将天地造出来之前就出现了。他们的到来像谜一样，与神话史诗有关系的是，他们同时从昏暗模糊的混沌中产生。'黄长老'，可说是'地球的主宰者'；'红长老'，可说是'火的主宰者'；'黑长老'，可说是'水的主宰者'，以及另外两位没有颜色的长老，即'森林之王'和地底下的'自然资源——珍宝之王'。

"'五长老'之后出现了一个'真王'，'五长老'们即刻请求'真王'作为最高的'神'来统治这个世界。'真王'则上升至三十三重天，住在了天宫里，在三十三重天上向下掌管着地球。'真王'控制着'上千人类部落'，'五长老'则在一旁协助他。'五长老'从'真王'那里得到自己的工作范围，'黑长老'居北方，'红长老'居南方，'森林王'居东方，主宰金属以及其他珍宝的王（有时也说是女王）则居西方，还剩下一个没有分配家乡的是'黄长老'。'真王'命令他前往人类，以帮助人类学习美好的艺术，教授人类智慧。为了这一目的，'黄长老'作为人必须不断地一天天向下临近地球，他必须不断地新生。他的新生也十分特别，不是作为一个婴儿来到地球，一降生就是一个白发苍苍的老翁。例如，有人说，中国的老子就是'黄长老'的新生，人们也都愿意相信这一说法。"

说到这里，谭博士耸了耸肩，权衡着、斟酌着，仿佛想说明，以上的说法是确定的，它介乎于真实与杜撰之间的界限是模糊不清的。

"以后，'黄长老'要再一次在人间出现，大约在你们纪元开始后的第六个百年，即公元六世纪，这一次则是作为'江河长老'出现。直到今天，'江河长老'的形象都被我们民族视为最爱：一个相当大的、南瓜一样的头颅，额头特别向前突出，手持一根长长的拐杖，就像天主教徒手中的牧杖。"

这个时候，谭博士伸长了胳膊，手指着客厅墙角的那尊雕像说：

"就是他，他就是'江河长老'。"结束了介绍，谭博士又一次离开沙发站了起来。

"我觉得，"一会儿，我又听见了他的声音：

"我们可以再来杯咖啡，提提神。"他叫来了佣人。

隔壁房间里的挂钟在敲响，已是子夜时分。窗外的寒风还在呼啸，似乎在刻意地强调：坐在一个文明典雅、富有人情味的人间住宅里该是多么的安全、温暖和舒适啊！

航行在皇家运河上

运河为中国的统一做出了很大的贡献……长江和黄河将中华大地分成了数个不同的生活区域，影响和妨碍了大一统思想的贯彻……有着一千五百年历史的运河，则给中华民族带来了幸福，运河的历史证明了这一点！尽管当初统治者下达挖掘运河的旨意，其目的并不是真正地要为人民谋福利，而只是为了满足自己的私欲……

※

如果谁没有计划地在中国各地旅行，那么他要实现自己期待中确定下来的一些旅行目标就会感到很困难。用我们欧洲人的标准来衡量，这个国家地域的辽阔和广博是如此令人难以把握，以至于没有一个确定的计划而使旅行得到成功实施几乎是不可能的。而从另一个角度上讲，按计划走人家已经走过的老路又潜藏着"危险"，即太容易失去旅行中应该具备的浪漫情调了。

不管怎样，我特别反感这样一句广告词：以下景点，游人必观。人们怎么总是要以一种先入为主的态度向他人介绍、传播呢。这些人是太多太多了，大多是出于陈旧过时的观点和立场，即只是听说过、只是读到过或只是看到过描绘景点的画本，然后就戴上了有色眼镜，存有偏见地去误导他人。"游人必观"这句话，应该说从一开始就使游人心存负担。

例如，站在北京的天坛前，我马上就会想到在世界各地都能收到的那些漂亮的明信片。见到明信片画面上在阳光下覆盖着天坛巨大圆形屋顶的、蓝宝石般耀眼的马约里卡釉瓦以及撑起这屋顶的高大壮美的彩色大圆柱，人们很容易对"高度的文化"产生幻想。而想不到的是什么呢？是民众！实际上，没有勤劳智慧的中国民众，这些辉煌出色的建筑能够矗立起来吗？！

差不多有一半左右来中国的外国旅游者们，尽管是以一种骄傲自豪的近乎陶醉般的情感惊讶、赞叹中国的建筑文化，好像这些文化标识是缀在他们自己大衣上夺目的、值得炫耀的刺绣图案似的。但他们并没有去关心那些将他带到这个旅途上来的最亲近的中国人，甚至没有正眼地去瞧过他们一眼。对这些旅游者来说，中国人与中国建筑文化之间似乎毫无关联。更有甚者，看每一个中国人，只要这个中国人没有穿上丝绸锦袍大褂，他就想当然地认为这个中国人是一个劣等的值得鄙视的人，并斥之为：穷鬼，有色人种！

我不赞同、也十分讨厌这种观点。

我认为，人们在欣赏、赞美不容置疑的伟大中华文化的同时，也应该相应地采取合适的、能与之相称的态度来对待创造这种文化的普通中国民众。学会了解、理解民众，是面向未来的一项重要任务，特别是要学会理解在日常生活中见到的普通的人民大众。

我在游历远东，特别是在中国的数次旅行中发现，只要你不是执意地走在一条由所有成见和偏见的石块铺就的"主街道"上，要想了解、认识一个人根本就不是一件困难的事。可能正好就在"不需要你去行走的"一条岔道上，就能遇到与你谈得来的人。而通过与这些人的交谈，你就能更深入真切地了解中国以及令人钦佩的中国文化。

尽管今天的人类拥有了远洋巨轮，拥有德国人发明的齐柏林（Zeppeline）飞艇和飞机，能将相距遥远的国家以及这些国家的人民紧密地连接在一起，但我们内心对远东的认知以及由此而形成的、对远东人真正的人性本质的看法并不会好过马可·波罗时代的人。相反，今天的人们抱有的关于远东人以及远东人生活方式的成见、偏见甚至可能会更多、更大。

当然，中国不是一个仅仅只拥有几千年灿烂文化的大帝国，也不仅仅是一个只拥有黄色苦力群的国家。但无论如何，人们都要下功夫坚决地去最终摒弃所谓"黄祸"的传言。否则，不定在哪一天，人们就真的会将这"黄祸"吸引过来！

在我们生活的今后百年时间里，就可能会见出分晓，即世界上拥有最古老历史的伟大文化的民族，彼此之间会继续灾难性地脱离、疏远到何种程度？或者彼此融洽、接近到何种程度？今天，现代科技的发展已经为第二种可能性提供了所有的先决条件。

如果真的存在什么"黄祸"——有人曾对我说过，这种危险不仅仅只是体现在东亚，更多的是存在于双方：东亚和欧洲，这种危险体现在欧洲的四分五裂中，体现在彼此之间的分歧和争论中，体现在一个严重分裂的半岛上的不断来回折腾的一己私利中……"罕见的、反常的或离奇的、错误的魔鬼"——这是埃德加·阿兰·泊（Edgar Allan Poe）的表述——驱使着人们从含糊的恐惧幻觉出发，总是错误的、颠倒的、离奇的对待和处理事物，尽管他们也有足够聪明的头脑，有理智，也能够认识正确的事物。

"难道欧洲人应该对钟摆的振幅偏向了东方而表示遗憾吗？"一个亚洲人如此问，然后他接着又说道：

"真正强势的欧洲人是不会对此表示遗憾的，而只会像一个勇敢的人一样，真心地迎接这场博弈和竞赛，尽管其结局在现在看来还是不确定的、没有把握的。"

问题是，这一博弈和竞赛带来的后果是否就是欧洲文化的堕落，欧洲天才人物的死亡。这位亚洲人的回答颇令我们欧洲人感到欣慰：

"不！"当然，他马上又补充道：

"其先决条件是，欧洲的文化具有进步的意义，而不是像现在这样与军事干预的统治纠结在一起。"

埃策尔（Etzel）、成吉思汗（Dschingis-Khan）、塔麦兰

（Tamerlan）都曾试图一举占领欧洲。在一定程度上，他们的企图实现了，但是，他们根本就没有真正地破坏欧洲文化。原因在于，欧洲文化的天才还健在，天才今天仍不屈不挠地、毫不动摇地生活着，虽然面对"现代技术文明的巨大物质战争"，天才也不知所措，也感受到迷惘和困惑。当然，由于"没有时间"和"过度疲劳"，"离奇的魔鬼"也悄悄地潜入了欧洲人的心灵，也可能给他们带来厄运和灾难。

作为远离文明的一个象征性标志，至少是远离汽车、电器、老虎钳、气锤、外交宴会、火车、核分裂……这类响亮而具有充分说服力的现代文明形式和工具，我现在正安坐在一条扁平的小舟上。这条行驶在中国"皇家运河"上的小舟正载着我向北，向着北京的方向。

"皇家运河"是中国历史上仅次于"长城"的又一个意义深远的工程奇迹。

时值春天，早晨的阳光格外明亮、耀眼，清新的晨风裹挟着浓郁的乡土气息吹拂着运河水面。运河两岸，远近见不到一栋房屋，沿岸也没有细长的电线杆伴随着我们的航程，可以这样说，没有任何能使我想起当今这个时代的所谓"摩登"的特征。

在我身后，船上一个装得满满的米袋上坐着一位中国老人，他是舵工。他的两个身体结实的儿子则在船的左侧岸上拉着长长的纤绳。我们的船缓慢从容地行驶在长长的皇家运河上。

运河里的水呈泥褐色，这也是运河左右两岸土地的色彩。田野上没有凸显的山岗遮挡人远眺的视线，放眼望去，只有一垄接着一垄的农田。早春的农田已被耕作，但秧苗柔嫩的青色还没有冒出地面。可以想象的是，一两个星期以后，这里将会完全是另外一番景致，即一片葱茏和嫩绿。

一垄垄、一块块整齐划一的农田给人以洁净、清爽的感觉，垄沟线条笔直地向前延伸，只是或这里或那里不时地能见到垄沟呈弧形地围绕着一个个锥形的土包子：坟丘。中国农民将死去的亲人安葬在自家的农田里，这种坟丘几乎在每一块农田里都能见到。对此，人们已是见怪不怪、习以为常了，以至于如果中国的哪块庄稼地里没有坟丘，反倒会使人觉得不正常。

离开与南京隔江相望的小城镇浦口（Pukow）的时候，我还不知道，我竟然会决定不坐火车前往北京。在火车车厢里，我曾与一位从事粮食贸易的中国商人聊天，是他诱使我突发奇想地要在"皇家运河"上坐船完成前往北京的最后一段旅程的。这位粮商的粮食只是通过水道运输，因此他知道，坐船走运河对我这个对中国充满好奇的外国记者来说相当合适。他极力建议我坐船，特别是在这个季节。当然，走运河水道要经历数天时间，而我也必须放弃旅途中已经习惯了的火车上的舒适和安逸。

在火车离开浦口约十二个小时、一路向北横跨过古老的黄河后，没有停几站我就下了火车。在一个叫不出名字来的小镇上，我雇了一辆骡马车，颠簸数小时，在内脏几乎都要被颠出来的时候，抵达了"皇家运河"上的一个码头。

从昨天一大早我就坐在这条小船上了，一开始总觉得船几乎没有前进，如此之慢，我全没了耐心，显得有些烦躁不安。不过，时间一长，我也就渐渐习惯了这蜗牛般的船行速度。今天，我甚至觉得，在中国，乘船旅行对一个在当今时代匆忙工作、精神紧张的人来说是一种多么美妙的身心疗养。瞧！仅仅一天的时间，我就像变了个人似的！不仅没有了烦躁，同时还生发出唯恐因疏忽错过什么景点的感觉。

白天光阴流逝得十分缓慢，但你却一点儿都不觉得无聊，想吃吃上一口，想读翻上几页，一路观赏着运河两岸美丽的风光，想想这，想想那，既不赶时间，也没有压力，悠闲自在得很。在船上，我经常与船工们聊天，他们都是些友好淳朴、沉稳实在的中国人，属于性格粗犷豪放的中国北方人类型，天性中没有马来人的那种不安分和中国南方人的那种暴躁。

船每行驶两三个小时就会休息上半个小时，这样，两位在岸上拉纤的小伙子可以上船来喘喘气，补充一点给养。除了这一点休息时间，他们每天要在岸上毫无怨言地弯腰拉上十二个小时，从早晨六点一直拉到天黑。这活儿，除了他们，谁又能做到呢！

每天，三个船工能得到的酬劳是一个银圆，按现在的比价，一个银圆尚不足八十芬尼（旧德国货币单位：一马克为一百芬尼——译注），还得三个人分享。

我租下他们的船，给他们的酬劳比一般粮商给的酬劳几乎要高出一半。为粮商，他们要拉上满载着一袋袋粮食的船；而为我，船上坐着的只有掌舵的大爷和我这位旅行者以及随身携带的行李箱、装生活食品的筐子。

此时，我们的船正行驶在山东省境内。"皇家运河"很长，从上海以南很远的杭州（Hangtschou）市开始，跨越地球十多个纬度直抵北部的天津和北京，这段距离约两千公里。杭州也就成了与中国南部纵横交错的大小运河支流系统相互连接的中转码头。

数百年来，"皇家运河"一直连接着中国南北地区，是六七十年前中国拥有的唯一一条贯通南北的交通要道。与中国北方交通大都以好坏参差的公路连接不同的是，中国南方交通直到今天都还只是依赖遍布四野、纵横交错的河流以及运河网络。

正当我抬头向岸上看去的时候，左岸突然出现了一个因太阳逆光反衬出来的黑色剪影。这是一位年纪稍大的中国人，他正在使劲地向我们的船挥手并竭力地叫唤着。由于我的思绪正放在其他方面，他叫唤些什么我一时并没有听懂，不过身后年迈的舵工正在回话作答。舵工的意思是，是否捎上他上船同行，得先征得我这个租船旅客的同意。

未等到老舵工问我，我就点头表示同意了，之后没遇到任何麻烦，岸上的老者顺利地上了船。这一变化使我也感到非常高兴，因为，我有了一位同船的旅伴。

"您好吗？"上船的中国老者对我说了一句问候的话并微

屈右膝行了一个所谓屈膝礼后就喜滋滋地在小船尾部舵工的身旁找了一个位置坐下。

"吃过饭了吗？"为完善礼节，他又加上了一句寻常的中国式问候。

"您好吗？"译成德语为"Geht es dir gut？"而"吃过饭了吗？"译成德语为："Hast du schon gespeist？"我们的问候语"Guten Tag(您好)！"这里的人不说。同样，屈膝礼也就相当于西方人之间的握手问候。

我很快就称呼这位新来的旅伴为"老李"了。

老李是一位脾气好，热心肠，喜欢开玩笑的中国人，一看就知道，不是那种内心狡猾、精于算计的小人，而是一个天性幽默、容易接近的好人。这种类型的人在这里的农村常常能够遇到，很容易赢得他人的信任感。

我估摸老李六十开外的年纪，尽管年纪大，但显得总是那么活跃开朗和爱开玩笑，甚至给人一种淘气的印象，十分招人喜爱。短暂的接触我就能感觉到，与他交往，你不用刻意去伪装。在谈吐中，你还能发现，老李不仅机智、感觉敏锐细腻，而且还是一位识文断字的读书人。交谈中，只要我有一个词没弄明白，他就会伸出手指将这个中国字在空中比画出来。他讲的内容，我基本上都能听懂。老李不是那种唠唠叨叨的人，知道怎样言简意赅地表达自己的观点。我特别爱听他的讲述，尤其是他那令人听觉惬意的浑厚嗓音。从他那不做作的随意和活泼的性情中，大概再加上我一定的好奇心，我总感觉到，他似乎从来就没有郑重其事过。他是一个生活在半梦幻的、可见的、哲学化的、漫游式的状态中的人。

这种与友好的性格结合在一起的、特有的、散淡随意的性情——如果对这里的民众十分了解的话——实际是所有中国人都具备的，尽管在个别情况下这种共性还带有一定的、并非是次要的某些限制以及北方人与南方人之间存在的明显区别。对一个外国人来说，寻根求源地去探索中国人的性格特征并不是一件很容易的事。我想起了一位今天仍健在的中国智者说过的一句话：西方的严肃哲学完全没有把握住生活是什么的道理。现代人的生活观太过严肃，而正是这种严肃的生活哲学使这个世界难得太平……

很多外国人都认为，中国人是这个地球上最能忍耐，对任何事物都抱有最无所谓态度的人。这种观点是表面的、不切合实际的，也是根本错误的。我要强调的是，世界上没有第二个民族能像中华民族那样，拥有如此特别的自我生存本能。我们看到的所谓忍耐精神、无所谓的生活态度，只是这个国家人民的一种表面现象，也可以说，是一个面具、一种无拘束的、随意的表现形式，它源于一种健康的怀疑精神。正如我所相信的，它是数千年来习惯了痛苦和折磨的中国人的心灵结果，从深层意义上来理解，生活中的这种态度和举止是极富幽默感的。

例如老李，带一种调皮戏谑的眼神，从他调侃似的行为举止上，你看不到一丝儿的危机和苦难的印记。他的眼睛，尽管瞳孔也是黑色的，但眼光却十分友好，一如令人亲近的"紫罗兰"。

短暂的交谈之后，我了解到，他来自附近的一个小村庄，经常利用这种方便且便宜的交通工具去济南（Tsinan）购物。

有这样一位可遇而不可求的旅伴，我自然感到特别高兴，因为他还能对我介绍许多关于"皇家运河"的掌故。看得出，他十分热爱这一地区，对这一地区也很有研究。不管怎样，他熟知我们正悠闲游览的这条运河，熟知这条运河数百年来发生、发展的历史。从他的口中，我了解了很多历史学家们关于这条运河的记载以及今天的人们关于这条运河的思考。

老李对皇家运河的介绍是这样的：中国的"中世纪"即将结束时，一个常在四分五裂的乱世困境中挣扎的中国也随即终结了又一个分裂的时代，与此同时，又一位强人在中华民族脱颖而出，这个人就是隋（Sui）文帝。隋采取强有力的措施将中国又一次统一起来，并把国家的命运牢牢地掌握在自己手中。中国的历史学家们说，隋的士兵们不仅勇敢、正义，同时也讲人性。隋文帝在长年进行的战争中获胜之后当上了中国的皇帝，建立了自己的朝代——隋朝。隋朝统一中国的时间并不长，只有公元589年到618年短短的二十八年时间。

老李不无自豪地介绍说，隋文帝充满着理想主义色彩，他要将中华民族长期缺乏的和平赐予他的子民。遗憾的是，他与肆无忌惮、贪得无厌的其他君主的战争还没有结束，他要对付其他君主麾下的歹徒们、伺机叛乱的"小王侯"们以及南部的将军们——这些个"豆皮"。说这话时，老李带着一种轻蔑的口气，中国北方人习惯用这种鄙视人的词汇"豆皮"来数落他们不喜欢的南方人。性格懦弱和变化无常是中国南方人的标志，中国北方人少有这种性格。

隋文帝后来被他自己的一个儿子（隋炀帝杨广——译注）谋杀了，这个儿子随即登上了皇座，当时国家的京都设在洛阳府。儿子继承了父亲的事业，继续强势地推行既定的国策。他残酷地、毫不顾忌民众死活地强迫男男女女服劳役。当政期间，他兴建了四条了不起的主要运河，将山东境内的城市与淮河、扬子江连接了起来。这些运河中有一条就是连接长江后继续向下至杭州进入南部的，在这之前中国还没有南北贯通的交通连接。

运河为中国的统一做出了很大的贡献，老李补充道。这两条大江——长江和黄河将中华大地分成了数个不同的生活区域，影响和妨碍了大一统思想的贯彻和各地风俗习惯的相互传播……我们现在向北方平静行驶的、民众开挖建成的、有着一千五百年历史的运河，给中华民族带来了幸福，运河的历史证明了这一点！尽管当初统治者下达挖掘运河的旨意，其目的并不是真正地要为人民谋福利，而只是为了满足自己的私欲，即用这种方法将为他们提供粮食的大片田产紧紧地攥在手中……

"您看这两边，"老李提请我注意砌在运河岸边大大小小的石块说：

"难道您没有从石块中听见服劳役的苦力们沉重的喘息声吗？为了垒砌运河石岸，苦力们将一块块石头从遥远的山岗肩扛背驮地运到这里。"

停顿片刻后，老李又说道：

"顺便提一句，我突然想到，垒砌石岸并不是在隋帝的统治下实施的，而是在650年以后，即公元1277年至1337年间，由侵入北京登上中国皇座的蒙古人兴建的。至于在'皇家运河'建设上留下的至今仍令我们深感自豪的其他巨大成就，则是在外来的元朝统治的百年间取得的，主要是对被称之为'皇家运河'的运河系统进行了再扩建和完善。运河水道被拓宽、加深，以便能运输载重量大的大型粮船。运河两岸也均用大石块铺垫加固，并将河道向北继续延长直至京城汗八里（Cambaluc，元代蒙古人称北京为汗八里，源自突厥语中皇城一词Hanbaliq汗八里——译注），也就是现在的北京。在此之前的运河相当原始、简陋，甚至可以说就是一条开挖的沟渠，沟的两岸也是没有石壁的斜坡。当然，蒙古人考虑的也只是统治的需要。因为在扩建后的'皇家运河'上，槽船可以载着贡品、士兵，更重要的是载着南方的稻米，在两千公里的河道上不用转运地直接运抵北方的京都。"

运河经过的区域几近平地，地貌上几乎没有值得一提的高度区别，在确实有落差的地方，当时的人——今天也是如此——就用绞车这种简单易行的方法将船搬运过去：一个石头砌成的大坝横在运河上，绳索从岸的两边将船固定住，通过固定在岸上的绞车带动绳索将船连同船上的货物一并高高举起，越过石头大坝后再重新放到另一边水面上。水平放置的绞车大木轮子由人工推动，推木轮的人一边转着圈推着木轮，一边"嗨唷嗨唷"地喊着号子。古往今来，船工们都是如此劳作的。

身后苍老的舵工叫喊声将我的思绪又拉回到了现实中来，响亮的呼喊声出自一张几乎没有了牙齿的嘴。他在呼叫两个拉纤的儿子，告诉他们该吃饭了，该歇歇脚，上船休息休息了。

没有比听到这叫喊声更令两个拉纤的小伙子高兴的了！很快，船停在了岸边。在我跳上岸活动腿脚的时候，三个船工就开始蹲着、围着船尾部架着的大铁锅吃中午饭了。午饭极其简单、贫乏，只有早晨吃剩的冷粥，可贫穷的年轻人已经习惯了这配料少但营养丰富的黄米粥。我饶有兴致地看着两位饿坏了的年轻船工怎样熟练地用手中灵巧的筷子，不时地在一个褐色的、类似于罐子状的容器中鸟一般地"啄"着一撮撮咸菜和小块小块的肉片。这诙谐有趣的画面，这简单得不能再简单的午餐难以忘怀地铭记在了我的心中。

几天后的一天，停船休整，老李与船工们上岸将几床厚厚的棉被拿到岸上摊开透气。

深夜时分，四人鼾声阵阵地沉睡在美妙而温柔的宁静之中。他们理应享受这份恬静。天上布满了闪烁着的星辰，皎洁的月亮洒下柔和、令人惬意的光泽。一种不动声色的、隐秘的灵动感充盈在夏夜静谧的空气中，使广袤的原野更加生动诱人，我似乎听到了、嗅到了、感觉到了……大地上小溪流淌着的潺潺流水挂着晶莹透亮的排排水帘，叮咚、叮咚……

为什么人们在这种天籁般的宁静中会如此感怀、又如此幸福呢？我舒展着身躯，悠闲地躺在甲板上铺着的柔软床垫上。我疲倦吗？不！相反，我甚至有一份令人不解的清醒。在深夜的幽暗中，我回忆着、梦幻着，想起了——并非意外——一首诗的开头，这是我多年前就能够背诵的一首小诗：

我梦幻着

一个身影朦胧的小伙子

舒展着身躯

在小舟上安睡

透过薄薄的眼睑

感受着深邃夜空里神秘的光华

……

一个轻柔的声音

亲切地环绕着他

夜空，星河灿烂

宛若来自家乡的呼唤……

我轻声地吟诵着，像在吟诵自己的诗作。

河水缓缓地拍打着船舷……如此美妙的星夜时光，就这样睡过去，简直就是一种罪过。在手电筒微弱的光照下，我开始写当天的日记：

我们又度过了美好的、阳光灿烂的一天。船扬起高高的风帆，在南来的微风中轻快地行驶着，拉纤的船工也因此轻松了不少。他们用省下的精力吼唱着粗犷嘹亮的船工号子。

阳光灼热，一如盛夏，我几乎是赤裸着身子躺在船板上。读书时，尽管戴着一副墨绿色的太阳镜，但还是觉得十分刺眼。两位在岸上拉纤的小伙子显得比我更加轻松，他们无所顾忌地完全赤身裸体。体格健硕的年轻人，有着一身劳动练就出来的、出色的腱子肉，背上亮出一块块拳头般大的肌肉群。特别令人觉得诙谐有趣的是小伙子们毫无拘束的自然表现：当某位纤夫生理上突然有了撒尿的要求时，他就会这样裸体地、边走边"撒"。一开始我惊讶得都不敢相信自己的眼睛，可年纪大的舵工却完全不能理解我表现出来的惊讶，为什么我会对这种天然的"撒尿"行为发笑。出于礼貌，舵工面对我也只是表现出一种揶揄的表情……

够意思了！也该赶紧写点其他什么了，毕竟在这个世界上，到处都有特别之处，这些特别之处或多或少地都会使人有理由地、容易地、习惯地耸耸自己的双肩。这是我个人的观点，没有什么深远性、重要性，就好像人们是否应该习惯或不习惯中国人吐痰或打嗝的行为一样，在更多的意义上来说，这只是常人生活中的一种游戏而已。

今天，几乎整整一天，面对历史悠久的"皇家运河"，我都在苦苦思索着中国目前要做的、最重要的一件事，即交通道路的发展、再发展。没有便捷的交通，对偌大的中国就不可能进行有效的管理。中华民国的缔造者孙中山先生在他那个时期就已经提出，国民经济计划的贯彻落实没有交通终究是不行的。他要求：要修建十万英里的铁路、百万英里的公路，扩建现有的运河，要疏导河流以预防洪水灾害，满足内河航运的需求等。与此同时，他还说，要建立全面的电报、电话网络以及扩大无线电发报业务。不仅如此，还要在中国的北方、中部和南方扩建大的国际港口，沿着太平洋海岸线兴建大型的贸易港和渔业港，在内河航道上兴建船坞；要建设大型的水力发电站、钢铁厂、水泥厂；挖掘还未开发的地下宝藏；要扩大和强化农产品种植面积，例如通过水利灌溉来改造戈壁滩和中国的西北地区。同样，要植树造林，在中国中部、北部数百年来荒废的山脉上拓展植被面积。开辟新的居住区域，扩大全中国人民的生活空间，在满洲、蒙古、新疆和西藏……

说真的，这确实是一幅美好的蓝图、强有力的规划！遗憾的是，到现在大部分规划都还只是一个诱人的纸上画饼。孙大总统十多年前就已经作古，而他的后继者们到现在都还没有对此统一思想，即中国社会是"为私"还是"为公"？或者说，是否要走"社会大同"的道路还尚未定论。整个国家一直还处在内战的动乱之中。

在这种形势下中国该怎么前进？中国人又在怎么想呢？对此，人们不妨听听一位同时代的、有文化的中国人的叙述。

这位中国人认为，古老的中国还从没有像今天这样混乱、这样杂乱无章。没有官员能够确定，今天的部长会议主席先生在1934年3月12日孙中山总统逝世九周年纪念大会演讲中说的那些话的含义：

"农业经济重建委员会去年的调查结果表明，各省附加的捐税有时已经二十五倍，甚至三十一倍地高于正常的农业税收。"

这位中国人认为，今天，全球没有任何一个国家的人民像中国人那样遭受着奴役般的统治，他们被卷入自己完全无法把握的各种强权暴力的旋涡之中。但尽管如此，中国人民仍忍耐着、坚持着、期待着，以坚定不移的努力和有效的耐心，要坚持到最终的胜利。

这位中国人提出的问题是：这个国家怎么会不濒临衰落和灭亡？如果这个国家的高级官员和北京国家博物馆的维护者们是在如此这般地钟情自己民族的艺术珍宝，换句话说，即一点也不痛心地、直到将这些艺术珍宝高价卖掉，最后将这笔钱装进自己的腰包；如果这个国家的将军不抵抗，不放一枪地在1933年就将整个热河省拱手交出。而代替抵抗的是，调来二百辆卡车，将自己大大小小的珍宝运到了保险的地方。然而，国民政府对这种罪行不仅不判决，反而还为之开脱；如果这个国家被打败的将军们能够做到弃武器弹药不顾，而乐意地将弹药库用来囤积鸦片、抢救鸦片。因为鸦片能换来金条，而金条又能买到新的特权、利益……

"它表现出，"这位中国人还无不忧虑地确定：

"我们民族不再有能力适应新的世界，周边紧逼着的是一些生机勃勃的、富有活力的民族，它们要求中国也要具有一种适应新的生活节奏的新的生活水平……中国最近已经表现出，丧失了对自己的信赖和自我意识。而这种自我信赖的缺乏导致的是情绪变化无常、闷闷不乐、过于敏感……"

因此，中国在动荡，中国人民中间酝酿着、沸腾着不满的情绪。在狂妄自大、过分自信和意志消沉、绝望之间摇摆、徘徊的人民，也就很容易表现出过于紧张、偏激，甚至会出现叛逆、背弃和不忠，即为自己的国家感到羞耻、惭愧、抬不起头来，包括自己国家的工农大众、古老的习俗，甚至自己的语言、艺术、文学……他们最希望的是将整个中国用一块大的遮羞布盖起来，就像裹住一具难闻的、行将腐烂的尸体。他们希望每一个同胞都是一个"能说英语的、穿着立领西服的中国人"，能自豪地介绍给外国人，就在"整个民族还继续受苦受难，承受着巨大身体和精神负担的时候……"

我们同时代的这位先生认为，这种混乱的，这种活跃的、愚蠢无聊的胡闹，这种疯狂和虚伪，这种来自狂妄自负和傲慢的畸形胎，已经带着他们得不到满足的渴望，在意愿和禀性之间漫画式的制造了一条裂缝。传统的风俗习惯和礼仪道德，撑起社会文明的一根根精神支柱，也不再受到尊重、珍视和维护了。年轻人不再尊重老年人，老年人也变得无法理解年轻人的所作所为，两代人之间有一道深深的鸿沟，也就没有什么可奇怪的了。

这位中国人还说：

"文化，这一生活和思想延续进化的成果，已经变得不可能。评判力、思考力，这一现代文化唯一的守护者，这股带着警觉的目光追踪生活潮流的力量，则必须在一个无法解决的任务面前投降，在象征着中国过去的、生机勃勃的、强有力的、正直诚实的思想必须羞愧地将头蒙上的时候……

在另一方面，他又继续叹息道：

"中国的公正在哪里？它又有多少？它是一百？是五十？是十还是五？扪心自问，我自己能回答这些问题吗？难道这残缺不全的形象，这已经消瘦了的、神经衰弱了的猿人，这些忙忙碌碌地干了那么多无价值事情的人，所有这些，就是我们所说的中国人吗？难道一定要将一个有四万万心灵的民族评判为、斥责为一群没有人看管的野生动物吗？"

突然间弄明白了，这位中国人在最后总结时认为：

1911年中国革命的价值不再是一个爆炸，即一个将帝国掀上了天、推翻了一个神授君主政体的爆炸。在君主的位置上，除了留下了废墟、垃圾以及污浊得令人窒息的灰尘之外，更有超过一打的众多伪装的君王。

"我还记得童年时的中国，它的确没有管理好，但终归还是一个和平的中国。尽管现在的'满洲政府'也是一个贪得无厌、行贿受贿、没有能力的政府，政府官员敲起老百姓的竹杠来甚至比其他人更加厉害、更加恶劣，但至少还有法院管着这种人，可停止这种人的工作或者抓去坐牢，因为国家权力还在。有好的省长，也有不好的省长，但他们毕竟是受过教育，有文化教养的官员，不是那种嚼大蒜头的人、骂人的人，喘着毒气的国家雇工。这些国家雇工只会以当家的主子自居，只会凭借他们粗鲁的拳头……"

这位对祖国几乎是充满绝望的理想主义者是这样结束他的讲述的：

"只要存在专横的、恣意妄为的政府官员特权和不负责任、没有良心的政府官员受贿的梦魇，中华民族就将会自我没落。因为高于所有其他道德的是公正的道德，而这正是中国需要的。"

这位中国人认为，时间不会太过久远，尽管这需要一个精神上的转变，才能最后在中国人的国家里将一切治理得井井有条。在这个意义上，他恳请所有中国的朋友们，不要失去耐心。

"我请，"他带着些许嘲讽的口吻继续说：

"不是我的同胞，因为他们已经表现出了太多的耐心。但我恳请我的同胞的会更多，他们要保持住自己的希望，因为希望意味着生活……中国社会的发展将会是缓慢的、艰难的……但是这个发展已经在进行之中，它已经不易察觉地渗透在高等的、低等的各社会阶层中……不可抗拒地像一天天逼近的日子！有时候也会感到厌恶、备受折磨，但之后会慢慢趋于平静、美好以及单纯。平静、美好和单纯是我们中国人的财富……"

我知道，他的这番话是经过长期的、深思熟虑后的成果，是他的信仰和信念……

慢慢地感觉到有些凉意了，我的腰也开始"酸"起来，"腰酸"是中国人因背部过度疲劳引起疼痛时的习惯表达。接下来头也越来越沉，我明显地感觉到，后颈部的肌肉在抽搐。在这种疲劳的状态下，情不自禁地打上一个哈欠应该是十分享受的。

我仰面躺着遥望天空，观赏着熠熠生辉的群星。河水还在"啪哒啪哒"地使人倍感亲切和信赖地拍打着船舷，高挂在夜空上的月亮在此期间已经有相当一部分隐进了云层。

"夜空，星河灿烂……"

我自言自语地诵读着我钟爱的这句诗，特别是当我一个人孤独地待在月光下的时候，它就像悬浮在空中安慰我的一个精灵。我不知道，是我此时的情绪唤来了它，还是它唤醒了我此时的这种情绪。

渐渐地，我躺在船上睡了过去，河水"哗哗"的拍打声，对于习惯了的我来说，无疑已经是一种良性的催眠了。

明净的天空没有一丝儿云彩，没有阴影掠过静谧的农田和原野，鸟儿在高空飞翔、叽叽喳喳地叫唤着。天光开朗，真是一个令人难以描述的、美好的早晨。

我将本来就不多的早餐分了一大部分给情绪高昂、精神爽朗且富有活力的老李，他看来昨晚睡得不错。我们在船头相对而坐，船在缓慢地向前行驶，老李的脸朝着船前进的方向，泥褐色的运河水反射着朝阳和煦的光辉。

我们的话题此时转向了山东省的省会城市济南，今天天黑之前我们的船将抵达这个城市，老李建议我无论如何都不要错过在这里登泰山游览的机会。

泰山约一千五百米高，位于济南市的东南面。泰山峰顶有一座在中国最著名的孔夫子庙，也是最受欢迎的朝圣地。每年都有上万、上十万难以计数的男女游客不计较金钱、时间、路程，艰难劳累地登山朝拜。当然，登山是很困难的，人要费力地爬数千级在山崖间挖凿出来的石头台阶，有的地方还相当狭窄，往山下看上一眼就会发晕：数百米深不可测的险峻陡峭悬崖。老李认为，我可以不用走着上山，让轿夫抬上去即可。轿夫们十分可靠，他们不会发晕，肺部功能也都十分强大。

"您能够，"当老李还在热情洋溢地介绍站在泰山顶上放眼四野的美景时，我问他：

"能给我讲讲你们伟大的孔圣人吗？"

"好！"他肯定地做了答复，没怎么思考就夸夸其谈起来……

与老子这个传奇人物相比较，孔夫子赋予中国人民的是一种实用型的学说。其主要根据是，孔子学说对社会内部人与人之间的关系进行了规定。单个的个体不是他要解释的对象，在他的眼里只有一个整体的人民，一个像金字塔一样，一层层向上堆积起来的人民的集合。他认为，在这点上，他经历的今天、过去以及将来，均是天然的、生长的、相互紧密地交织在一起的。社会集体生活的福祉，包括人的生前和死后，都是在"礼"——存在于人民中间的崇高理智——的基础上得以保证的。

孔子通过树立传统的榜样，并将这种传统的榜样上升为民众的理想类型，为世人要遵循的比较标准以及现存道德的辉煌典范建立了基础。尽管如此，他却不是一个道学先生。他不主张断念、放弃，只要求秩序、顺从和适应。在他的礼教、伦理学说中，他放弃深刻，与老子的理想国、"宗教的叛逆者"或"哲学上的革命者"不同。孔子拥有的幻想不是老子那种奇异的、不可测的、茫茫宇宙间的浪漫神游。他感受到的、更多的是现实社会家庭的最大福祉，是这个地球上能遵循他的学说幸福生活的民众。他给民众灌输的是实用的、取自于自然的行为准则。这些准则不是脱离于现实的说教，而是具体地体现在国家的社会结构中，确定在民众的家庭关系上。上千年来，孔子的基本学说和原理造就了一个最讲礼数和礼仪的中华民族。

孔子的著作是中国国家智慧的基础，每一个中国学生，只要他希望在政府部门任职，就要能在原则上明确地阐明和解释孔子学说。可以说，孔子学说是国家最强、最坚实的道德支柱。

孔子的学说在当时并没有很快得到贯彻实施，只是在一百年后，在辉煌灿烂的汉朝，他的学说才被认可、被解释并推崇为国教。打这以后，人们开始在寺庙里为孔子塑像，将孔子作为神一样地敬仰、供奉。每年在一定的日子里，国家公职人员都要两次于黎明破晓时在孔子的神灵牌位前拜祭，这个习俗在中国君主统治年代已经持续了上千年。就连今天的国民政府也继承了这个祭拜仪式，他们也会在有孔子香火的孔庙里焚香朝拜。孔庙在中国各地都有。

今日之中国最具权势的人——蒋介石先生在他倡导的"新生活运动"中就开诚布公地表明：从本质意义上讲，我们同样还是以孔夫子提出的儒家伦理原则为依据。"新生活运动"将使中国人民能具备一种新的社会精神，再次使孔子提出的主要的伦理道德原则得以实现，以适合今天已经变化了的社会环境和改变了的社会形势。

在孔夫子那里，针对民众和统治者提出的"礼"的原则是：礼貌得体的行为，对儿童负有义务，敬奉长辈的传统。孔子曰：

"恭敬而不符合礼的规定，就会烦扰不安；谨慎而不符合礼的规定，就会畏缩拘谨；勇猛而不符合礼的规定，就会违法作乱；直率而不符合礼的规定，就会尖刻伤人（此句出自《论语·泰伯》，原文为：恭而无礼则劳，慎而无礼则葸，勇而无礼则乱，直而无礼则绞。——译注）小心翼翼地遵循礼节、规矩以及古老的值得尊崇的传统，社会就是太平的了。"

今天张扬的四个新的基本道德是："礼"为形式、礼节、规矩，即规规矩矩的态度；"义"为责任感、奉公守法、正直，即正正当当的行为；"廉"为纯洁、正派，即清清白白的辨别；"耻"为羞耻心、良心、正直诚实，即切切实实的觉悟。

字面上进一步的解释则为：

"伦理道德是互相联系在一起的，只有共同起作用才能使道德的某一个方面完善。因为：好的'礼'，如果不正派、不合法，则是谬误；好的'礼'，如果没有'度'，则是狂傲自负；好的'礼'，如果没有道德感，则是谄媚奉承。反过来说：正派合法的思想，如果没有'礼'，则是一种辱没；正派合法的思想，如果没有'度'，则是无节制的、过分的；正派合法的思想，如果没有真正道德上的感情，则是没有意义的。——没有好的礼的'度'是非真实的；没有真诚道德感情的'度'是不正派的——没有好的'礼'的良心是混乱的、含糊的；没有正义感的良心是狂热的、不理智的；没有'度'的良心是不美好的。"

当然，"新生活运动"的要求还在继续，尽管对中国的情形来说完全在一个新的方向上。中国人民将第一次历史地在全国范围内唤起自卫。

中华民族有一句自古流传下来的格言：

"好铁不打钉，好男不当兵。"在今天而言，这句话意味着：

"为了提高中国人民的整体生活水平，就有必要，使整个生活得到捍卫。捍卫生活并不意味着，每一个中国人都得拿起武器，准备投入战争。而是每一个人都应该拥有讲秩序的习惯，遵守纪律的精神，男人接受教育的精神，服从的精神，可靠的和安定的精神，要与不讲纪律的腐化败坏和不负责任的诸多导致失败的弊端做斗争。"

接近中午，又安排了一次短暂的停船休息。当四个中国人在船舱坐下的时候，我则下船上岸在附近走了走，以活动活动筋骨。

远方一座宝塔素净地、愉快地依偎在风景之中。在中国的任何一个地方，我见到的这样的塔都自然得像是从地底下长出来一样。

自古以来，中国人就知道人造建筑要与自然风景特别协调和亲切地融合在一起。在中国的任何一个地方，只要有这种人造建筑物站立，大地就不再是荒野，人就爱在那里安居乐业。

铃木——
一位来自东京的日本人

"我们想得到中国，因为我们必须得到它，对此，我们有上千条理由。这对中国人来说也没有什么不好的。尽管中国人以一种迷信似的、近乎歇斯底里的态度拒绝我们……中国人很容易受人蛊惑，上当受骗。因此，十分遗憾我们必须……强硬，是的，近乎残酷的强硬。"

※

铃木（Ssussuki）是一位个头矮、体形瘦小的日本男人，但生性活泼好动，好像血管里流动的不是血液，而是水银似的。他富有魅力的性格和气质，表现出来的是一种活跃、一种不安分，使周围接触到他的人都能受到感染。

铃木到底靠什么生活，我不知道，但他兜里总是有钱，而且还都是现钱支付，从未见他打过欠条。欠条就是账单，人们可以先签单，到了月底再一次性结账，这是东亚地区欧洲酒店里的一种习惯。

我估摸铃木也就三十出头，而且没有工作。他告诉过我，是一段不幸运的爱情促使他三年前背井离乡的——他的女朋友跳进了被称为"自杀山"山上的一个火山口。打那以后，铃木开始在中国这片土地上四处游荡，在哈尔滨、新京（今长春市，伪满洲国时期称"新京"——译注）、谋克敦、大连，在热河省，在美丽的、充满幻想的北京，在枯燥的、令人乏味的天津，在令人容易堕落的"道德沼泽地"上海……从这家酒店到那家酒店，从这家客栈到那家客栈。他不寻觅什么、渴求什么，只求忘记，也不给家里写信。长此以往，在人们的记忆中，他会慢慢消失的。

在铃木的心目中，直到他生命终结，天皇和祖国都是至高无上的，不然的话，他就不能算是一个正统的日本人了。但是，在此期间，他已经——与以前相比——更全面地了解了，也更喜欢中国了。

铃木十分赞赏中国人，他认为，中国人是世界上最富魅力、最可爱的人，他们聪明、得体、懂礼节、爱好和平、勤奋努力……特别是中国姑娘，他带着一脸调皮的神情强调说，使他特别倾心、迷恋。他爱中国姑娘早就远远胜过了爱日本姑娘。中国姑娘心地好、热情、能干……我当然能够理解铃木兴奋地向我述说的关于中国姑娘的一切。

也有很多人，不尊重铃木，他们认为他太过自信，与他"小日本"的身份事实上很不相称。很多西方人都不愿意接受这个事实，即日本人与"白种人"是具有相等地位的同类人。这种看法，其实很伤日本人，是一种侮辱，但铃木对此却完全抱无所谓的态度。他仿佛是一只蝴蝶，从一个国际酒店飞到另一个国际酒店，不理会这些"鬼佬"，不理会这些欧洲人和美国人是否在用蔑视的、忌妒的、怀疑的眼光注意他。铃木总是显得很有教养，行为举止自信有加，给人也完全没有自负的感觉。对待乐意与他交往、对日本人没有什么偏见的人，他十分友好，发表见解口若悬河、俏皮风趣、轻松愉快，开起玩笑来妙趣横生。简言之，铃木是一个非常不错的聊得来的人。对待无知的人，他表现出适度的冷淡，也没有半点记恨。与这种人聊天，他同样表现得十分礼貌客气。

铃木熟晓三门外语：英语、德语、汉语，说得与他的母语日本语一样好。如他所介绍的，前两种语言是在日本上学时学会的，汉语则是在中国的这些年里无师自通的。

很多人都不喜欢铃木，因为他们反感、厌恶、排斥日本人本性中拥有的那种尊严、身价、魅力和自信。在所谓"权利平等"的人文价值上，他们根本就不想认同他。就好像在每一个日本人的后面，都能见到一个阴险狡诈的江湖骗子，或者一个诡计多端、居心叵测的密探，一个拿着日本政府报酬的间谍影子。在铃木的背后，就有人极尽可能地、指指点点地议论他，说他狡猾、别有用心，是一个"典型的日本式"人物，与他打交道时要特别留神。铃木当然知道这些议论，也曾笑着对我说过他听到的这些闲言碎语，说是要把这些"鬼话"视为废话，沉着冷静、泰然处之。

"我有两个特别超群的能力，"铃木曾向我透露：

"在从香港往上直至亚洲边境城市满洲里的这一大片辽阔区域内，我自认是最好的台球高手。我还有一个旁人不及的最好的脑子，能做到过目不忘、过耳不忘。就这一点，任何一个不相信的人都可以对我进行考核、测试。"

一篇文章，内容多长都无所谓，只要铃木认真仔细地读上了一遍，他就可以逐字逐句地重复出来，而且数年过去他都不会忘记。

"过去五年间，世界上所有国家的政治家们做的报告，只要是与日本有关的内容，都储存在这里面。"铃木用手指着自己的大脑强调说。

至于台球，他可以当着我的面示范，即在一个小时的时间内，不出错地、连续地一杆一杆打到结束，且能随心所欲地将球打到任何一个指定的位置！

我从来没有听到铃木说过一句关于中国人的坏话——我很少听到一个一般的日本民众用中文咒骂中国人，相反，我经常——差不多天天——都能听到中国人以居高临下的姿态和蔑视的口吻评价日本人。我在所有的旅行经历中都注意到了这一现象。日本民众有时候确实喜欢表示遗憾地议论中国存在的一定程度的弊病，但一般不会带着一种仇视的拒绝腔调。总的来说，日本民众首先是对中国的一切怀着一种极大的尊重和敬佩。

"中国人其实是我们的兄弟，可以说，比法国人与英国人的那种兄弟关系还要更亲近一些。"铃木面对我这样说道：

"对我们来说，这种根深蒂固的、亲戚般的感觉消除了中国人和日本人之间在禀性气质上、信仰上和思想感情以及心性上的差异。谁要是不能理解我们的这种感受，谁也就理解不了我们在中国的目的和意图。由此可以得出，我们将一只手伸向中国是合乎情理的，可能更多的是一种爱的表示（一种自欺欺人的冠冕堂皇说辞——译注）。"

铃木试图让我明白这一层意思，当我们坐在酒店里慢慢地呷着摩卡（Mokka）咖啡的时候。我发现，铃木所说的都是经过自己深思熟虑了的，即便听起来漫不经心的内容，也大都隐含着独到的见地。他并不是一个单调乏味的、没有思想的人，不像他有时候表现出来的那样。因此，他说的每一句话，我都要仔细地权衡、斟酌。

"我们想得到中国，"他说：

"因为我们必须得到它，对此，我们有上千条理由。这对中国人来说也没有什么不好的。尽管中国人以一种迷信似的、近乎歇斯底里的态度拒绝我们。但也并不是真的如此，像局外人理解的那样。中国人这样做，是因为有人在挑唆。中国人很容易受人蛊惑、上当受骗。因此，十分遗憾我们必须……强硬"铃木重复着，带着一种真诚的、惋惜的态度说：

"强硬，是的，近乎残酷的强硬。不是出于其他什么原因，只是为了保护中国不受到恶性的、持续的疾病侵害。"

铃木喝了一口摩卡，做思索状将手按在了额头上，就像很多人在回忆的时候表现出来的一个习惯性动作。他继续说道：

"1934年1月，我们的外交部长在议会上发表演讲，字面上他是这样说的：'日本政府负有一项很严肃的责任，即维护东亚地区的和平，我们一定要坚决地完成这个使命。但是，所有一切事务中最重要的一项，就是中国的巩固和加强。我们政府非常郑重地希望看到中华帝国政治、经济上的恢复和重建，政府希望中国能够将他们的努力与日本的努力结合起来，完成两个民族真正的历史性的使命和任务，即相互间通过帮助与合作，实现地球上这一地区和平发展的目的。遗憾的是事与愿违，今天的中国，其现实状况与这一愿望是背道而驰的……'"

"你看看，"铃木揉揉眼睛对我说：

"这就是我们的真正意图，我还想再援引几句我们的外交部长在这次演讲中的讲话：'中国应该看到我们真正的动机，并明确地给出真诚坦率地表示，这样日本会感到高兴，也会以同样的信念和态度来对待中国，即抱以良好的意图和愿望，对中国做出更多的让步。'在另外一个位置则意味着：'急需要做的是，放弃毫无根据的妒忌和冲突，强化团结统一和相互间从属依赖的感觉。'这就是广田弘毅（Koki Hirota，当时任日本冈田内阁外相，1946年作为侵华战犯接受远东军事法庭审判，1948年12月23日被处以绞刑——译注）说的。"铃木进一步解释说：

"涉及当前的国际形势，当然，特别是涉及我们与中国的这种关系和局势，中国，这个今天需要支持的古老的文化帝国，是完全不用感到惭愧、羞耻的。中国的文化，在本质上也应该说是我们的文化，达到了民族性觉悟的尖端水平，这是人类历史上认可的。今天地球上的这个民族，在亲切友好的'西方大叔'残忍阴险的打击下蜷缩着，被视之为次等民族遭到蔑视，视之为下等的'黄色人种'——谁知道，还被视之为何种害虫。"

"您现在明白了吧，我亲爱的朋友，"他急迫地重复着并十分友好地盯视我继续说了下去：

"我说的这些，也就是我认为的，为什么我们必须今天还要更加强硬，甚至可能是更加残酷地对付这个民族？"

现在我又要背诵几段1934年1月我们的外交部长发表的演说了——请您也不要为我拥有如此优秀的记忆而感到难受：

"我说这些话的意义在于，我们不得不承认，我们的外交关系存在着很严肃的问题，并且还会继续这样下去。但是，一个处于上升阶段的民族，"在这里，铃木意味深长地紧紧抓住了我的手臂：

"总是会有很多问题的。只要我们做到民族团结一致，确实有准备地、勇敢地面对出现的每一个困难，只要我们能保持住冷静、沉着，不离'王道'，即不背离合法的帝王之路，我们的行动就总能走上金色的中间道路。我肯定，日本没有什么可害怕和担心的，日本的未来充满希望。"

"难道这就是精明狡猾，是外交辞令，是奸诈阴险吗？"铃木一脸严肃地问我：

"当然，完全弄清楚几乎是不可能的，"他继续说：

"我们用这些话来尽可能清楚地表明我们的目的，我们神圣的历史使命。日本要将自己选定的角色扮演到底，或者我们会因此而走向崩溃、毁灭。当然，我也在其中，包括我的台球技艺，我过目不忘的本领，所有的都会随之毁灭。"他迟疑地、缓慢地、逐字逐句地、轻轻地说着，话外音使人听得出，这个小日本人是在开着玩笑。

"我只是相信，不会有坏的结局。"停顿一会儿他又补上一句：

"我更喜欢我们的外交部长广田弘毅（Hirota）曾经说过的另一句话：'我真诚地希望太平洋上的两大民族，'他说的第二个民族是美国，'鉴于两大民族之间重要的贸易关系和其他关系的继续发展，要整合力量，以维护历史的友谊和睦邻关系。这样，太平洋就会真正像它的名字一样'太平'起来。"

铃木往沙发椅背上靠了靠，沉默了下来。此时，两个身材瘦长、穿着十分严肃庄重的黑白两色服装的美国人正好紧挨着我们坐的桌子缓步走了过去。我很清楚地注意到，他们在偷偷地瞥了铃木一眼之后又相互之间窃窃私语起来。一个蔑视地撇了撇嘴，另一个脸上流露出来的神情似乎正在说：你这个小日本，待在这里到底想干什么？

铃木却显得十分冷静，姿势照旧，只是用眼光回瞟了一眼这两个美国佬，富有情感的深褐色眼睛表现出来的是对这美国式冷漠的一种羞愧和害臊。我赶紧向前弯腰靠近铃木，说道：

"让他们走好了，不要动怒！"

"啊哈，"他笑着回答道：

"动怒？根本就不会！我们不会动怒的，我们比他们年长！我们不会因他们而乱了自己的方寸，不会的，根本就不会！我们是相信自己，而他们则喜欢用这种骄傲自大的方式来认可自己。动怒，不！从来没有！一些人总是指望在外国人的帮助下干事，我们日本人绝对不会这样，我们有自己的实力、自己的精神！不久前就有智者这样写道：'谁不愿意向东方学习，认为较之于东方，西方文化高高在上，那他就会在未来的数十年或数百年间处于劣势地位。'"说完这段引言，铃木才沉默了下来。

"我们去玩玩台球，好吗？"过了一会儿，铃木发出邀请。

"可以！"我高兴地答应。

就像我在谈话中话说得很少那样，台球我也打得不多。我们约好打三千个点，然后掷骰子决定谁先开球。铃木走运，获得先机，很快赢了我，他不失一杆地将约定好的三千个点一气打完。

"打完了，"他说着并将球杆放到了一边：

"现在该您了，您最多能打个平局。"

当然不可能打成平局，我只击中了五次球，其他都是空杆，必须作为失败者放弃比赛。比分：36：3000！

关于铃木，我最后的回忆是：

当时，我们相互约定，很快再互通电话。可两天之后，我却在房间里见到了他留下的一张字条，字条上这样写道：

"我必须马上起程，祝你万事如意！再见！铃木——前往蒙古方向。"

我沉思着、倚靠在桌子上，把玩似的用两个手指夹着小纸条转动着。真的很令人遗憾、惋惜，他怎么会这么快就必须离开了呢？那么突然、神秘。我还有一些问题想问问他……他有过人的记忆力，我很可能在与他长时间的交流中能了解到整个日本国的国策。

不过，我一下子兴奋地证实到，铃木的记忆力也出现了漏洞！看来他还真忘了。他曾信誓旦旦地对我承诺过，要将大连最好的一家日本酒店介绍给我。可不是吗？这位记忆大师也不是无事不忘的人！我几乎是寻开心似的打量着铃木字条上留下的、显得有些潦草的笔迹……我突然发现，字条的右下角处有一个很短、很轻的"点—横—点"线条标识：一个转折符号，这是一个让我再翻转字条看反面内容的符号！我机械地将字条翻了过来。原来是一张来自大连的中英文两种文字的广告单：

"金星酒店"，大连最具吸引力的地方！这是一家由日本人管理，按欧式风格装饰布置的新开张的酒店。大型舞厅里挂有五色彩灯和三角旗，有五十位漂亮迷人的日本姑娘伴舞。艺妓出租：从12点至下午6点，每小时0.5元。在酒店的第二层上，您可以远眺大海和城市景致，在单间客房里，您可以根据自己的愿望，与我们五十位伴舞女郎中的一位尽享天伦之乐。酒店房间也完全是欧式布置，有松木地板、双人床以及其他舒适宜人的设施。

The Kinsei Kaikan(Golden Star). The uniqueutopia of Dairen! Opened recently under Japanese management, but decorated in european style. Large dance-hall, decorated with coloured lights and streamers together with 50 beautiful japanese girls with whom you have the choise to dance. Geisha-girl Fee: From 12 a.m. to 6 p. m. 50 cents an hour. Beautiful sea- and cityview from the second floor, which is divided into separate rooms and reserved for patrons, who with to enjoi the cup of the life with anyone of the 50 beautiful dancers. These rooms are decorated in european Style with pine flooring and twinbed as one of its many features

铃木就这样在我的视野中消失了，以后再也没有见到过他，再也没有在任何一张报纸上读到过他的名字。多年后才意外地听说，他在一次列车事故中被压碎了，死了！

铃木安息了，东亚也从此失去了一位最优秀的台球手以及一位记忆力超群的能人。

北京沙尘暴

　　沙尘暴在无情地肆虐着，高高地扬起细密的砂粒，好像要在空中聚集成沥青和硫黄团似的。混沌的雾霭，既不明亮，也不昏暗，大白天像要下沉似的。这没有光影交替的白天，灰蒙、阴沉，给人们心灵带来的同样是伤感、抑郁和沉重。眼睛像蒙上了一层悲伤的黑纱，沉闷的、受压抑的情绪麻木着人的思维。

※

我不知道，我到底在等待什么？尽管如此，我还是有这种感觉，好像正十分没有耐心地在等待什么似的。

　　一种说不清道不明的烦躁、不平静，使我的内心充满着痛苦。此时此刻，我没有阅读的兴趣，也没有坐下来静静写点什么的耐心，所有的一切……在我看来都进行得太慢、太慢……在写作上我第一次真正地感觉到什么叫"不在状态"，我还从来没有像今天这样缺乏写作灵感。每每如此，一个好的句子刚刚到了舌尖，赶紧坐到写字台前想把它记录下来，可还没来得及将自来水笔的笔筒拧开，这美妙的灵感、心境、独特的思路以及优雅的韵律……就一下子烟消云散了，而且是毫无踪迹，不再闪现。接下来又是长时间地再也找不到这种感觉，不管我怎样努力地试图在记忆中将它重新搜索出来。

我的内心空荡荡的，我甚至怀疑自己的价值和能力，几乎是在一种无能的感受中受着煎熬和折磨。我注视着窗外，处在没有理由的、毫无意义的想象之中。虽然，我目前根本就没有爱上谁，更别说谁爱上我了！

我心绪不宁地在酒店的房间里来来回回地走着，还总是走着对角线，因为对角线的距离相对要长一些。我麻木地走动着、等待着、等待着，但又在等待什么呢？是在等待一个约会吗？一个总觉得来得太慢，还要等上一个小时的约会吗？我在记忆中极力地搜索，但完全找不到曾经有这样一个约会的依据。不！我今天与任何人都没有约会，我只是希望工作！

此时，西部天空红霞尽染，黄昏时分的北京城像一幅呈现在眼前的速写画，令人着迷，辉映着柔和的阴影、美妙的反光，回响着街头商贩像是在自我安慰的叫卖声。带着这座恢宏的皇城产生的所有令人忧郁、伤感的记忆……我想抓住这令人难以忘怀的印象，将北京特有的魅力描述出来，写上一两页纸，留下这人造建筑与大自然的，与树木、色彩、天空、音响、光线……的和谐共鸣。三天来，面对这方方面面的美丽和崇高，我思绪万千，想了很多很多，但现在我却什么也写不出来，没有吸引人的词汇和句子，可谓贫乏之至。

身前的桌子上立着一尊花瓶，花瓶里插着的玫瑰已经枯萎了，花瓣松弛地垂了下来，只是时不时还会在一根细细的枝干上摇晃一下。每一次路过，只要我踏一下地板，就会落下一片花瓣。花瓶总是在干扰我，我得把它挪到其他地方去，挪走是最简单的了，可当我刚一转身，一下子又撞翻了一把椅子。

"这些家具也在挡道！"我暗暗地诅咒了一句，好在有这把椅子让我发泄一下——这可笑的蒙上了一层褪色的绿色丝绸被套的老式座椅！

我又一次开始在房间里横向踱步，踩在彩色的地毯上，一来一回，越走越快。走得越快，房间就显得越小，可供行走的距离也就越短。

此时，隔壁房间水管里的流水声又使我烦躁起来，我捂住耳朵一屁股重重地坐到了沙发上，仿佛体重已经超过了两百公斤似的。坐在沙发上我开始琢磨，这些邻居就是不替他人考虑，我要到酒店老板那里去投诉。他们也太不注意了，大白天的，怎么能让水如此放肆地流呢！

在沙发旁的桌子上，我终于发现了一本书。我翻了翻，读了近半页，却一句都没有读懂……

我真不知道，我现在到底是怎么啦！我再次从沙发上跳了起来，又突然敏感地发现，花瓶和椅子都放在了完全不合适的位置。带着要将它们重新换换位置的想法，我走到了窗前，一种无意识的欲望和期待驱使着我朝窗外探头望去。大概会有什么特别值得看的东西和事件能吸引我此时的注意力吧，说不定有两个黄包车夫正在街头吵架，正在用吸引人的、粗俗的语言互相对骂呢……可惜，街头什么也没有发生！

窗外，只能看见从西北方向横扫过来的沙尘暴还在无情地肆虐着，在不停地、高高地扬起细密的砂粒——黄土尘埃，给可见的天空范围内染上了一种奇特的紫罗兰色，好像要在空中聚集成沥青和硫黄团似的。混沌的雾霭，既不明亮，也不昏暗，大白天像要下沉似的。这没有光影交替的白天，灰蒙、阴沉，给人们心灵带来的同样是伤感、抑郁和沉重。眼睛像被蒙上了一层悲伤的黑纱，沉闷的、受压抑的情绪麻木着人的思维。

沙尘暴，作为一种特殊的自然现象，在人的心灵中产生的强烈作用是不容易解释清楚的。实事求是地观察，它就是一种浓密的、呈黄褐色的黄土尘埃。尘埃在太阳的光照中移动，不断地削减着丰富的层次，最后过滤得只剩下渗透在空中的紫蓝色的光霭，天空染上的色彩恰似古代英国妇女身穿的封闭式罩衣。

说紫色极富魅力，不是没有理由的。这种色彩仿佛可以对人产生一种催眠的、将意识麻醉的作用。这种作用又通过戈壁滩上刮过来的干热的西北风得到了进一步加强，妨碍着人的器官活动，使人几乎要丧失自主意志，产生一种似乎没有力量能控制住自己的感觉。因此，也会莫名地给人带来烦躁。

可以说，一直到现在，我都在承受着这种烦躁。

一阵略显迟疑犹豫的敲门声使我的目光转向了房门。

"请进！"我喊了一声。

门开了，一位年轻的、年画一般美丽的中国女演员出现在了门框处，来人是谁，我第一眼还真没看出来。不过，很快我就想起来了，这位姑娘是北京城郊一个小剧社的演员。前不久，我正想在后台为她拍几张照片，但那位一看就知道十分滑头的剧社班主走过来对我说，拍一张照片要交五元钱。嘿！姑娘竟成了他的私有财产，真是令人难以置信。我十分反感这种唯利是图的生意经，因此也不得不放弃这一拍摄计划。

"出现在您面前的不是一个妖怪，不用害怕。"依旧站立在门框边的这位身材娇小的女演员带着轻柔的声音开始说话了：

"我事先没告知您就冒昧来访了，是不是影响您了？"

"完全没有，完全没有！"我热情地回答道。虽然没有感到不愉快，但对她的突然出现还确实有几分惊讶。

"请进！"我招呼着她，并向前走了几步。我帮助她脱下外衣，请她在铺着绿色丝绸被罩、风格讲究些的沙发上坐了下来。她有点迟疑。

"Bu-pa（不怕）！"我安慰着她：

"我只是想快点将门关上，因为，不时会有风吹进屋来。"

当门"啪！"的一声关上时，她惊吓得竟颤抖了一下。

姑娘的模样十分迷人——这位中国女明星。她应该走了很长一段路，因为我与朋友拜访过的这家小剧团位于所谓中国人居住的城区，在围绕着北京塔塔儿（Tataren）城的城墙之外。

"您到底叫什么名字？"我问她。我快乐的情绪似乎又回来了，尽管先前的烦躁心绪还残存着，影响着我。

"阳（Yang），"她自我介绍：

"与'明亮'是一个意思。"

因为在汉语中，"阳"这个字除了有"光""明亮"的意思之外，还有很多其他的意思。汉语中的词都是单音节的，根据上下文和声调，表达出来的内容可以完全不同。例如"Wang"这个音，可以是"忘""王"，也可以是"网"，还有许多其他的意思；又如"Tang"这个音，可以是"烫"，也可以是"糖""汤"……"Shu"这个音，可以是"树""书""数""鼠""输""赎"等。阳小姐的"Yang"这个音，意思可以是"光"，即"明亮"的意思，也可以是"羊""洋""痒"……不言而喻的是，发同样音的汉字在写法上也是完全不同的，每一个词都有自己相应的汉字。

这么说来，这位女演员对我来说就是一位"光"小姐了。

听到我用德语在大声地、自语似的念叨着她名字字面上的翻译时，阳小姐的脸一下子就羞红了。她不明白我在说什么，因为她不懂外语，尴尬的神情更显现出她妩媚的娇态。

阳小姐有一张十分古典的、匀称且秀丽的脸，一双大大的、晶莹闪亮的黑眼睛流露出清澈而又坦诚的眼神。细长柔嫩的小嘴唇，上下唇片均涂得鲜红，下嘴唇微微上挑，比起上嘴唇来更显丰满。小嘴上纤巧挺直的鼻梁下两个暗色的鼻孔，隐隐可见薄薄的鼻翼在不自主地微微颤动。月长石般椭圆形的脸颊略显瘦削，光洁平滑的额头上是弹性的、富有青春张力的皮肤，看不到一丝皱纹。她的秀发卷曲着，形成大大的、圆圆的、黑色的波浪状，整齐平滑地在两边鬓角垂挂下来，将风姿优雅的脸蛋漂亮地框了起来。脑后，黑亮的头发像流泻的瀑布，左耳上方的鬈发上插着一朵鲜红的小花，将整个头部点缀得生动迷人。

女演员今天穿着一件十分摩登的旗袍长衫，很好地衬托出苗条、优雅、柔软、散发着女性魅力的身材。黑色的丝绸罩衫平整光滑地紧贴在胸前，两个小小的乳峰呼之欲出，像两个小小的茶杯撑在亮熠熠的丝绸衣裳里，一只手正好能够轻松地把握住。这就是阳小姐今天外表的简单描述，她的身高在一米六左右，正好与我的肩齐平。

"我到您这里来，"阳小姐用她轻柔的声调又说了起来，听起来还略微有点沙哑，正像那些因职业关系嗓子用得多的女人们的声带一样：

"因为不久前您想给我拍照，但我的Lau-ban（老板）没有同意，很对不起。因此，我打听到了您的地址。打听地址并不难，酒店的服务生是我的亲戚，是我姐夫的表哥的哥哥。也正因为有这层关系，我到您房间来也不需要那些烦琐的通报程序。"

"我听说，您只是暂时待在北京，"她毫不拘束地继续说着，边说上身还不停地卖弄风情似的晃动着。

"像一根惬意地在微风中摇曳的树枝。"我这样想着。

她的动作很放松，丝毫没有紧张的迹象，确实十分自然，但一点也不粗俗。说话的时候，有时候她会叉开她那细嫩得像一个十二岁小孩的纤纤手指。

"我还听说，"她带着询问的眼神问道：

"您是一位旅行推销员，您到底推销什么东西呢？"

"什么都不推销。"我回答。

"那么，"她打断了我的话又问道：

"您又收购些什么呢？"

"什么也不收购。"我又回答。两个问话我都摇头予以否定，她为此甚感惊讶。至少她的面部表情是怔住了，眼睛睁得大大的，两个黑色闪亮的瞳孔盯着我，仿佛我说的话不可理解似的。

"那您什么都不是。"她薄薄的嘴唇翕动着，似乎要说出这句话来。

"但是您，"她探询地继续问道：

"您一定在干些什么，总不会是一只施有魔法的狐狸吧！按我们民间的说法，狐狸精化作人形潜藏在世间。时不时地，或多或少地会给人类来点善意的恶作剧……"

"为什么呢？"我深感奇怪地反问道。因为我感觉到，她说话时态度着实是认真的：

"难道我给您的印象是一个潜入人间暗藏着的鬼怪吗？"

她不确定地、尴尬地点点头，好像在告诉我，在她的印象中，就是如此。

"在一场这么大的沙尘暴中，人都变得古怪奇特了。"她最后抱歉地说道：

"难道您对沙尘暴的肆虐没有什么感觉吗？反正我觉得很难受。"她说着，扮出一副似乎马上就要哭出来的表情。

我是完全能够理解她此时的心情的！我之前不就是这样吗？空虚、束手无策、烦躁不安……现在我明白了，我的这种少有的、奇怪的、像丢失了什么、错过了什么、又像是在焦急地等待着什么的烦躁情绪……其罪魁祸首也是沙尘暴！是它使空气紧张起来。当然，也可能是空气中沙粒互相撞击产生的静电引起的人的生理和心理作用。小小的沙粒，人们用肉眼根本就分辨不出来。

"尊敬的阳小姐，"我再次将头转向她，说道：

"不必那么紧张，这些都是暂时的，它就像人变化无常的性情和脾气，到了明天，这一切没准就过去了。"我试图安慰她，可话还没有说完，晶莹的、珍珠般的眼泪就开始在她的脸庞上流淌起来了。

她仍然腰杆挺直地坐在沙发上，没有倚靠在沙发椅背上，两只眼睛仍惊愕地看着我。我十分尴尬地抓起一支铅笔，在食指与大拇指之间来来回回地摆弄着，像墙上挂钟里来回晃动的摆锤。

"Tränen（眼泪），"我自言自语地蹦出了这个词，没有考虑什么特定的含义，完全是无意识的。

"您刚才说什么？"敏感的阳小姐很快压低声音轻轻问道：

"这，"我回答：

"这是一个德语词，意思是……"

我注意到，我的话转移了她的注意力。她忧郁暗淡的眼神消失了，浅浅的眼角纹渐渐地过渡到鬓角，似乎正在孕育着一个微笑。

"'眼泪'。"我打趣地又重复了一句：

"我要表达的是：你很Chau Kan（好看）！"

"什么？"她又一次反问，还是带着女孩子特有的那种卖弄风情的神态，毫无疑问，她已经完全听明白我说的意思了。

我打趣地用伸长的食指指着她的鼻子尖说道：

"我觉得您……看起来很有魅力！"

这句话带来的作用很快就表现出来了！只见阳小姐很快从袖口里抽出了一条粉红色的薄纱小手绢，擦拭着脸颊上的泪珠，带着愉快友好的眼神，再次笑了起来。看样子她早就忘记了我们方才的谈话内容，忘记了为何会忧伤地掉下眼泪。就连沙尘暴带来的令人厌烦的情绪都在她女性羞涩的红晕前渐渐消失了。

"特兰能（Tlänen，德语词'眼泪'应为Tränen，中国人在读这个单词时常将'r'音发成'l'音）的意思是好看、漂亮。"她轻声自语地重复着，将粉红的手绢又重新塞进了袖口。

"那么，这又怎么说呢？"她不乏活泼地伸出自己的两只小手问道。

"Sauerkraut（酸菜），"我故意这样回答，完全是开玩笑，同时努力地使自己尽可能地保持住严肃的心态。

1938：德国记者笔尖下的中国和日本

"Sauerkraut，"她慢慢地学着说，好像要将这个德语词牢牢记住似的。我却一下子忍不住哈哈大笑了起来，笑阳小姐在说这个德语词的时候，将Sauerkraut（酸菜）几乎就说成Sauklaue（母猪蹄子）了。"母猪蹄子"怎么能与她玲珑剔透、纤巧秀气的那双小手相提并论呢！从无意义的偶然中往往会出现有意义的意外，完全没有料到，以"母猪蹄子"应对"纤纤玉手"，倒像是一个经仔细推敲后、有趣的玩笑中的一个幽默的噱头。

带着一种刻意装出来的惊讶，她追随着我表现出来的还不能完全理解的笑容。

"您怎么会这么高兴？"

她当然会这样去想，我表现出来的好的情绪是因为她的来访，是因为近距离地欣赏着她美丽的缘故。随她怎样乐意地去想吧！可此时，我却想起了另外一个也是因为误解了汉字引起的趣闻。

有一位茶叶店老板，如果我没有记错的话，应该是在德国的慕尼黑。他的茶叶店的玻璃橱窗里展示着所有可能的茶叶品种，散装的茶叶放在竹碗里和小巧玲珑的漂亮茶罐里，看过之后就能给人留下深刻印象。

一天，这位头脑精明的茶商灵机一动，突然有了一个绝妙的好主意，他要请在朋友处认识的一位中国学生将他商店里的一则广告文字写成中文，其内容是，他出售的茶叶品种齐全、质量上乘，即便是习惯喝茶的中国人的舌头也爱品尝他的茶叶。中国学生热情地满足了他的请求，用大毛笔龙飞凤舞般地将中国字书写在了一张大的金箔纸上，整个橱窗几乎都铺满了。打那以后，茶商在接待他的顾客时，不仅会满怀自豪地让顾客们注意这张广告纸，还会夸夸其谈地介绍广告纸上写下的富有诗意般的中文译文词组。

几个月之后，一位老先生来到他的茶叶店，茶叶店老板搓着手，礼貌客气地接待了这位顾客，并问他想买点什么。

"我今天不是来买茶叶的，"老先生抿着嘴微微一笑，说道：

"您确实清楚橱窗里的这些汉字表达的意思吗？"

茶叶店老板心想，这不是明摆着的吗。接着又开始方方面面地重复说起了寻常说的那些套话，诸如他的茶叶是正宗的中国货，是世界上最好最好的茶叶等。

老先生一边听他过分地褒奖他的茶叶，一边不住地摇着头，摆出了一副专门研究汉语语言学的汉学家的派头，说道：

"您刚才介绍的这些都很好，如果您不要求橱窗广告里的那些汉字与您刚才说的这些内容哪怕有一点点关系的话。我想告诉您的是，您橱窗里的那些中文格言，字面上的翻译应该是：

"尽管是已经泡过了九次的茶叶，但对该诅咒的基督徒来说，它还是上等的好茶叶。"

"嘿嘿！为什么我会感到开心呢？"我的注意力再一次转

向这位中国女演员，友好地注视着她，说道：

"当然是因为您啦！您来这里，完全是为了成全我，我终于能如愿以偿地为您拍照了……可以吗？"

她一个劲地只顾点头。

我在做拍照前的准备工作时，阳小姐去了盥洗间。透过敞开的盥洗间门，我看见她正站在镜子前往脸上补妆：细细的蛾月眉还要再往两边拉一拉、描一描，扑在脸腮上的红晕还要再鲜艳一点，浅浅的眼角纹得抹平……最后，她又用手顺了顺发型，很快地擦了擦薄薄的嘴唇。看来，已经完全没有了刚开始的那点羞涩感，我也因此平静了下来。

男人就是那么专注，像一个幼稚的孩子！

窗外肆虐的沙尘暴丝毫没有减弱的迹象，不过，我现在脑袋里想的只是如何拍照。我的目光在房间里搜寻着，观察哪一个角落的光线最为适合……

我似乎忘记了，明天一早就得离开北京，离开这座有许多我熟悉的胡同小街、宽阔大街、华丽建筑、神圣庙宇和参天古树的美丽城市。世界上没有任何一座城市能像北京这样，使人如此美好地、深沉地魂绕梦牵——茫茫的苍天、熙攘的公园、雄伟的城墙、脏兮兮的孩子、漂亮的女人、数不清的各类商店以及满城的奥妙和难解的谜团……

北京，一个城市的奇迹、一首恢宏壮丽的城市赞美诗。

数月之后，在日本送洗照片的时候，我才深感懊恼地发现，几乎没有一张照片是成功的。我自认为，在摄影方面拥有足够的经验。那么，可能的解释就只有两个：要么是日本摄影店里的暗室工作人员粗心大意冲洗过度，让我懊恼生气；要么就是拍照那天沙尘暴紫蓝色的光线无法在胶片上曝光。这下我才意识到，是北京沙尘暴那奇特的、染上了色彩的、好的连阴影都见不到的光线在作怪了。

瞧，有了北京沙尘暴，我却连一张关于阳小姐的照片都没有了……

蒙古人的叙事诗

很多日本人都认为成吉思汗是一个日本人，他们还从中推导出日本有权、也理所当然地应该成为亚洲霸主的这一不无荒谬的结论。……日本的编年史作者很早就将源义经的出生年份改写在了成吉思汗的名下，即1165年。今天，日本人仍声称"源义经"与"成吉思汗"是同一个人物。

※

从"满洲国"南部的热河省出发，我继续向西北方向旅行，前往蒙古大草原。有些路段，我会乘坐不久前才开通的长途客运车，这些客运交通干线都是在日本人的帮助下——首先当然是满足日本人进攻中国战略意图的需要——以极其惊人的速度修建起来的。在汽车不能抵达的地区，我就步行，背上一个轻便的背包，带着满脑子的梦想慢慢地闲逛。或者，坐中国农村数百年就开始使用且一直保留下来了的十分普遍的运输工具——灰色小毛驴。小毛驴有着十分令人钦佩的耐性和毅力，驮着我舒适地不紧不慢地走过长长的白天。或者，我会在旅途中租上一辆蹒跚行驶的毫无弹性可言的骡马车。这种车一滚动就会发出"吱呀！吱呀！"尖利刺耳的响声。这也是中国人常用的一种旅行工具。

当然不能说，长时间地乘坐这种骡马车是一种很舒适惬意的体验，道路高低不平，人在滚动行驶的车里会剧烈地颠簸，这摇头晃脑的时间一长，似乎也渐渐地练出一位中国哲学家所具有的性情了。话又说回来，我为什么就不能像自古以来的中国人这样旅行呢？！

大部分时间我都会坐在前面马车的车辕上，直接就在拉车的马或骡子的尾巴后面。我会高兴地吹着口哨，唱上一首随意想到的歌曲自娱自乐，或者与赶车的车夫聊天。车夫的见闻还真不少，能给我讲形形色色的各类事件，讲本地的特别之处，讲奇异古怪的或仁慈的神灵、凶恶的妖魔，更多的还是常出没于寺庙里的其他鬼怪，还讲土匪强盗，讲当地人的家庭生活，讲女人，讲孩子，讲疾病，讲离奇的蒙古人，讲"满洲国"，讲日本人……

旅行中记忆最为深刻的是自己步行，或如中国人所说的作为一个"骑驴者"行走的那些日子。翻山梁、过山谷，跋涉在弯弯曲曲的羊肠小道上。我时而会欢快地跳过小道边的小溪沟，时而会在流水淙淙的山涧小溪边停息片刻，再弯腰捧上一掬山泉，凉爽身体、振奋精神……

一个人独步山川的感觉是十分美妙的！我能随意根据内心的喜好控制行进的节奏，我有的是时间，什么"景点"都不应该错过。任时间流逝，我悠闲自在地、从容不迫地……久藏心底的诗句在旅途中常常被激活，我不时会不受任何约束地、充满激情地高声朗诵几句，还可以毫无顾忌地在空旷的山川间恣意放歌，高唱着德国阿尔卑斯山的传统民谣，让悠扬、高亢的声音在空旷的山间荡漾、回响。我可以随时随地地捡起一块小石头，奋力扬臂，将它扔向远处的山谷，然后慢慢欣赏它在空中划出的又高又远的抛物线轨迹。山间有棱角分明的石块，有扁平的片状岩块，还有一扔出去就会自动解体、在空中分裂成或碎块或粉末的饱含石灰的泥团。

有的时候，我能见到一位在田间默默弯腰劳作、两眼从不左顾右盼的中国农民，我会远远地向他友好地喊上几句话，以便他能迅速转过头来，短暂地瞅上我一眼。一路上，我低头窥视，有时，还能见到从灌木丛中突然蹿出来的野兔。抬头仰望，用目光追逐在空中自由盘旋的苍鹰……啊！真是一段美妙的、令人难忘的旅途时光！

晚上，我大多会借宿在某一个小村庄里，享受宁静安逸的中国农村之夜。谢天谢地，柏图斯（Petrus，耶稣信徒——译注）也没有丢下我不管，他眷顾我、照顾我，使我一路旅行的天气都无一例外的非常好。只碰到了唯一的一次倾盆大雨，好在我当时正在一个名叫奉宁（Feng ning，音译——译注）的小城镇附近，在豆大的雨点还没来得及敲打帽檐上的细腻灰尘时，我就已经逃进了一户村民开的小酒馆里了。在酒馆里，我品尝到了浓郁芳香的中国茶，还有幸吃到了数量可观的、热气腾腾的鲜肉包子……

旅行途中，我总会感到饥饿，我的胃，别提了，总是处于这种状态，即没有什么可吃的东西能满足它的消化。酒馆里的包子拳头般大小，用面粉做成，含着味道鲜美多汁的猪肉馅，是一种十分好吃的中国美食。在中国的旅行途中，几乎任何地方都能吃到，我也十分乐意向每一位去中国旅行的游客介绍这一特色小吃。陪着我吃肉包子的是这家酒馆的中国老板：一个胖胖的中年人，身体看起来很健康、爱动。瞧他那副善良且机灵的面部神情，可以毫不夸张地说，将他们这个民族生活中的全部乐观和智慧都表现出来了。

一如在其他任何地方，我向酒馆的老板打听，该如何继续我接下来的行程。酒馆老板告诉我，如果要去蒙古商旅城镇多罗诺尔（Dolo-nor），我就必须从现在开始，更多地保持着向北的方向，在此之前的方向有些偏西。

"茫茫的、碧绿的大草原，"他说：

"离这里已经不是很远了，三天左右就可以到达。"只要一说"茫茫的、碧绿的大草原"，中国人就知道是蒙古草原。

在酒馆老板泡上了一杯新茶再次在我身边坐定后，他开始问我，是否带上了足够的官方证件，并补充道，如果没有这些证件，我就不可能像先前那样继续自由自在的旅行了。在我听来，他说这话时的语调是轻蔑的、不屑一顾的。但看酒馆老板带着强调的口吻说出最后一个词时那副拉长了的脸形和神态，就使人能感觉到，他给我的是一个严肃的忠告，而不是开的一个有口无心的玩笑。

"自由自在的日子已经过去啰！"带着沉重的心情，酒馆老板叹息道。

"过去了？"我新奇地发问：

"怎么会过去呢？"

还未回答我的问题，酒馆老板却将头扭向了一边，开始无拘束地、不在意旁人地"清洁"自己的鼻孔。只见他将弯曲着的小手指伸进鼻孔中的一个，将其堵住，然后熟练地将另一个敞开的鼻孔中的鼻涕擤了出来。这样擤鼻涕，如果我还说没有一点噪音的话，那是没有人会相信的。

小小的干扰过后，酒馆老板又继续着先前这个话题。他告诉我，现在到处都布满了日本的间谍和密探，这一地区已经都清清楚楚、完完全全地暴露在日本人的放大镜下了。边说他边点着头，似乎充满着忧虑。酒馆老板是一个光头，但却丝毫不妨碍他时不时会习惯地用手从前往后顺顺"头发"，好像头发还长在头上、时不时还会散乱地挂在脸上似的。每一次，只要他的手指在粗糙的光头上挠来挠去，都会有不少头皮屑掉落下来。

"人们完全不能，"我听他继续唠叨着：

"将今天的情形与以前做比较。以前，是我们中国的政府官员管理这个地方，行个小贿就能把自己想办的事办成。现在可不行了，办事得格外小心，不定什么时候在什么地方就会被新来的官员抓个正着。这些人可不是那么容易动恻隐之心的，他们对闪闪发亮的（Taler塔勒，18世纪通用的德国银币，这里特指金钱——译注）不屑一顾……是的！是的！日本人办事相当古板。"

他轻轻地补充着，带着一种嘲讽的语气，尽管没有什么太大的敌意。就我的感觉而言，中国人一般都瞧不起日本人。

"我有足够的证件和介绍信，"我回答说：

"有中国南京中央政府的，有北平市政府机关的，还有来自新京、谋克敦'满洲国'政府的，甚至还有，也是最重要的，日本人开出的各类证明文件……"

"哈哈！"酒馆老板突然一笑，一张变形的脸，显得更加意味深长：

"好！好！好！好！"他快速地、不断重复地叫着"好"，声音却越来越轻地说道：

"带着这些证件……您就不会有什么麻烦了。不过您还是要特别注意，每次都要拿出相应合适的证件！千万别拿错了，不要用南京中央政府的证件去应对一位日本检查官。"

乌云在天空待的时间并不是很长，雷阵雨很快就过去了，太阳又露出了笑脸，洒下万道光芒，我又踏上了旅途。直到今天，记忆中酒馆老板在我身后充满友情的送别话语都还在耳边回响着：

"Ji-lu-ping-an（一路平安）！"这句话的字面意思是：整个旅途中都平静安全。或者说：祝您有一个幸福快乐的旅程！

旅途越来越艰难，不时还要爬爬陡坡，我渐渐靠近了大兴安岭。连绵的大兴安岭山脉从南至北，沿着"满洲国"的西部边境，从著名的长城开始直至黑龙江大弧弯流域。黑龙江是形成苏联西伯利亚与"满洲国"边界线的一条大江。大兴安岭山脉将"满洲国"与蒙古大草原连接在一起，最高峰达三千米。

中国的山峦景色有着自己独特的魅力，但不是我们通常理解的那种美。山峦并非莽莽一片，不是那种人们可以怀揣梦幻数小时在其间徒步旅行的大片森林。中国的山岗通常是光秃秃的。当然，个别零星的小山林也还是有的，但山林大多围绕着山间的寺庙。

灰白色的天空作为巨大的背景，映衬着这只留有短短树茬的山脊。眼前连绵起伏的石头山峦往往会形成一个个奇异的、类似于静卧着或蹲坐着的动物形状剪影。触景生情，人们不禁会产生如此联想：这静静地、默默地躺在这里的山峦，莫不就是混沌的远古时期生活的、史前动物的石化标本。走在这石化的"史前动物"的脊背上，那感觉，就像置身于一个永恒无尽的历史空间中，徜徉在空旷孤寂的原野上，漫步在人类远古的家园里。尽管山是光秃秃的，但人们丝毫感觉不到它的荒凉和单调。

商旅城镇多罗诺尔，位于大兴安岭的另一侧，在那里，我买了一匹旅行中骑行的蒙古马，马不算高大、马鬃浓密、长长的尾巴几乎垂到了地面。在畅饮蒙古马奶酒时，我给这匹蒙古马取了一个好听的名字："Etzel（埃策尔）"。骑着"埃策尔"，我继续前行，也慢慢地、不知不觉地开始离开山峦走下坡路了。

身后的大山在渐行渐小，身前出现了宽广辽阔的平原，视野在不断地延伸、越来越开阔。我知道，蒙古大草原到了。坐骑"埃策尔"那高兴的劲儿，好像回到了久别的家乡一样，它开始撒欢、不安分，扬开四蹄在草原上奔跑，一个劲地向前！向前！尽情尽欢地奔驰在无边无际的绿色大草原上……莽莽浩瀚的蒙古大草原是马儿最向往，也是最完美的家乡。这里草场的繁茂和肥沃是无与伦比的，在这里生活的马儿，匹匹膘肥体壮。在蒙古，马比人多，马是这里所有价值的标准。如果您要问一位蒙古人：

"你的家乡在哪里？"他们会回答：

"在马背上！"

神奇美丽的大草原，极目远眺，一望无际！一如观海，是那样的辽阔坦荡，一条长长的呈圆弧形的地平线，将草原与天空分隔开来。站在这里，人会油然而生一种特别的孤独，感觉自己是那样的渺小，渺小得像一颗沙粒，像阳光下、草原上空熠熠闪烁着的点点尘埃。

沙漠、旷野、不毛之地？在未认识蒙古草原之前我是这样想象的。现在，我终于看见了、明白了：蒙古大草原竟是如此的绿草茵茵、充满生机。它像一个巨大无比的盘子，呈现出令人心旷神怡的绿色、绿色、绿色，还是绿色，可谓碧波荡漾，绿海接天。在平坦的草原上，你还会看见耸立着的一顶顶蚂蚁巢似的、明亮的半圆顶蒙古包，半球状地点缀在起伏的碧绿丛中，美如图画。同样，还有难以尽数的呈白色、褐色、黑色和灰色的小斑点——这是一群群骏马，它们在草原上来来回回自由自在地溜达、驰骋，随心所欲地嚼着这世界上最美丽、最嫩绿、营养最丰富的青草。

此时，我正坐在一位牧民家的帐篷里，这里习惯称这种供居住的帐篷为"蒙古包"。我的蒙古族主人：阿爸、阿妈、儿子以及两个女儿正在附近吃草的马群边忙碌着。我一个人则待在蒙古包里，按照当地人的习惯盘着腿坐在用皮毛铺盖着的毡垫上。我试图写点什么，但这样坐着写并不是很舒服。我叼着烟斗，倾听着风吹草原的沙沙声和远处传来的骏马嘶鸣声。

我的小"埃策尔"现在也在离蒙古包数米远的地方吃着草……

是在梦中吗？别说，还真有这种做梦的感觉，一个个记录在已经褪色了的历史书籍中的大小事件又如烟似的、缥缥缈缈地在草原深处升腾起来。就像经常在孤单寂寞的长途跋涉中那样——我十分喜爱这种弥足珍贵的跋涉——这里，又勾起了我对过去岁月的感怀，曾经发生过的且已经消失了的事件又开始左右着我的思绪。

很久很久以前，我们的公元纪年还没有开始，这片草原上就生活着一个又一个不知名的游牧部落和无数居无定所的游牧人，为了使他们心爱的马群能吃饱、吃好，膘肥体壮地生长，他们从一个牧场迁徙到另一个牧场。当时文化已经得到高度发展的中国人则称这些游牧部落为蛮夷或野蛮的乌合之众，将他们与草原上的狼群相提并论。事实上，他们也真的像狼群一样，经常小股出没，骑在灵活敏捷的、那个时候还未被中国人当作家畜饲养的骏马背上，来回飞驰，偷袭攻击汉人居住的地方，将宁静平和的乡村和城镇抢劫一空，掠走年轻的姑娘……然后又同样迅速地消失在北方的地平线上。

这些跃马扬鞭，来无影去无踪的草原妖魔，汉人既追不上，又抓不住。为了保护不受他们持续不断地来犯，中国人因此修建、构筑了伟大的长城。人类这一雄伟壮观的建筑工程的兴建，与当时的草原游牧民族是有直接关系的。如果人在月球上往地球上看，很可能中国的长城就是唯一一处能清楚见到的人类建筑。这确实是一个不可思议的、难以置信的建筑奇观，一个了不起的中国神话和传说。不！它并不是一个神话和传说，今天，你就能切切实实地站在长城上，能沿着长城跋涉上数千公里，能时而上、时而下地走在这高出地面约十米的防御墙体上：高大恢宏的中国长城！

大约在我们公元纪年翻开第一页后的第二百五十年前，中国的秦始皇就以铁拳建立了第一个中央集权的中华帝国，并声明废弃在此之前的所有有效政策。这个时候也出现了一个个东游西荡的游牧民族：他们相继聚集在一个屡战屡胜的部落首领周围。打那以后，中华帝国的历史就撇不开这些野性十足的草原牧民了。是的，这些游牧民族对世界上这个最古老的，即便在当代也仍是独树一帜的文化帝国的贡献就不再是无足轻重的了。

上千年来，中国与这些"家乡在马背上"的民族不断地发生战争，草原上的王侯也多次坐上了文化大国的皇帝宝座，在中国的史书上，就有大量的中国与匈奴人之间战争史实的记载和研究分析的说明。

就民族语言和习俗而言，中亚草原上的人应属于今天以土耳其民族为标志的民族大家庭，他们居住在从中亚上至太平洋北部海岸这个偌大的地域。通古斯（Tungusen）人、满洲人、蒙古人以及很多其他不知名的部落都被认为是这个民族大家庭中的一员。

中国历史上最辉煌的一个时期是汉朝，汉朝从短暂统治中国的暴君秦始皇手中夺得了皇位，统治中国达四百年之久，时间段约为公元前206年到公元220年。汉朝的统治是如此辉煌和成功，以至于今天的中国人都乐意且骄傲地称自己为"汉人"。

汉朝最强势、最有影响力的皇帝是武帝。武，即骁勇善战的意思，汉武帝使中国真正强大起来。汉武帝在位时，要持续不断地与匈奴人作战，抗击这些骑在马上的"胡虏人"。但要想有效地抵御这些"狼群"来犯，汉武帝就必须加固已有的长城。这样一来，一个土坯长城在不断地加固中渐渐地变成了宽厚的、表面用石砖堆砌起来的砖墙城堡。汉武帝同样也占领了大片新的领地，他首次将满洲以及朝鲜作为中华帝国主权统治下的附属国。在南部，他吞并了长江流域大片肥沃的疆土。在西部，他把富饶的四川盆地以及今天被称为中国突厥斯坦（Turkestan）的疆域也归于中华帝国的主权统治之下。

但是，汉朝还并不只是以扩大帝国的版图为标志，汉武帝还向四面八方派出打探消息的"侦探"，回来的"侦探"也都向他报告外域奇闻……中国对外族、外国以及外来产品的兴趣开始高涨，进而有了与西方世界上千年的交往。

在今天看来，当时联系亚洲与东欧的那条大的商贸之路已经没有什么实际意义了。可在当时，这种交往和联系，就是通过被我们这个时代认可的，这条最为重要的所谓"丝绸之路"进行的。"丝绸之路"是探险家斯文·赫汀（Sven Hedins，1865年2月19日—1952年11月26日出生于瑞典斯德哥尔摩，是瑞典地理学家、地形学家、探险家、摄影家、旅行作家——译注）先生进行了详尽充分的研究和考察后披露出来的，当时是一条十分繁忙活跃的商贸通道，它吸引并推动着东西方的商贸兴趣以及东西方商品、商人、艺术家的双向交流。

今天，人们已经很全面地熟知了这条横贯欧亚大陆、熙熙攘攘的商贸之路，这条伟大的"雅利安人之路"。遗憾的是，人们已经将它遗忘！在古老的罗马文字中，人们有时还能找到它的蛛丝马迹。例如，在我们的纪年，即公元前十年，也就是马克·安东（Mark Anton）统治埃及时期，在中国与罗马帝国之间就有了商贸交往。同样，在霍拉茨（Horaz）、弗吉尔（Virgil）、普林尼尤斯（Plinius）以及托勒密（Ptolomäus）的著作中均能找到有关中国商品、产品的段落。一捆捆昂贵的丝绸、首饰珠宝、金银器皿、宝石、弓箭、皮货，还有桃子、杏子等水果，茶叶、瓷器、纸张、纸牌，很可能还有火药运到了西方。反过来，胡萝卜、葡萄、玻璃、绘画艺术以及玻璃加工、聂斯托利宗教、穆罕默德信仰、希腊艺术和很多其他的西方事物也渗透进了中国。

今天再回顾这所有的一切，真不知道是梦还是事实。但不管怎样，有一点可以确定：两千年前，东西方两大文化就已经在互相渗透、互相促进了。

当汉朝的最后一个皇帝退位，生性好动的蒙古草原牧民又再次出现。由于野心勃勃的将军们相互为敌，使得中华帝国又处于一片混乱之中，游牧的草原民族瞅准长城守军放松警戒的当口，再次入侵了中华帝国。他们骑在剽悍敏捷的马背上，纵横驰骋，把本已十分混乱的中国内部搅得更乱。他们武力参与中国的内战，今天帮这边，明天帮那边，直到终有一天草原王侯登上了中国的皇位，掌管了中国北部的一大片疆土。

这位建立赵（Tschau，史称前赵——译注）王朝的匈奴人王侯应该就是第一位坐上中国皇帝宝座的满洲籍皇帝，满洲也是大中亚民族家庭中的一个部族。今天，当人们来到世界上最年轻的帝国——"满洲国"时，就会不由自主地想起这一历史事实——中国历史上的第一个外来皇帝。从我们的公元纪年四百年开始，这一统治持续了数十年。

后来，一场大的内乱像一场自然灾害来临，袭击了中亚草原部族，使草原部落之间再一次四分五裂。在这一民族运动的纷乱中，倨傲的匈奴人统治的中华帝国濒临衰败，这一衰败快得就像他们一夜之间占领中华帝国那般。草原部落间开始分崩离析，一个个又相继独立，就像突如其来的阵风一般，开始骑着马满世界东游西荡了。

其中的一个骑马的游牧部落开拓了向西方进军的征途，进犯欧洲：阿提拉（Attila）或者是埃策尔（Etzel）——匈奴王，作为"上帝之鞭"开始出现在欧洲的政治舞台上。很快，阿提拉率军占领了从丹麦到匈牙利、从莱茵河到里海的大片欧洲疆土，只是通过公元456年在卡太隆尼平原上的一场战争，人们才阻止住了阿提拉军队的胜利进程。阿提拉被打败，不过，西哥特国王狄奥多里克（Theoderich）一世，或称狄特里希·封·贝尔恩（Dietrich von Bern），却死在了战场上。

战场上的失败并没有挫伤这位匈奴王的傲气，一年后，阿提拉再次向西罗马帝国发起进攻，毫不留情地入侵了意大利，摧毁了一切试图挡在前进路上的障碍，一举占领了米兰（Mailand）、伦巴第（Lombardei）……只是在教皇利奥（Leo）一世的请求下，他才很罕见地制止住部队，指挥队伍有秩序地翻越阿尔卑斯山（Alpen），撤回到王府所在的多瑙河平原。一如所有来自中亚草原上的伟大占领者一样，阿提拉也心存一种令人惊奇的、对精神力量的敬畏和尊重。因为，不论是他，还是成吉思汗（Dschingiskhan）或塔梅尔兰（Tamerlan），都没有镇压和压迫过被他们战胜的民族的宗教信仰。

1938：德国记者笔尖下的中国和日本

走出蒙古包，正好一阵风刮了过来，穿堂风似的横扫着草原上浓密茂盛的草丛。草茎弯下了腰，听得见风声持续地在清澈的空气中传播，是一阵阵上下起伏的声波，像一个伟大、崇高、庄严的声音在我的耳边嗡嗡地吟唱，它诱引着我对遥远时光的幻想。

我想起了很早以前，坐在学校课堂的板凳上背诵过的《尼伯龙人之歌》（Nibellungensage，"尼伯龙人之歌"是德国中世纪著名的叙事史诗——译注）的情景。在沙沙作响的无边无际的绿色草原上，十五年前学过的诗句又涌现出来：

> 在夏至的傍晚，我们听说
> 宾客们去了埃策尔王府官殿
> 他从未这样隆重地接待过客人
> 国王还亲自陪他们一起入席就餐
>
> 一个国王还从未如此自豪地陪伴着宾客
> 不仅呈上了美味佳肴，还有玉液琼浆
> 客人们无论想要什么，都能得到
> 因为这是一个国王少有的决定

一个被后人诋毁的野蛮人，根本就不会是埃策尔！不然的话，《尼伯龙人之歌》的作者完全没有理由如此热情地颂扬"上帝之鞭"……

富有的埃策尔要大兴土木

要展示他付出的艰辛和努力

富丽的宫殿、威严的塔楼和无数舒适的居室

一个壮观的城堡里一座高大雄伟的大殿

我试图去想象这座城池：庄严崇高、富丽堂皇、厚重的墙体、豪华的大厅……难道它不是坐落在今天格拉兹（Glatz）所在的多瑙河平原上吗？

他吩咐着，城池要长、要高、要宽

因为随时会有众多的骑士来访

有十二位君主，那么多的卫士

以及锃光发亮的长剑

他获得的多过任何一个国王，就我所知

带着男女随从无忧无虑地在那里生活

熙攘和喧哗簇拥着国王，还有众多的长剑

他的情绪是如此高昂……

我的小旅伴"埃策尔"正在草原上小跑，它已经吃饱了，肚子看上去圆鼓鼓的。一看到我，还没等跑过来，就开始在草地上撒欢了。它一会儿滑稽地蹦跳着，一会儿纵情地踢蹬着，一会儿满足地嘶鸣着……然后又扑倒在草地上，抑制不住地打着滚，在草丛中挠痒，打着响鼻地享受着这挠痒过程的快感。

长途旅行，它已经适应了长期戴着马鞍的感觉，三天没有驮马鞍的日子，没有负重的自由奔跑，它竟变得浑身不自在，全身都痒痒了。

"过来，小'埃策尔'！"我想叫它过来，递给它一块我特意带上的方糖。"埃策尔"不再懒洋洋的了，它抖擞着精神一跃身站了起来，使性子似的冲我直奔过来。"勇敢的、听话的动物"，我边这样赞扬它边拍打着它肌肉发达的、强有力的长脖子。"埃策尔"温顺地用耳朵在我的肩上摩擦着，长长的尾巴愉快地来回摇摆，鼓胀起的湿漉漉的鼻孔高兴地打着响鼻。在共同的旅行经历中，我已经与"埃策尔"建立了感情。我将第二块方糖又塞进了它的嘴里，听到了方糖被嚼碎的"嚓嚓"声响。

突然间，"埃策尔"竖起了耳朵，显得不安起来。顺着"埃策尔"昂首引颈的方向，我看见远方来了一群正在吃草的马，"埃策尔"正紧张地、带着渴望好奇的神情观望着。

"原来如此，"我这样想着：

"快去，跑过去，'埃策尔'！"我向它呼叫着，并击掌催促着：

"快！快跑过去！去交一个漂亮温柔的'女朋友'吧！"好像听懂了我的吆喝，"埃策尔"跳了起来，朝着远方的马群撒开了双蹄。

这确实是一个十分有趣的思维，即从辽阔的、欧亚大陆东方的角度去回忆、去思考。是谁在这里集结重兵，向西方大举进攻的？阿提拉是第一位，在他之后整整一千年以后的十三世纪，是成吉思汗，而塔梅尔兰又在成吉思汗一百年以后。这三个人都是来自中亚大草原的游牧民族，他们的家乡都是由无路可走的山脉隔开，这些山脉从中亚一直向上延伸到东北，至太平洋海岸线才告结束。

绵延的山脉像一条长长的对角线划过幅员辽阔的亚洲大地，它从七千八百米高的喜马拉雅（Himalaja）山北部结束点的帕米尔（Pamir）高原开始，与超过五千米高的阿尔泰（Altai）山脉接壤。俄罗斯高达三千四百米的萨彦岭（Sajani）山脉沿着它，之后是黑龙江大弧弯处耸立着的拥有高达二千五百米高峰的雅伯罗尼（Jablonische）山脉和峰高一直保持在一千多米的史达拿沃伊（Stanawoi）山脉，直至最后慢慢地平坦、低矮下来。最后的一截山岭则沉没在将亚洲和美洲两大洲分开的狭长水带，即白令海峡（Beringstrasse）。

光洁如镜的大草原，绵绵延伸至地平线尽头，如茫茫的大海诱发着我们对无尽远方的渴望，如高山深渊之于生命最后一刻的意义，又如森林莽莽孕育着梦幻般的童话与传说。放眼草原尽头，人们会不由自主地发问：那里到底是一个什么样子？一望无垠的草原到底有没有边？这一定不是一个意外，为什么偏偏在草原上生活的民族部落，天生就不安分，天生就有兴起伟大民族运动的欲望，是神秘莫测的大草原给他们的心灵灌输了巨大的新奇感吗？

成吉思汗，这位天生的征服者、占领者，是大草原的儿子并不是偶然的。大草原使他成为一个游牧民，大草原一望无垠的辽阔诱发出了他强烈的征服欲。他的力量来自气势雄伟、波澜壮阔的山脉,来自更北边的、他的出生地黑龙江流域。在一无所有的草原上,成吉思汗成就了当时地球上最强大的一个帝国。

当时的大草原上,有很多小的、不知名的小游牧部落,为了争夺一块肥沃的草原立足,部落之间长年战争不断。有一位血气方刚的年轻人,是众多部落中一个无足轻重的小部落的首领,他名叫铁木金(Temudschin),名字的汉字直译即:"一个由铁、木、金合成的人。他就是成吉思汗,铁木金是成吉思汗还未成为大汗(Da-Khan),即"统治者的统治者"之前的名字(成吉思汗的原名通常译为"铁木真"——译注)。为了入侵其他部落,铁木金将部落里的男人们组成一支完整的骑兵队伍,在作战中排列成战斗方阵,这在当时是前所未有的。在此之前,蒙古草原上作战都是单枪匹马,一个骑手对阵一个骑手。用剑和弓箭武装起来的铁木金骑兵,在作战中所向披靡,不仅征服了一个又一个的小部落,还强制性地将这些征服了的、自由自在、无拘无束惯了的草原散兵游勇整合成一支有铁一般严明纪律的、战无不胜的骑兵队伍。一个又一个的胜利使他的部队日益壮大,战斗力也越来越强。

长达二十年连续不断的征战,往往是在与势力比自己强大的对手作战中险中取胜。铁木金总是那么勇敢、狂热、不可一世,创造了一系列毫无先例的冒险战例,赢得了一个个值得炫耀的胜利成果,最后将中亚所有的游牧部落都统一起来了。铁木金在四十四岁时实现了目标，使草原上所有部落的首领和贵族都尊称他为"大汗"。他在为自己取名为成吉思（Dschingis）——为何叫这个名字，今天的人们还不知道——的时候，同时也将自己的部落称为"蒙古人"，意即"勇敢无畏的人"。成吉思汗以这第一次叫响的名号，首次将聚集在自己周围的大小部落组成了一个民族，唤醒了草原人的民族意识。

成吉思汗在亚洲的心脏建立了一个军事王国，在这个军事王国里，不论男人或女人，在战斗过程中或在和平时期，都有自己的岗位。尽管成吉思汗自己既不能读也不能写，但在中国学者的帮助下，他为蒙古人带来了一种有文字的语言。同样，通过请教其他部落，他还为自己民族制定了法律条文，规定了这一法律条文的基础和法律概念："札撒（Jassa）大典""成吉思汗法典"。

今天——20世纪30年代的今天——我们对成吉思汗在13世纪，即七百年前的许多做法都还会深感惊讶和不可思议。他在那个年代就已经做出明确的规定，每一个十五岁到七十岁的男人都负有效力于公共社会的参军和劳动义务；在人民中，成吉思汗将战斗作为唯一的和最高的职业进行宣传、鼓动。他还特别成立了一个"战争研究院"，一个正规的、合乎要求的总参谋部，连战争的个别细节都予以了认真的研讨。他建立了有组织的间谍情报网络，以便能精确可靠地了解对手，对所有邻国的形势做出比自个儿更好的判断和决策。在辽阔的大草原上，他建立了骑兵传令系统，使他有可能将数千公里外的、被戈壁和山脉隔开的各支队伍形成一个整体，能有效地指挥和下达命令。

成吉思汗将家庭和后代以及所有的财产托付、委托给妇女们照管。此外，他还赋予妇女们一种对亚洲人来说非同寻常的自由生活，即妇女们能够不受约束地、大方地支配自己的意愿。在对待所谓吝啬、嫉妒、吃醋以及与之有关的所谓忠贞和不忠贞等问题时，蒙古人就像对待财产产生的贪欲一样，在认识上是非常肤浅的。

成吉思汗统帅着二十万蒙古男人们一次又一次地冲击防守坚固的、强大的"长城"，他摧毁了一个又一个的工事，占领了一座又一座城池。只要是对自己的目标有利，他就会无情地、毫不退让地进攻，而绝不会在残酷的现实中畏惧、退缩。战争就是战争，只认准一个目标：赢得胜利！经过五年的浴血奋战，他终于攻下了北京——这座古老的中国皇城。

成吉思汗从战争中接受了占明显优势的武器，组成了带投掷器的，也就是拥有火炮的重炮部队。中国人早就发明了火药。拥有了中国工程师、医务人员、桥梁建设者和其他专业人士加盟的军团后，成吉思汗进而发出命令，向伊斯兰世界进军。为此目的，他的军团必须征服人迹罕至、艰难跋涉的戈壁滩和高耸云天、超过七千米高度的难以逾越的天山山脉。当时，在组织上和装备上都堪称奇迹，即便放在今天也不是一件容易办到的事！如同一阵威猛的飓风，成吉思汗与他的勇士们很快扫平了西亚地区，一个又一个胜利的里程碑竖立在他前进的道路上。他让他最忠诚的大将速不台（Ssubutai）像猎犬追逐猎物一样在广大辽阔的伊斯兰国土上追赶着西亚的统治者、伊朗国王沙阿（Schah，花剌子模帝国国王阿拉丁·穆罕默德——译注），直到他确凿无疑地死去。

接下来，成吉思汗又派遣速不台率三万装备精良的骑兵部队，作为一支先头部队前往北方和西北当时尚不知名的地区。绣着白色飞鹰图案、有九个尖角的"大汗"部落旗帜在队伍前面飘扬，引导着速不台将军的先头部队进军到了六千多公里的远方。他率部通过里海（Kaspischen Meer）和黑海（Schwarzen Meer）之间的狭长地带阿塞拜疆（Aserbeidschen）和格鲁吉亚（Georgien）地区，再逾越高加索（Kaukasus）山，来到黑海边的草原上，直抵俄罗斯的第聂伯河（Dnjepr）平原，最后进入了伏尔加河（Wolga）洼地。进军途中，战事不断，不仅打得激烈、顽强，还相当残酷。成吉思汗的指令得到了有效的贯彻和执行，因而赢得了一个接一个的胜利。野性十足的蒙古骑兵闪电般地冒出来，毫不留情地打上一仗后，又无影无踪地像突然冒出来那样突然消失。每一个新的胜利都使他们向欧洲内陆的纵深侵入了一步。

这是欧洲迎来的第一个蒙古"顾客"。十五年之后，成吉思汗的孙子忽必烈汗（Hublaikhan），这位在北京坐上了中国皇座的蒙古人又将这大规模的第一次远征战役重复了一次。还是在速不台将军的统帅下，但这一次，势如破竹的蒙古骑兵部队一直打到了中欧，正是在斯陶芬（Staufen）大帝、弗里德里希（Friedrich）二世正在意大利北部做准备、要打击伦巴第人（Lombardei）以及动摇教皇统治地位的时候。

成吉思汗给他的后代留下了一个完整的大蒙古王国——从太平洋到欧洲和亚洲之间的里海、从亚洲阿拉伯半岛（Arabien）上至西伯利亚大森林。简言之："只要是蒙古马的马蹄能够到达的地方。"

成吉思汗的这种超凡的军事天才，人们是完全可以放心大胆地与亚力山大大帝（Alexander dem Grossen，公元前356至前323年，古代马其顿国王，世界古代史上著名的军事家和政治家——译注）、汉尼拔（Hannibal，公元前247年前182年，北非古国迦太基名将，军事家——译注）以及尤利乌斯·恺撒大帝（Julius Cäsar，公元前102年—前44年，史称凯撒大帝，古罗马共和国领袖和军事统帅——译注）相比较的。有些人甚至认为从一个破败的部落首领后代发迹的成吉思汗是世界历史上最伟大的征服者和占领者！尽管他作为一个征服者，在实现的、独一无二的胜利历程中横扫了那么多有文化的国家和民族，但直到他死，他都还是一个俭朴的人——一个漂泊的牧人。他写在"铁板"上的法律"札撒大典"，决定了蒙古人民应该怎样清楚地去生活，要以他为生活的榜样：高傲自负地、自由自在地、灵活敏捷地，以保证他缔造的政权能永久不衰地立于其他所有民族之上。在他的遗嘱中，他将他的帝国划分给了他的儿孙们，也将他的意愿和决心留给了他们：最后完成征服全世界的伟业。

一位著名的历史学家评价说：

"他，成吉思汗，活在人们记忆中的，不仅仅只是作为一个不屈不挠的、不可抗拒的、令人折服的征服者和占领者，一个人类的灾难。更多的是，他是世界历史上遇到的、上帝最强有力的工具之一，是民族命运最杰出的一个塑造者。"

很多日本人都持有这样的观点，即成吉思汗是一个日本人，他们还从中推导出日本有权、也理所当然地应该成为亚洲霸主的这一不无荒谬的结论。持有这种观点的人认为，历史上贪权的日本大独裁者源赖朝（Joritomo，全名应为Minamoto Yoritomo——译注）派密探要谋杀他的兄弟、古代名将源义经（Joschizune，全名应为Minamoto Yoschitsune——译注），而源义经则在密探未到之前就逃离了岛屿。日本的编年史作者很早就将源义经的出生年份改写在了成吉思汗的名下，即1165年。今天，日本人更声称"源义经"与"成吉思汗"是同一个人物。对此，他们还引证了一些在蒙古流传着的关于成吉思汗年轻时的一些传说和故事，并说在日本，也同样流传着关于生死不明的源义经的这些与成吉思汗类似的传说和故事版本。

那些研究历史的日本人更进一步地指出，日本人人种源自源义经，即源自"吉成思（Gendschi）"或源氏（Minamoto）。"吉成思"是"源义经"的日本式汉文读法，类似于蒙古语中"成吉思（Dschingis）"的发音。英语中至今仍将蒙古征服者成吉思汗的名字写成"Genghis"。

如此这般，其要得到的结果是，日本人要表明："吉成思"（即源义经——译注）、英语中的"Genghis"和"成吉思"（汉语名——译注）指的就是一个人，是一回事儿。特别要指出的是，"Dschingis"在蒙古语中也没有给出真正的意义，就连以前的蒙古编年史作者也没有完全弄明白，为什么铁木金以后会取"成吉思（Dschingis）"这个名字。

当然，不是每一个蒙古人都是成吉思汗，尽管今天，几乎每一个蒙古人都在声称，他们全面继承了成吉思汗的衣钵。今天的蒙古人更多的是颓丧、堕落、潦倒，可谓每况愈下。不过，他们依然保留着符合蒙古人本性的那种孩子般的天真、朴实和无拘无束。对蒙古人而言，生活只是一场游戏，世上没有什么事需要他们去过分严肃认真地对待。就连对待14世纪传进大草原的宗教——藏传嗽嘛教，在他们的心目中也没有那样一种固有的敬畏感。倒也是，没有这种敬畏感难道就没有宗教了吗！

今天的蒙古人不再拥有以前的伟大和崇高，他们仍然过着游牧人居无定所、四处奔波的艰难生活，日复一日、年复一年地从一个牧场迁徙到另一个牧场，一如远古时期成吉思汗的先祖们。从他们今天的神情中，人们可以看出并相信，他们已经没有当年成吉思汗那种唯我独尊、征战八方的兴趣了。今天蒙古人的作为似乎在告诉世人：只有这些都结束了，我们才会真正享有快乐。但过去鏖战的一切又不可能在他们身上完全终结。因为，他们毕竟是一个坚韧不拔、生命力顽强的种族，即便已经疲惫了、相当的疲惫……

蒙古包前的大草场一望无际，沉甸甸的、葱郁茂盛的青草散发出一种奇特独有的气息，我觉得，有点像海水蒸发出的味道。青草的茎干也是如此，有时候摘上一根塞进嘴里咀嚼，就会隐约尝到一股淡淡的咸味。面对在明亮刺眼的阳光照射下洁净如洗、纤尘不染的草原上空，另一幅图景又在我的眼前升起、展开。这却是一幅与我邂逅的大草原毫无关联的景象。

城市夜景——热闹的、由沥青铺就的大街笔直地向前延伸，街道两边影影绰绰的是懒散闲逛、缓行溜达的人和为生计疾步奔波的人。各商店的橱窗几净明亮，不时会有小轿车在街道上无声地滑行。在一个被数盏白炽灯照亮的大门前，聚集着一大堆人，这是渴望进电影院观赏新电影的市民。街道路面镜子般明净、光洁，一定是刚刚下过阵雨，水渍的平面反射出霓虹灯广告斑斓纷呈的各色条纹。在这多彩多姿的路面上，轿车在款款行驶，人们在随意漫步……街道上舞厅的侧门，传出了或激越或舒缓的舞曲，还有男男女女放荡不羁的欢笑声……形形色色、杂乱无章的街景之上是微风中款款摇曳着的巨大树冠，长长地沿着人行道，一眼望不到头。树叶在明亮的街灯辉映下泛着微绿，薄如蝉翼的叶片给人以透明的感觉……抽抽鼻翼，你会闻到弥漫在空气中的汽油分子与湿漉漉的沥青混合散发出的气息和味道……淡淡的蓝色云霭悬浮着、飘逸着。

这是一个令人疲惫的氛围，是的，一个神化了的、美化了的氛围。

接下来，我似乎看见自己也走上了人行道，成了众多街人中间的一个。尽管人来人往、熙熙攘攘，但彼此却和谐相处，根本就不会互相挤撞。最后，我在街角处一个十分突出的、灯光辉煌的车展大厅前站住了。透过车展大厅宽大的落地橱窗，我带着渴望的眼神注视着、观赏着里面停放着的一辆辆神奇美妙的汽车展品。一辆辆车犹如凝聚了人类力量与智慧、雅致与时髦、魄力与勇气以及速度与质量的美妙诗句。我似乎看见自己正驾驶着这些豪车奔驰在茫茫原野上：在绿色的草地上，在繁花丛中，在已经成熟了的、呈金黄色的庄稼地里，在山坡、丘陵，在森林、峡谷、湖泊、沟渠、江河间，最后来到了浩瀚无垠、波浪起伏的大海边……

好一幅人类社会现代化的生活画面！

我伸长脖颈，举起头，只有这样，我的视线才能越过草原上茂盛的草丛极目远眺。无边无际的大草原就是那朦胧想象中的浩瀚无垠、波浪起伏的大海吗……光与影在阳光下变幻、跳跃，明与暗在碧浪中起伏……草原上的阵风，冷飕飕的，像长长的、冰凉的手指，梳理着我蓬松的长发。在草丛零星、泥土裸露的草坪上，你能见到一些爬行的小动物，有小蠕虫、甲壳虫……为什么在这绿茵茵的草原上，现在没有蝴蝶翩翩起舞呢？为什么我在这里会感到如此孤独呢？我在自问。

我身边应该站着一位"森林小人"，我能够与他展开关于生与死的对话……但"森林小人"并没有来，也没有想象中的漂亮女人……在这片风景中是不会有女神缪斯降临的。人们什么时候听说过一位蒙古族诗人吗？女神缪斯要表现自己是需要时间的，但这里没有这个时间。在这里，休养生息、静默思考的时间很短、很短。夏天几乎还没形成气候，来自北方的神秘力量就带着它冷酷的、刺痛人的凛冽的寒风呼啸而来。青草和鲜花相继枯萎、凋零……马群、鸟兽、牧人和女神缪斯也都相继逃离……

最好现在能写一封信，我突发奇想，可又有何意义呢？举目四野，数百公里，见不到电线，也没有邮局。是的，马！这里只有马！况且，谁又能使一个蒙古人清楚，信是个什么玩意儿呢：一个密封的信封，角上贴着小四方邮票，里面装着折叠起来的、写上了文字的纸张。这里会有人破译它，理解它吗？我担心，走不出几百米，蒙古人就会将这奇怪的纸袋撕开，然后失望地扔掉……

蒙古的气候也像在这种气候中生活的人的行为，短时间容光焕发，然后是漫长的持续数月的沉闷单调、了无生气。这里最好的季节是六月和七月。我来的这个时候正是夏季，因此，草原大地是葱绿的、茂盛的。不仅马儿吃得饱，膘肥体壮，有着充沛的体力，牧民们也都心情舒畅、高高兴兴。尽管夏季也会有持续的、长时间肆虐的冷风从西边呼啸而来，到了晚上风力增强后近乎风暴，但这个季节的这种风却不会令人不爽。它不会带来寒冷，也不会卷起尘埃和沙粒，它只是掠过草原，拂动绿浪。

1938：德国记者笔尖下的中国和日本

白天，在灿烂的阳光下，草原王国展现出的是五彩缤纷的绚丽色彩，令人印象深刻、难忘。在绿色之间闪耀着欧蓍草白色的小斑点，半遮半掩地，微光闪闪地……从草丛中探出头来的是亚麻荠和蒲公英与颜色柔和可人的紫丁香和百合花，勿忘草那庄重饱满的宝蓝色……眼前这一切是多么的奇妙、美好！

我简直不能理解，也难以想象，为什么人们一提到蒙古，就会与不毛之地，与荒凉、沙漠联系在一起。原因大概在于，一方面，这色彩绚丽的绿色草毯，在地形结构上没有什么变化，一马平川，整齐划一，延绵千里，其辽阔几乎包含了从这里前往欧洲的一大半路程；另一方面，草原上气候恶劣，美好的时光十分短暂，只能保持三个夏季月份，几乎没有季节性的过渡。草原上气候的变化非常急剧，原本绿茵茵的草一夜间就会变得枯黄、难看，找不到食物的动物也会迅即消瘦下来。凛冽的寒风从北方刮过来，气温会骤然下降，结冰下雪，对付寒冷的牧民就得开始在蒙古包里用干枯的马粪燃炉取暖了……

实际上，按计划，我是要从这里再继续西行，在草原上行走数千公里的。我原本打算穿过绥远（Suijan）、宁夏（Ning-Hsia）等省份后前往准噶尔（Dsungarei）盆地的。准噶尔盆地是连绵不断的山脉中唯一的一个大山口，即位于天山山脉和阿尔泰山脉间的一个"门缝"。通过这个"门缝"可以到达通向欧洲的大平原——亚洲吉尔吉斯斯坦（Kirgisen）大草原，以前的蒙古军团也就是通过这个"门缝"向西推进的。"门缝"

的另一边，离所谓的俄罗斯"土耳其西伯利亚铁路（Turksib-Bahn）"就不远了。这条铁路线刚刚完工，一如我在地图上确认的那样，这条铁路线能将我舒适地带到北部。然后在新西伯利亚（Nowosibirsk）坐上横贯西伯利亚的列车，从那里只需要所谓"一个猫跳"就抵达德国柏林了。

遗憾的是，这只能是一个计划！在北京，朋友们就因这一旅程的艰辛程度向我发出了警告，不少朋友也因其他的一些原因极力劝阻我放弃这一旅行计划。日本的机构不仅不发给我旅行许可证，还对我讲述了各种各样的可能性。说什么，即便我活着走出了大草原，俄罗斯人也会将我马上抓起来，因为"门缝"对面就是特别针对间谍的检查区。同样，我去谋克敦的苏联领事馆办理签证时，这自然是我不容疏忽的重要机构，领事馆工作人员给人的脸色也十分难看、不友好。一位胖胖的苏联领事官严格地拒绝了我的申请，完全没有商量的余地：要想拿到签证，没门儿！如此坎坷！

今天我能抵达大草原的边缘地带，就已经谢天谢地、相当满足了！

又是一个夜晚降临了。草原之夜是如此令我心仪、钟爱！宁静的莽莽草原此时显得格外崇高庄严。月光如梭，编织着它浪漫的游戏。我似乎看见一个个小天使像一个个气化的形体舞动在青草和根茎之上，又像听见形象化的天籁之音，它们蹦跳着、跃动着、悬浮着……像一串串快乐和幸福的珍珠在汩汩下落，像一曲曲嘹亮的奏鸣曲在悠悠回响……身临其境，人真不知道自己是否还是清醒的。

草原的夜色就是如此充满魔力——宁静、辽阔和孤寂。谁会说这里荒凉？谁会说此时远在天际？谁又会感到恐惧呢？人的心灵正甜蜜地浸润在草地上升腾起来的湿润的气息中、雾霭中……

第二天一大早，我喂饱了"埃策尔"，沿着来的路线又返回了多罗诺尔城镇。在那里喝上几碗马奶酒后，再骑马向北，向兴安（Hsingan）方向继续旅行。过了兴安，几天后就坐上火车到达了"满洲国"的一个小城镇洮南（Taunan）。洮南是日本工程师比较集中的地方，这里刚刚建成了一条从南满铁路主干道上分出来的铁路支线。支线经洮南前往北方的齐齐哈尔（Tsitsikar），接着再拐向西北方向的阿尔山（Arschan）。由于在以前的旅行中我到过齐齐哈尔，故我在洮南选择坐火车直接去阿尔山。阿尔山是直接靠近"满洲国"与外蒙古边境线的一个小城镇。外蒙古现在由苏联控制着，由此可见，新建的、通向阿尔山的铁路干线不是没有战略意图的。

在火车上，我见到了许多日本军官和士兵，还有一个荷枪实弹的铁路军警卫队在车厢走道上来回巡逻。在沿铁路线的每一个车站上，也都有戴着锃亮钢盔的日本士兵带着警惕的神色来回走动。我与一个日本军官同坐在一个车厢，但整个行程中他都在我对面的座位上打瞌睡。当然，他有足够的理由利用坐火车的机会好好地睡上一觉。对日本军人来说，要占领"满洲国"并不是一件容易的事，特别是在这一地区。苏联控制下的外蒙古正好在这一地区向"满洲国"伸进来了一个尖角，故从这里到与阿尔山相对、位于黑龙江后面苏联军队设防城市布拉戈维申斯科（Blagowjeschitschensk）的整个区域，形成了穿过"满洲国"北部最狭窄的一个突破口。这样一来，这个地区就可以从三面形成对苏联的威胁。不久前，苏联人试图占领位于阿尔山北部的札赉诺尔（Dalai-nor）海湖，但已有准备的日本人守卫在那里，他们打退了苏联人的进攻。

在阿尔山一个喇嘛教寺庙里，我找到了一个临时的住处。喇嘛教寺庙依中国建筑风格修建，中间是一个宽敞的院落，由牢固结实的高墙围绕着。

在这里我几乎住了整整一个星期，每个晚上都与寺庙里的一位喇嘛坐在他布置得十分舒适的居室里聊天。炕上放着一个燃烧着木炭火的大铜盆，火上架着煎锅，切得薄薄的、鲜嫩的羊肉片在油锅里炸得嗞嗞作响，锅里还放有很多在草原上能找到的葱花和大蒜头。葱和蒜可是美味佳肴中不可或缺的调料，十分爽口，依我看来，也利于健康。我早就听人说过，葱和蒜能有效地预防几乎所有的传染病。有了这种益处，即便整天满嘴都是葱蒜的臭味儿也是十分值得的……

曾先生的揭露

"如果我们想占领中国，首先就必须占领满洲和蒙古，如果我们要统治整个世界，首先就得将中国据为己有。我们的权力和影响力完全建立在中国这个基础之上，拿下了中国，所有其他的小国家和小亚细亚的民族部落，印度、印度尼西亚的巽他群岛等，才会敬畏我们，从属于、臣服于我们……

※

年轻的曾先生是上海一家大百货商店的部门领导，大约半年前，在我最后一次的上海之行中，我们在一个小舞吧里相识。

那天，舞吧里活动非常丰富，还有许多别具风韵的上海"摩登"女郎与我们交谈。在舞吧后院的某一个地方，客人们还可以偷偷地吸食几口"大烟土"。在舞厅里，人们就能闻到后院飘过来那股烟土味儿。至今我还能想起这刺鼻的甜香味儿，有点像燃烧的、洒上了香水的糖逸出的气息，但这种味儿，我并不是特别喜欢。尽管吸食鸦片在上海被严格禁止，甚至可以判处死刑，但人们还是好这一口。不仅仅是舞吧，上海很多娱乐场所都是这样，在冠冕堂皇的大门后某些秘不示人的角落里，就会有人在偷偷吸食。在国际海港大都市上海，这种小舞吧简直多如牛毛。

那天晚上，曾先生的兴致很高，我走到他近前时，他给我的印象都有些醉意蒙眬了。当时那情景，直到今天都还清清楚楚地烙在我的记忆中：一走进舞厅，我扫一眼就看到曾先生背躺着坐在椅子上，双手在使劲地鼓掌，掌声还格外响亮。当时一个舞蹈表演正好结束，他的掌声是献给那个舞女的，希望她能返场，再"秀秀"她的舞蹈艺术。舞女上台又谢了两次幕，那样子并不打算再跳一次了。可这丝毫不影响曾先生激动兴奋的情绪，他还是在一个劲地长时间鼓掌喝彩。直到他听到四周的人都向他发出的"嘘"声时，掌声才算停止，戴着好几个大金戒指的双手才不得不下落放在了膝盖上。看着他湿润光亮的脸上呈现出的些许阴沉沉的神色，那么的难堪、不自在，好像刚从梦中苏醒过来似的：

"哎呀！原来不是我一个人在舞厅里呀！"

他呆滞无神的眼珠不安地在舞厅里四下顾盼……一下子看见了刚走进舞厅还穿着大衣戴着帽子站着的我。还没待我完全反应过来，曾先生就从座位上站了起来，伸出两只手向我走了过来。

"你好吗？"他用英语向我问候。

"谢谢！"我简短地回答。

说完后，我很快自问：我认识这个人吗？我一下子都不知道，应该将他置于何处。还没来得及在记忆中去仔细搜索，他就已经上前握住了我的右手并不停地摇晃着。突然间，他松开了握着的手，直视着我的脸，下嘴唇耷拉着，原本眯成一条缝的眼睛现在睁得圆圆的，额头上横向泛起了波浪般的皱纹，还有点不好意思地用舌尖探索着在上排牙齿的牙口端滑动，一颗颗地、慢慢地、一颗接着一颗地滑动着……

我极力地试图对他这少见的举止做出自我解释：我是不是确实在什么地方认识了他？我是不是曾经冒犯过他？他现在是不是认出我来了？他是想对我复仇吗？要知道，这是在上海，在中国的"巴比伦（Babylon）"，有一系列形形色色的、机构健全的黑社会组织，他们的间谍会跟踪那些"不受欢迎的人"。

我眼睛注视着这位中国人，脑子里却在闪电般地迅速搜索，但是我始终找不到值得怀疑的任何依据。我可是从来没有与一位中国人真正地吵过架，也没有斥责、污辱过某位中国人的"脸面"呀。

这位中国人一直还站在我的面前，突然，灵机一动地，我一下子理解了他。与此同时，他也流露出了类似的神态。不管怎样，他的神情释然了，似乎要说：唉！我弄错了，你不是我心目中想到的那个人。

我向后退了半步，微微鞠了一躬，向他道出了我姓名中的一个中国音节："Ko（柯）！"

"我姓曾，很高兴见到您……"他礼貌地回答，并以最亲切的语调真诚地表达了认错人的歉意。

"您是一个人吗？"他热心且诚恳地问道：

"我能请您坐我那儿吗？我也是一个人，不过，"他笑着又补充道：

"一会儿我办公室两位年轻的女士会来这里。但柯先生，她们一定不会令您失望的，这是两个相当漂亮且有涵养的女士……"

接着，他陪伴我走到了桌边，边走边继续毫无拘束地说着。在桌子边，他殷勤地搬过一把椅子请我入座，接着又热情地用手招来了好几个侍应生，让他们接过我的大衣和礼帽……总之，曾先生当时给我留下了很好的印象。

曾先生的外表无可挑剔，一身欧式西装，衬着垫肩，宽肩束腰，十分合体。油亮的黑发向后整齐地梳理着，润发油闪耀着光泽。曾先生的英语表达、语音语调相对说来还真是不错，几乎听不出什么口音。点了一杯啤酒后，他递给我一根香烟，表现尽管殷勤有加，但丝毫没有装腔作势的做作姿态，一切都显得十分自然、贴切。

"很高兴见到您。"他开始了交谈。

"我也一样。十分高兴，今天晚上有幸意外地结识了您……"我回答。

"不对，不对，"曾先生一次次地否决，并做出相应的拒绝姿势打断了我的话，说道：

"这不是意外，不是意外，是一阵友好的风儿将您吹过来的，风儿知道，它该怎么做。"他风趣地说着，像在引用一句古老的中国格言。

"今天晚上，您就是我的朋友了，也可能会成为长期的、永远的朋友，您和我。"

说这句话时，他向我举杯祝酒，并将杯中的酒一饮而尽。我也得附和他的意思，举起了杯。在中国，这叫"干杯"，相当于德语中的"ex"，字面意思是：将杯中的酒喝光。

说话间，舞厅里的光线突然暗了下来，涌进了黯红色的泛光，舞厅随之安静，充斥于舞厅中的交谈声也戛然而止，大家都紧张地期待着新的节目。

忽然，天花板的天窗上，一个向下的蓝色光锥投射到了摆在舞厅小舞池中央的桌子上。在探照灯的锥形光柱中，人们能看见香烟腾起的雾霭在悬浮、缭绕……紧接着，一阵轻盈的小提琴音乐声响了起来，柔和的琴声像自远方飘然而至，低吟浅唱、热情真挚……再下来，幽暗中一个姑娘飘然而至，小小的舞池顿时流光溢彩。

这是一个窈窕秀丽的舞女，身材苗条得像一个女精灵，套一件薄如蝉翼的纱袍，纤细、匀称的身体曲线，稚气勃勃的少女体态隐约可见。舞女全裸呈现，毛发剃得干干净净，两只丝绒般柔软、微微隆起的小乳房圆润、饱满、挺拔，在舞蹈的过程中轻轻地颤动……在光影明暗交替的变化中，人们能清楚地注意到姑娘那两条富有古典美的修长大腿上的肌肉运动。还有盈盈可握的细腰、性感迷人的香肩美背……在魔幻般流泻的光线烘托下，姑娘舞动的身体伴随着纱袍的飘逸在空中悬浮着，轻轻地，像微风托着的一片轻盈的羽毛……

像希腊神话里山林水泽中的仙女，翩翩起舞的姑娘沉浸在充满忧郁情绪的光影氛围之中，优美文雅地、沉醉忘我地、沉着镇定地旋转、弯曲、起伏、甩动、蜷缩……纤巧灵秀的光脚丫在光洁平滑的地板上迅疾地倏忽而过，无声无息，像两个急速移动着的光点。偶尔地，当舞女特别低地向下弯腰、四肢绷紧的时候，人们会在寂静中听到她关节发出轻微的咯噔咯噔的响声。

舞吧里的男男女女都被深深地吸引住了，有的抽着香烟，有的吮吸着麦秆吸管，一双双眼睛入迷地追逐着玲珑剔透、完美无瑕的少女胴体……

瞧！漂亮的舞女那张多么高傲自信的脸！两腮泛红，镇定自若，看不到虚伪的美国式微笑，双唇微闭，藏着亮晶晶的皓齿。她那庄重而又真诚的目光掠过小巧的鼻翼、鼻尖，总是看着前方，目中无物的表情更显出她的高贵、典雅和真诚的气质。她不注视周围任何人，尽管有那么多双围绕着她、追逐着她的贪婪的眼睛。一袭黑色的、波浪起伏的长发烘托着一张因舞吧光线暗淡而呈棕褐色的脸庞，更饱含着妩媚以及无尽的怯意和羞涩……

舞蹈表演结束，舞厅里灯光又重新亮了起来，围坐在各自桌旁的人们又开始谈笑风生，节奏强烈的爵士音乐又开始引领舞池地板上滑动着的一双双舞步了。跳舞的是一对对中国年轻的舞伴们，他们缓慢、流畅的舞姿流露出其身体上的困乏和精神上的颓废。这些中国男女青年们都保养得相当好，且阔绰大方，受过良好的教育，是紧跟时代步伐的现代中国人，与巴黎（Paris）、纽约（Neuyork）、布达佩斯（Budapest）、伦敦（Londen）……国际大都市的年轻人无异，有的甚至更加摩登！

"太美了！"我情不自禁地说了一句。听到我的赞美，曾先生的眼睛眯成了一条缝，十分享受地、满足地笑了起来。

"确实很美，"他随声附和道。一阵短暂的沉默之后他又问我：

"您到底是什么地方人？您一定不住在本市。"

"我来自日本，"我简短作答：

"我短期在日本住过，但只是为了消遣娱乐，纯粹的个人行为。"

"来自日本，"我听到曾先生在轻轻地重复着我说的话，边说边握住啤酒瓶给自己又斟上了一杯。接下来他说了些什么，我没有听得太清楚，因为，我的注意力已经从我们的对话中游移出来。邻桌的四个男人的对话引起了我的兴趣，从他们激动的神情上可以看出，四个人彼此的看法很不一致。

"这些个小日本……"四个男人中的一个又说了起来。

曾先生谨慎地干扰着我的注意力，因为他也发觉，我正在偷听邻桌人的谈话。他向我靠了靠，轻声对我说：

"邻桌的人说的话我完全赞成。"邻桌人说的话他都听到了，似乎也当然地相信，我也都听明白了。

"什么？"我向他打听道：

"他们在谈些什么呢？我只能偶尔地听懂只言片语。他们是在议论日本人吗？"

曾先生肯定地点了点头，然后带着一种骄傲的、挑衅性的姿态往后坐了坐，我期待着他会激动地发表一通严厉抨击日本人的言论。但是我错了，曾先生用一种十分平静的语调继续说道：

"我不知道您个人对日本人的看法如何，"音调放得很低。

我以为他会多说几句，可他却沉默了。他多次低头看表，并不时转头向门口望去。我想，他大概在观望，期待中的女士们是不是已经来了。

稍稍安静下来，曾先生又转向了我，说道：

"还没有来。"

随后，从上衣内层口袋里，他掏出了一张印刷纸片，一言不发地欲递给我。不过，还没等我接过这张纸片，曾先生又将手抽了回去说道：

"我还是将传单上的内容翻译给你听吧！"他开始结结巴巴地念了起来：

"如果我们想占领中国，首先就必须占领满洲和蒙古，如果我们要统治整个世界，首先就得将中国据为己有。我们的权力和影响力完全建立在中国这个基础之上，拿下了中国，所有其他的小国家和小亚细亚民族部落、印度、印度尼西亚的巽他群岛等，才会敬畏我们，从属于、臣服于我们。只有这样，全世界才会知道，东亚只属于我们，没有人胆敢来染指、侵犯。

"我们伟大的明治（Mei-ji）天皇的这个目标和崇高的政治遗愿是我们帝国存在的基础和前提。"

曾先生暂时中断了译文的表述，呼吸也显得沉重起来，但眼睛始终没有离开那张传单。我看着他那双不安静的、上下左右移动的眼珠。看来是自己在默读，想跳过文章中的某些句子。接着，他又继续翻译起来：

"为了实现这个目标，我们高贵的明治天皇留下了以下具有方向性的指导思想：第一，占领台湾；第二，归并朝鲜；第三，占领满洲和蒙古。最后，迫使整个中华帝国臣服，这样，整个东亚就在我们的影响之下了……"

念到这里，曾先生抓在手中的纸片都在颤抖，他是如此激动、愤怒，以至于下嘴唇特别地向前突出着。他的面部表情是轻蔑的，表现出一种无助的愤慨、恼怒……他使劲地将右手攥成拳头，愤愤地吼了一句：

"强盗！"音调强硬，铿锵有力，两眼向前直愣愣地瞪着。

我都感觉到要承担义务，帮助曾先生调节调节情绪了，要劝他谅解，不要记仇，不要过于激动。我知道，只要接触到中国与日本这个主题，中国人一般都十分敏感，特别是在今天。

"可能，"我说：

"这只是一个伪造的文件，是用来做宣传的，是反对日本的一个恶作剧？"

"可能！可能！"曾先生不无讽刺挖苦地重复着我说的这两个字，然后使劲地摇晃着头说道：

"不！不！完全不像您说的那样！这不是恶作剧，这是一位日本大臣写给天皇的呈文，是多次提到的1927年的田中（Tanaka）备忘录，是一个可信的文件，其真实性是不容置疑的。这份传单，"他指着手中的纸片继续说：

"当然是我们后来印刷的，其目的是要告诉我们的人民，特别是向全世界揭露这个岛国民族的狼子野心，可以说是一个警告！如果您对此还存有疑虑的话，那您只要再想想以下事实，它完全符合传单上提到的那些战略规划和企图：难道中国的台湾岛现在不是已经在日本人的手中了吗？朝鲜不也一样吗？中国东北的满洲不是现在已经成为所谓的'满洲国'了吗？如果您继续在中国向北旅行，您就会看见，他们在那里都干了些什么！日本人早就不满足于只将其触角延伸到蒙古、北京了……"

"您不感到震惊吗？我们都感到震惊！"带着渐沉的语调，他的话结束了，做忧虑状地摇晃着头颅，接着又说：

"我还能向您讲述、解释更多，日本的人民、日本人的心态、日本的历史、日本的精神、日本之于我们的形势，还有上千有关的小问题……"

说到这里，他突然令人毫无思想准备地从凳子上站了起来，我惊讶地转过身，看见两位逗人喜爱的年轻中国姑娘正朝着曾先生走了过来。

"你们终于来了，"我听见曾先生在欢迎她们：

"请允许我向你们分别做个介绍：这位是柯先生，这两位是车小姐和寇小姐。"

为什么我现在竟然想起了曾先生的这一段"揭露"式的宣讲呢？因为，我现在正在前往日本国的途中：从"满洲国"出发，抵朝鲜港口釜山（Fusan），明天一早再从釜山坐船前往"千岛国"——日本。

整个日本国都是由突出在巨大的太平洋水面上的那些大大小小岛屿、礁石组合而成的，有些岛屿甚至高达三千五百多米。几乎所有的岛屿都是原始火山，有些还在冒烟，有些已经熄灭上百年了，但所有的火山岛屿似乎都在准备着，不定什么时候就会又突然活动起来。世界上没有哪一个地方会像这里这样地震频繁，造成的损害之大，付出生命的人之多。

1854年的大地震，仅东京（Tokio）就有超过十万人遇难，而导致七到八千人遇难的小地震在这里不在少数。1896年，北海岸的一场地震夺走了二万七千人的生命，而1923年一场"山的狂怒"，其威力之大，地球的抖动连北京都感觉到了。这场骇人听闻的地震灾难夺取了近一百万人的生命，摧毁了四十万幢楼房建筑，仅在东京，人们几天之内就搜集到七万具尸体。位于东京南部不出数公里的大型工业城市横滨（Jokohama）几乎摧毁殆尽，结构坚固的工业厂房建筑在地震中都相继倒塌，经济损失达数百亿日元……

不过，我现在仍行驶在朝鲜境内，由于以前来过几次，对这一地区我非常熟悉。尽管朝鲜现在是一个特别的日本附属国，但给人殖民地国家的印象并不是很强烈。当然，这个国家真正的统治者还是日本人，只不过日本人在这里的统治方式不同，不像英国人在殖民地国家干的那样。在朝鲜，除了有一个懦弱的、根本不值一提的朝鲜上层社会外——主要还是出于代表性的原因，让他们在政府中还身居一定的职位——朝鲜的"统治阶级"完全由日本人形成，特别是有驻扎在这里的日本军队。

针对日本在亚洲大陆的领土扩张政策，朝鲜不失为一个富有启发意义的例子。这里的情形与百年来欧洲通用的、关于对殖民地国家和民族进行统治的观点与见解大相径庭。例如，英国人就从未融入过他们的殖民地国家，但日本人在这里却明显地"朝鲜化"了。日本人以他们众所周知的灵活性，很快适应了朝鲜当地人的生活情形，其适应的程度和方式，应该说，英国人在他们统治的热带国家或亚热带国家殖民地里也是可能做到的。

在朝鲜人民的眼里，日本人现在几乎不再是一个入侵者了，相反，很多日本人很顺利地对这里的风俗和习惯产生了信任，即与具有无忧虑的、轻松愉快禀性的朝鲜人"联姻"了——顺便说一句，联两个民族优点之姻。在这里生活的日本岛民已经开始入乡随俗，开始用本地人的观念思考问题了。不言而喻的是，保留在他们性格深处的还是百分之百的日本人本质，只不过他们与家乡岛国发生的一切已不能再打成一片了。

这种转变，大概是我从日本军官们的态度中清楚地感觉到的。这些军官们在朝鲜已经服役了数年甚至数十年，他们处理任何事情，往往完全是独断专行的，与东京几乎没有什么关系，他们只是依靠个人的活动能力，来奠定自己在这个国家的统治地位。

在我看来，这些占领者在一定意义上与当年德意志骑士团的骑士们相似。骑士团在德国东部、在极其恶劣的气候条件下建立起了一个帝国。这个帝国由自己强有力的骑士团组织机构管理，几乎完全独立于德意志帝国之外，尽管德意志骑士团全部由德国人组成。无疑的是，骑士团也可以尽可能少地介入德意志帝国无休止的内斗中去。

就这点而言，日本占领朝鲜最终的、特别的意义还在于，要将其作为一个现代化的国家模式，即一个未来中国在日本人统治下的国家模式。从以往的经验来看，所有占领了中国的外来民族，都会在或长或短的时间内甘愿成为中国人。所以，今天的日本人在寻求一种可能性，即占领中国之后，一方面要实现自己的统治地位、优势地位，另一方面还要避免"中国化"，使自己的文化特点在中国不遭遇危险，或者完全不必牺牲。为了达到这个目的，他们现在已经在朝鲜首次推行全部高等教育日本化，除了小学教育中还允许保留汉语或朝鲜语。高等的现代化知识，特别是在技术、欧洲的自然及思想科学的引进方面，则只能通用日语。这种方法也已经在"满洲国"的高等学校里采用，这样下去，像朝鲜一样，"满洲国"最终也会慢慢地、合乎逻辑地成为一个特殊的日本人的教育基地。

很多外国人都觉得这个有预谋的行动，也就是说，从方法论出发长远地看，对中国人的文化生存有着巨大的危险。但据我观察得出的结论是，这种"文化上的改造"很难实现，它不会像日本人目前在军事上的成功那样，能毫不怀疑地载入史册。

火车在行驶，离开谋克敦已经七个小时了。仅从地理地貌的特征上，人们就能感觉到，已经远离了真正的中国。在中国，山峦大都是光秃秃的，一眼望去，气势磅礴、宏伟壮观。山间那抹令人陶醉的浅灰色调，像蒙上的一层令人难以形容的忧伤的阴影。连绵巍峨的群山，古老神秘地像史前时代的遗迹耸立在生活的汪洋上。而朝鲜的山则完全不同，山岗上森林密布，长着数不尽的阔叶树，森林的深处还有豹子、老虎、熊、蛇等野生动物栖身。这里的山，能使人产生一种特别愉快亲切的感觉。来到这里，人就像离别多年从远方归来似的，感觉家乡越来越近，久已忘却的记忆都会逐渐清晰起来……

但这只是一种假象，火车并不是向着家乡行驶，而是更多地在驶近一个民族，一个多次听人说起过的民族，一个内心深处本性与我们相当抵触的民族。他们有一系列值得称道的特性，这些特性促使他们能史无前例地、空前地发展：杰出的自我牺牲精神，毫不动摇的、强烈的忠诚民族的意识。尽管如此，在他们形成的鲜明的民族意识和观念中，只有最低程度的个人利己主义。他们原始的宗教，即神道教（Shintoismus），教导人们首先要绝对地遵循、服从天皇，然后才允许考虑自己或其他最亲近的亲属的利益。同样，在日本盛行的佛教也要求人们断念、放弃自我，要从苦难中、从远离所有的身外之物中收获、受益……

日本到底是怎么成功的，是怎样在没有放弃自己的内在本质、传统宗教和封建国家这些基本特征的前提下，在如此短暂的时期内一跃而成为世界强国的？日本国民怎么会有这样的能力，没有损失一条船，也没打一次败仗地吞并了中国台湾岛？又是怎样创造了一个新的朝鲜、建立了"满洲国"，打碎了大中华帝国的权势的？难道今天的日本人没有准备，要一举改变整个东亚的政治面貌吗？不容置疑的是，在我们这个时代，日本人上演了一出令人惊讶的"强权势力游戏"，这是几十年前人们做梦都不敢相信的"游戏"。

应该正视的是，日本现在已经成为令世界瞩目的强国，甚至有人一谈到日本，就像在谈论一个世界奇观。

我多次听到一些人轻率地，甚至带着一种轻蔑的鄙笑议论日本，说日本是通过接受西方国家的思维方式和技术文明获得成功的。难道就如此容易、简单吗？！单靠日本人的所谓"猴子式的模仿能力"是不可能得到今天这一成果的。应该说，更多的是源于他们整个民族中那种不容低估的、相当勇敢的，甚至是敢于冒险的决断能力，源于一种狂热的能量和全民族的干劲。侵犯大中国，小日本没有因力不从心而分崩离析，也没有像一个歇斯底里的莽汉、冒失鬼那样撞得头破血流。

实事求是地说，迄今为止，日本人实施的战略、赢得的战果都确实令世人难以置信。

一位所谓的日本心灵智者试图对日本国民新的方向做出如下解释：

"这不是真正的改造，而是将古老的能力和才干更多地引向了新的轨道……在某些科学行业上，如医学、外科学……没有比日本人更熟练机敏的外科医生了。在化学和显微术方面，日本人拥有自然的天赋。在所有这些领域，他们都赢得了世界声誉。在战争艺术和治国本领上，他们也体现出了令人不可思议的能力。日本的历史也向我们表明了他们杰出的军事才干和政治谋略。"

我与许多人就日本人本性中独有的不可捉摸性进行过探讨，与德国人、英国人、印度人、中国人、意大利人等，但没有人能够给我以满意的回答。几乎所有的人更多的是在逃避一个可想而知的对比，即中国人与日本人本性上的对比。在这点上，他们都认为，与我的感觉一样，中国人的本性与我们欧洲人更加接近。

与中国人，我们至少可以在人性的层面上互相交流，中国人的感受与我们的感受差不多。但在日本人面前，人们会发现有一条莫名的、冰冷的鸿沟，你怎么努力，似乎都无法逾越它。即便是面对日本女人，人们也会感觉到这道鸿沟，产生一种奇怪的陌生感，仿佛面对的是一个无动于衷的、完全另类的人。在最好的日本朋友面前，这堵"墙"也似乎无所不在，它限制了人们对日本人的理解。因此，对这个民族产生好感就有了局限性，好感只能在我们能把握的尺度上产生。尽管在中国的任何地方也会有所有的这些陌生感，但中国人的基本性格特征是坦率直接的，"像地里直接长出来的秧苗"。反观之，日本人的本性和他们的感情生活则异常地复杂、纠结、缠绕，让人捉摸不透。

难道我不应该去真正地了解日本人吗？即本质上的了解，而不是表面的、个别的、零星的去了解。有时候，为了探访日本人的心灵圣地，我感觉似乎已经相当地接近了——这种感觉并不异样，它就像人们徒步去很远的地方去朝圣所拥有的那种普遍感觉。然而，到了那里，除了单调、沉默和孤独之外，什么都没有找到。只有一个幽灵般的、空洞的木头房子，一个"被上千年的阴影腐朽着的"木头形体。不过我估摸着，就在这些"木头形体"里，应该能够寻找到日本人的力量和秘密，即一个小民族的真正力量。

因此，我再一次行进在前往日本的途中，为了使自己再一次埋头于、专注于黄昏里的那个日本式的、沉默的、神圣的小树林的假象中。

在那里，我会试图寻找记忆中曾先生揭露的内容，很可能在此之后我就不会再安慰他了，可能这样会更好些。可能我会对他讲述典型的日本人的不安分性格，讲述日本人这种性格中的狂热情结，讲述中日两个东亚民族深刻的区别所在。然后，我会根据在中国北方、蒙古、"满洲国"和朝鲜游历得到的所有经验，给他以建议。他可能会暂时地用最美好的佛教学说来安慰自己。这种佛教由雅利安印度人传入，吸引了中华民族，也同样吸引了日本民族。就连宇宙万物都是一个幻觉，人的生命也只不过是无尽旅途中的一个匆匆过客。在人生的旅途中，人必须为自己对人、对地方、对事物的忠诚和亲近付出忧伤与痛苦。人只有压抑每个欲望，包括涅槃、圆寂以后的欲望，才能奉献给人类以永久的和平。

我相信，作为一个中国人，曾先生会对我表示理解，也可能会接受我的安慰。或者，他会再次令人毫无思想准备地从椅子上站起来，喜形于色地对两位充满魅力的年轻中国女士表示欢迎：

"你们终于来了，"然后向我介绍：

"请允许我介绍一下，柯先生，这是车小姐、寇小姐。"

两位女士可能会再次面带笑容，用她们聪慧美丽的眼睛——就像我经常见到的中国姑娘们所具有的、闪耀着魅力的眼神一样——打量着我，好像要说：

"这男人能够信任吗？再看看吧……"

面对千岛之国

日本人的信仰、使命感与他们从"蒙古祖先"身上遗传下来的征服欲、掠夺欲结合起来，就是所谓的"大和魂"。从这个精神出发，明治皇帝在19世纪中叶使日本帝国重新振作了起来，成就了日本的世界霸权。日本要称霸整个东亚，不仅仅只是为了政治上或经济上的好处，也是出于更深层次的神学根源，即一种来自神灵的感受，一种狂热的、自诩的文化民族的使命。比起经济上的需要或者走出人口过密的现实困境来，这种从"大和魂"中繁衍出来的文化使命信仰，比起其他任何灰色理论都更能鼓舞、激励日本人。

※

我注意对面窗边的这个人已经有一会儿了，看起来，他正埋头于报纸的阅读之中。这是一张大报纸，他的胳膊必须完全伸直才能将整张报纸在眼前展开。

读报人的姿态可以说是相当随心所欲、毫不讲究。他的身子完全躺在沙发椅上，两条腿交叉地叠在一起，并远远地、尽可能长地向前伸展着，胳膊肘重重地压在柔软的沙发扶手上。在着装方面，他给人留下的也是一个极不注意外表的印象。一件没有上浆的衬衣，褶皱的衣领尖从西装的翻领处伸出来，侧面看过去，就像一头野公猪伸出来的两颗獠牙。同样，领结特别小的领带随意地撩在一边，当男人的头转向右边时，领带就直接吊在了左边的耳垂下。他的这只耳朵，我也注意好长时间了，耳朵的拥有者几乎每半分钟就会用伸直的小手指不乏优雅地伸进去，在耳朵里前后左右地捅、挖、挠上一阵。与此同时，眼光还根本不离开正在阅读的报纸。每当他这完全沉醉于其中的神情收敛了以后——挖耳朵一定带给他难以言喻的快感——就会露出一副痛并快乐着的表情。

记得有一次，一位小个子日本理发师给我理发——顺便说一句，日本理发师可以说是世界上最好的理发师，也是我最满意的——十分郑重地问我，是否应该将我的鼻毛剪掉？还没待我完全反应过来，他就已经操起工具剪了起来。我流下了眼泪，难以抑制地打了好几个喷嚏，使得这位理发师深感吃惊，甚至恐惧。

日本人对空气中四处悬浮飘游的细菌的恐惧感是十分极端的，因此，很多日本人在街道上、咖啡厅以及餐馆里都会戴上白色的口罩遮盖住鼻子和口腔，以阻挡细菌和灰尘的侵入。在西方人眼里，一个人戴口罩的样子是十分滑稽可笑的。因此，人们也都认为，日本人近乎是恐病患者。

待鼻毛剪完以后，小个子理发师又问我，是否有兴趣为我再挠挠耳朵。

"什么？"我惊讶地问道：

"是清洁耳朵吗？您是这样说的吗？"

"是的。"理发师回答：

"也是清洁耳朵，但更多的是给您一种快感的刺激。"

接着理发师告诉我，在日本，这种刺激耳朵的过程被视为一种促进人兴奋的催情过程，以唤起生命的活力和生气。人们将一把特制的小毛刷小心翼翼地伸进耳腔，从而能得到一种舒适惬意的痒痒的刺激和兴奋的快感。

"哈！"他边说边像蛇一般地扭动着身体，好像已经得到了这种无法控制的快感似的：

"这是一种十分美妙的感觉，使人提神、感到快乐！很多日本人为了获得这种快感专门来这里挠耳朵，如果他们一时感觉到不爽的话。"他情绪高涨地大声继续说道：

"例如，男人们被邀请参加一个社交晚会之前。女人也一样，女人还特别喜欢这种刺激！"

说到女人，这位来自东京的理发师，用机智、狡黠、令人难以看透的眼神瞅着我，更确切地说，正诱惑般地眨巴着眼睛，但我却不为所动……

我眼前这位举止随意的读报者，正唰唰作响地翻看着报纸，沙发上那懒散不拘的姿势完全没有改变。他如此全神贯注地挠着自己的耳朵，是不是也是为了保持住自己的一份清醒呢？因为理发师还对我说过，挠耳朵得到的微妙细腻的刺激，会使人产生一种特别清新的感觉，作用类似于一杯浓浓的咖啡。

"挠耳能使人兴奋清醒，在每一个方面都能得到很大的刺激。"理发师如此推崇着。在"每一个方面"五个字上，他还重重地强调一下，好像要更好地表达这一"善举"的多面性似的。

我现在正坐在前往日本下关（Chimonoseki）海轮上的吸烟室里，十个小时以后，我们就应该见到第一个日本岛屿了，同时也意味着，旅客们不允许再端着照相机在甲板上四下观望了。由于日本防卫政策的原因，面对日本海岸线照相的禁令是最最严格的。

风景迷人的、一段段分开的日本海岸线隐藏着很多防御工事，这些精心设计、建造的工事都非常灵活巧妙地与海岸线的地形地貌结合在一起，从外表上人们根本就发现不了。这是狡猾的日本人从另一个岛国民族英国人那里偷学的，学得可谓惟妙惟肖。此时，展现在游客眼前的，只有令人心旷神怡的大片绿色山坡和拍打着海岸的清澈海水。

我对日本的了解当然不仅仅只是限于一次旅行。在很多西方人眼里，这些因糟糕的阅历和经验而变得圆滑世故和多疑的日本岛民都近乎是半个间谍。在船上，我听到了很多关于日本的议论，有一个人甚至说，他已经见到了海岸上日本人修建的防御工事了，但我却根本没有感觉到。

为了不陷于不必要的怀疑之中，也为以防万一，我将照相机连同胶卷在此之前都放进了行李箱的最底层，这一措施对在这个问题上熟知日本人态度的人来说是完全可以理解的。我的观点和立场是，在不是特别必要的情况下，就不要去挑起日本人的猜疑。毕竟我去日本，不是因为对日本人海岸线上的防御工事感兴趣，日本有足够多的其他的人和事，能激发起我的幻想和探究的欲望……

但不管怎样，我都得承认，在轮船上没有几个人待的客厅舱里，我的感觉是很无聊的。在从中国大陆到日本岛这样一个相对短暂的航行中，认识的人不可能很多，我也不是一定就想在船上认识什么人。时间太短，刚刚建立起了一点信任感，熟悉了某一个人，可航行也就结束了。一般来说，在乘船航行的过程中，我大约需要至少一到两天的时间来熟悉、习惯这条船，过了这段时间，我才会感到自由自在，才不会出现人前害羞的窘境，才会主动去接近这位或那位同船的旅客。只有打破了隔阂，人才会自如、灵活而没有忧虑。在船上待上一个星期之后，我就十分习惯了，就会产生如在家一样的信任感。也只有到了这个时候，我才会记住一些同船乘客的名字，才能分辨出谁是谁，谁是干什么的……

除了我和这位从不左顾右盼，误以为大概只有他独自一人待在公共客舱里的读报者之外，客舱里没有其他人。舱外呼啸着的是由东南向西北方向刮过去的季风风头，伴随着强劲风势的是阵阵瓢泼大雨。如果此时不是一艘大的铁甲海轮，而是陆地上一幢普通的乡间农舍，那一定会在风雨中摇摇晃晃、嘎嘎作响的。但所有这一切对一条现代化的、用铆钉和铁钉连接起来的钢铁巨轮来说却算不了什么。在海浪野蛮肆虐的大海上，我们的航行十分平稳、安静，就像船舱外没有暴雨和狂风似的。暴风骤雨的怒号也根本听不到，怒号声被航行中自始至终永不止息的太平洋波涛声给盖住了——我早就习惯了每次在海洋上航行时伴随着的这气势磅礴的波涛交响乐。

舱门和窗户密封得十分严实，人在船舱里感受到的温馨和宁静与平时沐浴在明媚的阳光下几乎无异。船时而缓慢，时而倾斜，时而上仰的起伏不定的状态对我一点干扰都没有，上下起伏也是唯一能使人警觉的象征，即舱外有怒吼的季风和大海掀起的滔天海浪。大多数乘客似乎都愿意享受船行驶在海浪中的这种轻微的摇晃感，此时都已经舒适地躺在了自己舱室的床上。当然，这也是一个潜在的原因，为何这个时候甲板上、公共舱室里会如此空闲。在风平浪静的那些日子里，这些地方总是人来人往、一片喧哗的。旅客们聚在一起喝啤酒，打扑克，下象棋，密不透风的舱室里总是烟雾缭绕……可今天，这里却是如此的安宁、静谧。

忽然间，报纸从那个小个子男人的手中轻轻地滑落下来了，他在打瞌睡。不过也就一秒钟的工夫，马上又惊醒了，他尽力地控制住了自己。他费力地将两脚向前伸出，勾住了滑落的报纸。脚的前伸，导致裤腿拉到了膝盖处，使穿着的一双绿色丝袜显露了出来，丝袜上端紧口处却松垮垮地向下垂挂着。

如此漫不经心、不拘小节的生活态度只有日本人才会有！这个读报的小个子男人一定是一个日本人，这一刻我丝毫都不怀疑了。他的整个姿势、外表和面部表情在我看来已经表达得足够清楚了。只有日本人能够做到，在一个数百人的团体中如此旁若无人、我行我素。我感到惊讶的是，在海轮上的这个公共舱室里，他为了舒适，不仅脱掉了鞋子，解开了赛璐珞领带，敞开了衬衫，就连男裤的前扣门襟都是敞开的，真是匪夷所思！

我不知道，为什么现在我出乎意料地正好想到了达尔文（Darwin），想到了他关于人类起源，即猿变成人的"进化论"。地球上生活着这么多民族，有那么多关于人从哪里来、到哪里去的问题和观点，达尔文是第一个理性思考这个问题而没有借助上帝的人。他认为，人是从一种特别聪明的、能干的猿猴种族中进化而来的，这种猿猴能试图将生存竞争简化，因此是非同寻常的，他们有一种潜在的理解能力。

达尔文的"进化论"我十五岁时就已经知道了，但以后这理论就不能再使我满足。现在我更倾向于信奉上帝，倒不是因为上帝更具有说服力，而是它能使我的内心更加平和。

如果要说人的"本能"，人们不能仅仅停留在"饥饿"和"性"两个本能上。不管怎样，人拥有的"本能"无疑要更多，至少还有一个很强势的第三种本能，我将其称为人的"渴望本能"。我觉得，这是人类所有神话、宗教和大部头文学作品的出发点。如果"饥饿"的本能和"性"的本能是人类保留、延续生命的需求和习惯的话，那么"渴望本能"则是推动人类文明进步的强大动力，它甚至有能力在前进中带动其他两种本能。不过，其他的我就弄不明白了，为什么人没有继续保留其猿猴的本质，而最终却成其为人。

"渴望"使人首先成其为人，"渴望"强于"饥饿""死亡"和"性欲"。只有"渴望"使人永恒，因为"渴望"本身是永恒的，不然它就不会成其为"渴望"。

相信人类创造的所有文化都只是为了人类更加舒适的观点，在我看来是十分可怜的，这不是真正的意义所在。是的，长颈鹿是希望得到一个长长的脖子，以便能舒适地吃到树冠上的叶子，但人不是这样，人是用精神力量将埃菲尔铁塔建设起来的。人创造艺术，不是因为相信艺术能填饱肚子，而仅仅只是在创造艺术之后感受到了"渴望"。

"渴望"是一种要利用起来的富余的力量，一个没有强烈"渴望"的人和民族一定是贫弱的。

一阵响亮的喷嚏声突然响起，吓了我一大跳：

"啊—嚏！啊—嚏！啊—嚏！"

这喷嚏，日本人毫无顾忌地一连打了三个，震耳欲聋，他都差点从凳子上震下来了。报纸又飘落到了地上，他的身体像晕船人要呕吐似的远远地向前躬着，双脚跺着地毯，发出沉闷的"咚！咚！"的声音。

再次平静下来之后，他用手指擦拭着流泪的眼睛，朝我这边看了看。顺便提一下，这可是他第一次朝我这边瞅。他喃喃自语似的向我低声道歉，这才开始了我们之间的交谈。

在人与人之间通常初次见面的客套之后，我问他"Yama-todamashi"这个日语词汇到底是什么意思。妄自尊大的日本人常常提及这个词，我也听到过一些解释，但直到现在都还没有真正弄懂其含义。

"这个词字面上的翻译是'日本人的精神'，即'大和魂'！"他一边对我解释，还一边用大拇指"挖"着自己的鼻子，然后，拿出一个口罩绷在鼻子和嘴巴前，用绳子在脑后系紧。戴上口罩后他又继续讲述起来：

"自我牺牲、勇敢顽强、热爱祖国、坚韧不拔、自豪、荣誉、不怨天尤人地接受和忍受痛苦以及超人的劳累：这就是我们理解的'大和魂'包含的大致意思。一种精神上、性格上的行为态度。如果您还想了解得更加详尽一些，我就必须得从悠久的历史开始讲起了，仅凭几句话是道不明的。"

我请他从悠久的历史讲起。

"在尚无纪年的远古混沌时期，"他开始讲述了：

"太阳女神（Amaterasu，日本传说神话中最核心的女神——天照大神，被奉为日本皇室的祖先，尊为神道教主神——译注）对她的天孙迩迩艺命（Ningi）说：'下凡到地球上去吧，去统治那里。这个苇原中国（日本国——译注）我们要世世代代统治下去，我们的后代应该像天与地那样不断延续，一代一代地得到更新。'作为太阳女神全权委托的象征，太阳女神给了她天孙一面镜子、一把剑和昂贵的宝石、珍珠，让迩迩艺命随身带着。

"在日本南部岛屿九州（Kiushu）有一座山名叫高千穗峰（Takahito），迩迩艺命降临这座山峰后来到了地球上，他的周围有许多祖母派来陪伴他的护卫和随从。

"后来，迩迩艺命有了儿子，儿子又有了儿子。迩迩艺命的天孙首先扩大了他的统治区域，向北方推进，将统治的宝座安在了大和（Yamato）平原。迩迩艺命的这个孙子以神武天皇（Jimmu Tenno）为名号继续活在我们的心中。他是真正正统的神的后裔，被视为'天下第一个君主'……

"这就是我们日本皇族源于神的历史。今天的天皇（裕仁天皇——译注）同样也是神，他是我们第一个皇帝神武天皇的第一百二十四代后人。

"神给了我们'大和魂'，即'Yamatodamashi'。"他庄重且十分严肃地重复道。

其实，还有其他一些问题也已经到了我的舌头边上，但鉴于他一直到现在回答讲述的口气都不是那么随和亲切，我也就决定放弃提问了。此外，我自己也知道，向一个日本人打听有关皇室的事，多少有些不合礼仪。我必须格外地克制自己，不要给对方造成一种不合适的印象，即我只是把他讲述的历史当作一个童话故事在听。我非常清楚，在这一问题上，日本人的态度是非常严肃的。

"如果这不是真实的，谁又会想出这么可笑和令人难以置信的故事来呢！"18世纪领先的、最著名的日本神道教复兴者本居宣长（Motoori，全名Motoori Norinaga，1730年—1801年，日本江户时代的思想家、语言学家——译注）提出了关于神缔造了日本国的神话基础：

"一支长矛沉入大海，矛尖上的水珠滴落在海面上，水珠变成了海上的一个个日本岛屿……"

这个关于日本国建立的故事，对于今天的日本人来说都还不是一个神话传说，也就是说，今天的日本人不是将其作为一种虚构的文学创作故事来接受的，而是作为一种历史的真实存在而予以相信的。皇家是神的世袭的说法今天在日本仍占据着统治地位，对于日本的民族精神来说，帝国的建立是民族和国家生活的基础。同样，这种解释在日本的学校里也不是作为一种传说，而是作为一个历史事实在进行教育。不同的只有一点，即在具体的历史年代数据上添枝加叶，做了些手脚而已。

接下来，以神武天皇为依据的日本历史大约开始于公元前660年，这个数据的确定相当随意，因为，要真正确定日本历史学意义上、文学臆想的历史演义止于何处，真实的历史又始于何时是一件十分困难的事。最远的、能够确定的真实的日本历史，只是在公元后7世纪开始才有可能，就连在欧洲培养教育出来的当代日本历史学家，用科学的方法来论证其真实性都十分困难。因为，一个历史学家太过分地去纠结天皇源于神的传说，将会被作为一种对抗日本皇室不可侵犯性的违法行为。在日本，神话就是这样作为历史传统存在于民间。

现在，当一位日本人谈到他们神授的世界历史性任务和使命时，我们会带一种敷衍的态度去倾听，不会太当一回事，但日本人谈到这个主题却十分认真、严肃。日本人的这种信仰、这种使命感与他们从"蒙古祖先"身上遗传下来的征服欲、掠夺欲结合起来，就是所谓的"大和魂"，即"Yamatodamashi"了。从这个精神出发，明治皇帝在19世纪中叶使日本帝国重新振作了起来，领导着日本沿着一条陡直向上的曲线发展，如此成就了日本今天的世界霸权。他们称霸的欲望今天已经表现得足够充分了。日本要称霸整个东亚，不仅仅只是如一般人认为的那样，为了政治上需要或经济上的好处，也是出于这个民族更深层次的神学根源，即一种来自神灵的感受，一种狂热的、自诩的文化民族的使命。

比起经济上的需要或者走出人口过密的现实困境来，这种从"大和魂"中繁衍出来的文化使命信仰，比起其他任何灰色理论都更能鼓舞、激励日本人。因此，我也认为，长颈鹿喜欢长长的脖子，是想更方便地吃到树冠上的树叶。而人的原动力则不同，它是一种对伟大、对崇高的渴望……是来自他本性的、内心深处的一种妄想、一种非分的要求。

尽管身在舒适布置的房间、坐在柔软的皮椅上，但长时间这么懒散地坐着，也是没什么乐趣可言的。我取出小笔记本想写点什么，这个笔记本我总是能随手从右边夹克衫口袋里掏出来。经验告诉我，写点东西是打发时间的最好途径。此外，人还会获得一种有所作为的感觉。我并没有太大的文学上的抱负，我只想记录下来，让其他人大致地明白，我经历过的和感觉到的人和事。就这点而言，我不会去过分琢磨修辞学意义上的文字细节，也不会在某种特定的文体上刻意地下功夫。最后展现在读者面前的作品，它只是表明一个人付出了努力，是抱着一种真实和真诚的态度在描述，在表达。我很喜欢阅读一位法国作家的作品，十分赞赏，也高度评价他在著作中表达出的那种真正的典型的谦虚、质朴和知足。如果我不能像他那样信笔由缰、自由自在地表达，那我还真不如封笔算了。

这位法国作家如是说：

"如果我用某种方式过分严肃地去写作，我会感到担忧的，我只想简单地用我的自来水笔写下来。我写作从来都是先用笔记录下来，然后再用打字机打成文章，也就是说，将旅途中散落在我衣服上的尘埃的一小部分转移到我的纸上去。我希望，我文章中的句子都是从我粗糙坚实的旅行靴中获得的……一切都是那么简洁明了、朴实自然、坦率真诚……"

我突然又冒出来一段小小的记忆，这是我难以尽数的大量经历和印象中的一小段记忆，还是我上一次逗留Nippon（日本的别称，意即"日出之国"——译注）时留下的。我想在这里把它记录下来，没有什么其他原因，只是为了打发打发时间。确实，真有那么一首古老的日本小民谣正好闪过我的脑际：

你想知道大和魂是什么：

满山坡的野樱花在问，

樱花在晨光中散发着清香……

在日本的几乎每一个城市，外国人最中意的无非是那些多得不成比例的、林林总总的小酒吧。酒吧的氛气广告灯管亮在街道的每一个角落，看起来鬼鬼祟祟、神秘兮兮的吧厅门，由五彩缤纷、能勾引起人们无尽遐想的光轮围绕着，人们不得不去猜测，这门后只怕就是人人心知肚明的色情场景。可一旦人走进了这些酒吧，马上就会一如寻常地迅速清醒起来。这种外表被罗曼蒂克式的冒险、艳遇情调神秘笼罩起来的酒吧其实十分安全，它就是一个寻常的喝啤酒的地方。

几个看起来似乎还没有睡醒的日本女招待在酒吧里来回倏忽而过，有的则蹲坐在酒吧的角落里。酒吧女招待具有诱惑力的外表打扮使人不由得会先想到妓女，但人们很快又会回过神来。她们不是那类女人，而是非常一般的，甚至是有些让人感到乏味的女招待。浓妆艳抹的脸颊上厚厚的脂粉盖不住她们常熬夜留下的疲惫神情。她们强作笑颜，表现出来的是十分勉强的、令顾客感到无聊的行为举止。她们拖着沉重的双腿、完成义务似的将啤酒端上来后，有时候还得顾及礼节，主动坐到桌子旁与客人聊聊天，在这个时候你就能分明感觉到，她们干的是一份多么无趣且无奈的工作。

酒吧女招待的主要工作似乎就是给客人斟酒，她们时刻在注意，客人杯中的酒要时刻保持满杯的状态，你还没喝上几口，她们就会握住酒瓶主动给你斟上。要想让她们不这样做几乎是不可能的，来酒吧的人就得学会容忍这一习俗。最后，人们也不得不接受这样一个事实，你自始至终都喝不到完全新鲜的啤酒，杯中的酒始终是半陈半鲜的混合液。

我当时就坐在这样一个小酒吧里，等待着一位在北京结识的日本朋友，顺便说一句，等待的时间已经不算短了。

他到底来还是不来呢？真让人感到压抑而又心神不安。湿气弥漫的空气黏糊糊的，也令人十分不爽，日本的夏夜往往就是如此。为我服务的Nessan（女招待）——这里是这样称呼酒吧女招待的——也使我感到很没劲。我已经无数次地提醒过她，在我没有喝完的时候不要给我斟酒。但每一次她都只是会意似的笑上一笑，仿佛我是在讲客套话似的，笑过之后还是殷勤地继续往未喝完的酒杯里斟酒。说多少次，她照旧斟上多少次，最后我也只好放弃劝说的希望了。

我的日本朋友尾畠（Ohatta）先生从来都是不准时的！我们约好九点见面，可现在已经十点了！

日本鹿儿岛市（Kagosnima）是一个约二十万人口的城市，坐落在被视为真正的日本本土四个主要岛屿最南端的九州岛（Kiushu）上。九州岛是日本列岛中的第二大岛。在最大的本州岛（Hondo）上，不仅有大城市东京（Tokio），还有京都（Kioto）、大阪（Osaka）、名古屋（Nagoja）、神户（Kobe）这些百万级人口城市。最北边是第三大岛，即北海道岛（Hokkaido），第四个本土岛屿是四国岛（Shihoku），四国岛位于我现在所在的九州岛与最大的本州岛之间。

这四个日本的主要大岛与位于北方的俄罗斯千岛群岛（Kurilen）以及位于南部的琉球群岛（Riu-Kiu）共同形成了一个大弧，从北回归线差不多延续至俄罗斯堪察加半岛（Kamtschatka）的最南端，弧长约四千公里，从热带地区的北端一直延伸至寒冷的北方。这个位于亚洲大陆前端的地理结构，看起来就像一个极具威力的大型夹钳。

更远的、现属于日本的还有1905年从俄罗斯手中获得的大岛萨哈林岛（Sachalin，又称库页岛，是俄罗斯联邦最大的岛屿，属萨哈林州管辖。历史上曾为中国领土，沙皇俄国通过1860年的《中俄北京条约》逼迫清政府割让该岛。1905年和1918—1925年间，日本曾统治库页岛全境。1945年，苏联发动八月风暴军事行动，夺得库页岛全境——译注）的南半部，以及将近四万平方公里的福尔摩莎（Formosa）岛，一直到1895年，福尔摩莎岛都称为台湾，属于大中华帝国。

这两个岛屿使日本从两侧更加接近陆地，在狭长的弧形岛中部，朝鲜半岛的末端推在前面，仿佛与日本面对面。朝鲜是日本在亚洲大陆的第一个占领国，面积超过了二十万平方公里，相当于德国巴伐利亚州（Bayern）、萨克森州（Sachsen）和图林根州（Thüringen）的面积总和，人口也超过了两千万。

"嗨！"

桌边女招待刺耳的一声叫唤吓了我一大跳，邻桌的一位客人正在敲着玻璃酒杯。这得了哮喘病似的"嗨！"声，恐怖地像发自一个布满了窟窿的肺叶。"嗨！"意思是"好的，我已经听见了，我马上过来！"

我的朋友尾畠直到现在都还没有现身，每一分钟的等待对我来说都长得令人难熬，一种难以言表的不安令我紧张，也折磨着我。最好是现在就起身离开，在鹿儿岛市夜晚的大街上去漫步，没准还会幸运地在夜色中获得一个意想不到的经历，没准就是一个开心的、充满罗曼蒂克的艳遇。但现在在这里，在这个了无生气的酒吧，瞅着这些面色苍白、年龄约在十八岁至五十岁之间的女招待，看她们绷着脸、噘着嘴的沉闷样子，感受不到丝毫的青春气息，很倒胃口。

小小的酒吧厅给人的感觉确实十分压抑！不舒适的微弱照明，大概是为了省电吧。只有墙上用工艺拙劣的纸花和纸片围绕着的壁龛还发出些许亮光，但对于照明来说，亮度是根本不够的。但又不是太微弱，刚好能有效地掩饰住简陋的地下室那被烟熏过的灰不溜秋的黯淡色调。酒吧里，潮湿的、高低不平的石头地板连哪怕一块垫子或地毯都没有铺。

已近深夜，酒吧里现在除了我已经没有一位客人了，闲站着的、随意四下吐痰的女招待，像阴影一样地在我眼前晃来晃去。如此疲惫、如此无聊、如此厌烦……简直令人无法形容。

吧厅的一个角落里甚至还蹲着一位正在打瞌睡的女招待，头总是因困倦难熬在不断地向下沉，但每一次又尽力强打精神地将头抬起来，唉！可怜兮兮的！在我看来，这还是一位小女孩，年龄不会超过十七八岁。

在此期间，我已经喝了四瓶啤酒，感觉有些兴奋了。

"哟！其实还是一位长相不错的姑娘，"我脑子里闪过了这一念头。

一条宽宽的、彩色的胸带紧紧地绑在小姑娘的胸前，绑得那个紧，看上去似乎呼吸都会感到困难，两个小乳房也被胸带压得扁平扁平的！光光溜溜的短发梳得非常得体，像每个日本姑娘一样，脸上的粉涂得像石灰白一般，显得樱桃红小嘴格外鲜亮。褶裥层层隆起的和服上是斑斓的彩色蝴蝶图案，这图案倒是使紧裹着胸带的姑娘稍稍显得轻松了一点……

突然，小姑娘抬起了上眼皮，发现我正注视着她。当我们的眼光不期相遇时，她的脸露出喜色，笑了起来。我觉得，她此时的这个笑应该是真诚可信的，我也还给她一个友好的微笑。然后，我示意她，还想再要一瓶啤酒。

在给我斟酒的时候，她坐到了我的桌旁。我开始有些含混不清地——汉语、日语、英语、德语混杂在一起地开始向她提问。问她叫什么，从哪里来，多大年纪，是否有男朋友，有几个男朋友，以前是干什么的，父母亲都还好吗等一些用来消磨时间的话题。

我知道了，她名叫江津（Etsu），才十六岁，以前是另外一个名字，自打离开家之后，自己就取了这个新的名字。她的父亲生活在北方的某一个地方，是一个养殖珍珠的渔民，母亲已经去世，两个哥哥参军了，都在皇家陆军服役。此外，她家共四个姐妹，一个已经嫁人，一个在东京的歌妓馆接受一流的歌妓培训，最小的妹妹还在家，帮父亲拣点干树枝，这样父亲就不会感到寒冷，还有口热饭吃……江津自己是四个月前被送到这里来的，因为父亲负债，需要还钱。他父亲将她以一百日元抵押在这里，四年之后才会获得自由。以后是回家，还是在其他什么地方工作或干脆嫁人，她现在还不知道，四年期满，时间还长着呢。小姑娘说着说着，随手又握起一瓶啤酒，将我的酒杯斟得满满的。

其实，江津的命运并不在少数，在日本，相当一部分人都很贫穷，只是在外人们听到这方面的议论很少罢了。我还渐渐发现，就连日本人自己，对生活在贫困线上的不幸和痛苦也没有什么特别的感受，部分是因为日本人已经习惯了简朴的生活，部分也大概因为日本人本性深处少有为个人考虑的思想，他们总为其他人着想，关怀其他人。

突然，江津又严肃起来，摇摇头说：

"随它去吧！这样也行！"说完后就默不作声了。

她随后站了起来，拖着脚步迟缓地回到了先前蹲着的那个角落，不一会儿又打起盹来。我只有惊讶地耸耸肩注视着她，我到底干了什么呢？说错了什么吗？我不明白，她怎么会这么突然就离我而去了！没有任何迹象表明，是因为我得罪了她，她才生气离开的。对其他任何人的行为举止，我几乎都能将原因猜个八九不离十，甚至能预感可能会发生的事。但在这里我却做不到。我不知道，她是怎么想的，对她的举止态度我无法做出合适的解释。

这是一种冷漠，一种有意识的鸿沟，人与人之间存在着隔阂，也像这个分裂的世界。

很快，我叫来另外一位女招待，付账走人。待在这个颇受压抑的地下室酒吧里，人还会继续感到沮丧和抑郁的。我逃跑似的离开了，情绪稍稍缓和一下以后，我心底开始对日本朋友尾畠恼起火来——什么玩意儿！让我坐在这里等了这么久。

在鹿儿岛市的街道上漫步是十分惬意的。深夜时分，街上见不到一个行人，只有轻抚的徐徐微风和皎洁的月光，我毫无目的地走过一条条大街小巷。街道两边都是低矮简易的房屋，有些还亮着灯光。灯光透过四方形、无光泽的纸糊小窗映射出来，十分诱人遐想。特别美妙的时刻是，窗后会突然掠过或闪出一个人的剪影，有时甚至是一个楚楚动人的女人身影。此时此刻，人们自然会插上想象的翅膀：她一定准备睡觉，正在床前宽衣解带呢……

渐渐地，我内心的郁闷缓解了，忘记了在小酒吧里那令人身体都会感到不适的不愉快气氛。现在，我的心情好多了，像一个梦游者，梦一般地、失重地且准确无误地穿过一个似乎别离了千年的地方。

我几乎忘记了自己现在正身处日本，这里与中国真是完全不同。在中国，建筑物大都由砖石砌成，高大且坚固，无疑是为了居住得更加长久。但日本列岛上的建筑大多都是用木头、纸板、草秆和席子、垫子搭建而成，显得简陋，一看就不是为长久居住而修建的。所有的建筑都像是临时兴建，结构轻且简单，类似于一个个玩具屋，能很快拆开拼在一起带走。

所有的日本城市都是由这些简陋的建筑物组成，除了有些寺庙、宫殿、城堡、工事建筑修得坚固一些以外。在日本，除了供奉亡灵遗骸坛的神社和古老圣地所在地的建筑物，几乎没有什么建筑是为长期保留而修建的。可能这种意识本质上源自日本民族中仍富有生命力的游牧民族遗风。试想，这种简易建筑其本质上不就是一个雅致些的、精美些的、风格化了的蒙古族毡房吗？也可能是永恒的、持续的、时刻准备喷发的火山威胁已经深深地烙在了日本人的心灵上。在日本相对而言短暂的、有文字记载的历史时期内，就已经有超过六十座大城市因火山爆发在地球上消失。甚至可以冒昧地说，每一个日本城市在一代人的手中就得从根本上重建一次。地震、海啸、火灾、飓风……几乎所有可怕的自然灾害每隔一段时间就会与日本列岛惨烈地幽会一次。

日本称得上是"流动中的国家"，在这里，没有什么能定义为永恒。流动改变了它的发展进程，改变了它的海岸线轮廓、地平面的高度；流动使山脉上升、下沉或分裂，使岩浆奔涌、地壳滑动；流动使陆地变成湖泊、海洋，也使湖泊、海洋再次干涸……这种反复无常的不稳定性也渗透在了日本人的性格上，始终不变的在日本只有两样：日本自然风景的主要特征以及神。日本天皇就是神，神是永恒的，也永远存在于日本人心里。

这个国家里所有的都先天地打上了一个所谓"短暂"的印记，这是一种带着尊严、富有勇气、优雅地忍受着的短暂。从这个经验出发，作为一种象征，日本人特别尊崇、颂扬樱花。樱花就不能持久，它只能在短暂的花期里绽放自己，享受自己灿烂华美的外表。它十分清楚，刮一阵风或来一阵雨，可能就是生命的终结。这种娇嫩艳丽的、人们能轻松地从枝头上采摘下来欣赏的花朵，在日本从来就没有结过果实，给人的感觉就像一种人为的绢花。不过，在日本武士的眼里，樱花是骑士的典范和样板，是他们坚定的、会突然爆发的、富有成果的、有创造性的本质象征。开花与战死在日本武士的眼里是同样高贵的。

第二天凌晨四时，住在一个日本小客栈的我就醒来了，昨晚喝酒太多，感觉还相当疲乏。许多日本小姑娘在我周围碎步颠颠的、跳舞似的为我服务，她们端来早餐，递给我热气腾腾的洗脸毛巾、水果、一个洗脸用的铜盆和一件早晨要穿的新和服，一个小姑娘还将一束花枝插进了墙边的花瓶。推开房间的两扇纸窗，见到的是窗外湛蓝的天空和沐浴在灿烂阳光下的姑娘们，她们的心情看起来都非常好，咯咯地笑着，眼睛亮盈盈地放着光芒，像阳光中五彩缤纷、翩翩起舞的彩蛾，伴随着这些的，还有花园里鸟儿叽叽喳喳的叫声。

一切都是那么愉快而充满乐趣。只有我不是这样，我不仅头疼，还得抓紧去赶火车，我的旅行还在继续、继续……

正如我已经想到的，对面窗子附近的那位日本人早就把鞋脱了，赛璐珞领带也取了下来，放松了裤腰带，衬衫前胸也敞开到了最后一个纽扣。他实际已经睡着了，我已经听见了他"嘎嘎"的磨牙声……看见他将双脚搁在了特意拖过来的第二个凳子上。他的两只胳膊向两边伸展着，向下挂在沙发左右两边的扶手上，头向后仰着、口张着、先前戴着的口罩也滑落到了咽喉处……

从朝鲜釜山到日本海港城市下关还有近二百五十公里的航程，下关位于日本四大主要岛屿中最大的本州岛的最南端。这段航程的中部偏北方向一点是"对马岛（Tsu-shima）"，经常走这一航程的人告诉过我，天气好的时候，站在船上就能清楚地看到这个岛屿。

"对马岛"对日本来说意义非凡。

首先，"对马岛"是最重要的"咽喉中部的瓶塞"，即位于"对马海峡"的要塞部位，形成了从南部进入日本海的唯一通道。可以说，没有它，就没有日本内海。其次，"对马"这个名字对所有日本人来说还拥有非常辉煌荣耀的声誉，那是因为，"对马海峡海战"被誉为日本历史上最重要的一个里程碑。

在1905年5月底日俄战争的这一海战中，日本人给了海战对手俄罗斯人致命的一击。在东亚海面海战中混合编队的整个俄罗斯海军分舰队在对马海峡海战日本海军大将东乡平八郎(Togo)的打击下全军覆没。其成果是，日本人在一个月后占领了北部的萨哈林岛（Sachalin），又过了一个月，"朴次茅斯（Portsmouth）和平条约"得以缔结。日本人接管了南满铁路，拥有了俄罗斯以前在南满的所有特权，萨哈林岛的一半最终划归给日本人，朝鲜成为日本的被保护国。可谓一块大大的肥肉！当时还是帝制的中国政府在"对马海峡海战"几个月之后也不得不在一个特别条约中对日本接管"俄罗斯满洲权"予以承认。日本在亚洲大陆站稳了脚跟，也意味着日本岛民自1500年来的一个梦想得以实现。因为，按日本人的说法，整整1750年前，为占领朝鲜，日本女皇金戈（Jingo）就向朝鲜派去过远征军。

"对马海峡海战"不是日本历史自明治天皇（1868—1912年）以来的第一个、但却是最重要的一个转折点。就是在这个时候，日本从最底层一跃而起，奠定了今天的世界霸权大国地位。在此期间，他们系统地引入了西方国家的科学和技术，在内部，整顿封建制度以适应新时代的需要，颁布议会宪法。1890年的第一个帝国议会甚至是由明治天皇个人主持召开的。在这个时期，他们建立起了一支现代化的军队和海洋舰队，废除了在日本居住的外国人强加的特别法庭。他们借口中国人侵扰了日本商船，派出了第一支日本远征军征讨台湾。

这个时期确实发生了很多大大小小的事件。人们还没来得及促使中国政府承认朝鲜国的独立，日本就迫不及待地与朝鲜国缔结了一个十分有利的贸易合约，而在缔结这一合约一年前的1875年，日本与沙皇帝国已达成了协议，萨哈林岛主权属俄罗斯，千岛群岛主权属日本。在整顿国内政策方面，日本政府清除了国内残余的反抗势力，即镇压了最后一支反对新政体的所谓萨摩（Satsuma）起义。

还不到五年的时间，在国内方方面面整肃理顺之后，日本随即开始了与中国政府在朝鲜问题上的公开争论。接着，中日战争爆发（1894—1895年），日本军队，包括海军舰队几乎在所有的战线上都赢得了胜利。最后，日本军队占领了中国的辽东半岛亚瑟港（Port Arthur，即旅顺口——译注）以及位于辽东半岛对面山东半岛上的威海卫（Weihaiwei），与中国一年之久的战争下来，日本获得的战利品确实是不容小觑的。

但什么又是日本现实的另一面呢？

日本在几个强国的压力下，必须放弃亚瑟港、辽东半岛和威海卫。在"马关条约（日本称'下关条约'或'日清讲和条约'——译注）"中，日本得到的只是朝鲜脱离中国独立，割让台湾岛和澎湖列岛（Pescators）以及一个战争赔款额。对此，日本十分窝火，但又必须容忍。

"每一个处在上升阶段的国家或民族，都必须理解和领会'遭遇逆境'。逆境更被视为这个国家、这个民族进步的见证，对此，我们不需要感到担忧……"

这是1934年当时的日本外交大臣在一次政府高级官员会议上说的话。日本没有让挫折或恫吓妨碍自己继续走在上升的道路上。在很多官方公告中，他们公开阐明，他们的政策十分明确，即在整个远东地区保留全面的申诉权：一种针对远东的门罗主义！

1934年4月17日，东京外务省的一位发言人说：

"鉴于日本与中国的特殊关系，在涉及中国的事务上，日本的观点和姿态不是在每一点上都能与其他国家取得一致的。但对此，人们要清楚地认识到，日本会迫使自己做出最大努力，在东亚执行自己崇高的使命，完成自己特别的责任和义务。日本要退出国际联盟，因为在有关维护东亚和平的原则问题上，观点无法得到统一。

"虽然对于中国的立场，日本与那些国家有时会有所不同，但鉴于日本的立场和使命，这种不同又是不可能避免的……除了中国，还没有哪一个国家能与日本分担维护和保持东亚和平的责任。因此，日本极为强烈地希望中国统一、维护领土完整和恢复秩序。历史表明，这些都只有通过中国自身的觉醒和自愿的努力才能得以实现。因此，我们反对中国利用任何一个其他国家的影响来与日本对抗的尝试和努力。同样，我们也反对中国为了造成大国之间互相争斗而采取的任何挑唆行动。"

这里发生的事，谁又能清楚地表达呢？但有一点是清楚的：要凭借一己之责任来维护东亚和平，上面这番话说得倒是明白易懂、毫不含糊。

为了扼制日本这个一心想向上攀升的民族，人们还有什么没有尝试呢，要束缚住它，妨碍它争取东亚领先地位的努力，或者使它完全无法做到这一点！在"凡尔赛和约"——同样出自假惺惺的、蛮横无理的精神——签署几年后，缔结了所谓的"华盛顿条约"。"华盛顿条约"应该是一个世界政治性的补充，或者说是凡尔赛"规则"的一个进步表现。在规定了英国、美国和日本三国间海军舰队的比例为5：5：3之后，接着在缔结的"九国公约"（1922年）中，承认了"中国之门户开放"原则，即在中国生活区域内的"门户开放"政策。

"九国公约"第一条款表明如下：

"除中国外，合同缔约国达成一致：1. 尊重中国之主权与独立暨领土与行政之完整……"几乎所有在该公约上签了字的列强国家——除了德国！——在中国许多重要城区已经拥有的、享有所谓"治外法权"的自己的疆土，直到今天仍然保留。中国行政不得干预在这些区域驻扎的外国军队和官员，这些区域也不受中国法律的约束。因此，每一个犯罪者和谋反者都可以逃进这些区域，中国政府都不能去抓。

"九国公约"是迄今为止最粗的棍棒，是"善意的外国朋友"扔在日本两腿间的棍棒，用以阻止他们前进的步伐。不过，一个民族的命运是无法通过大大小小的"条约"阻拦住的，这些条约只会促使这个民族成长，然后像火山一样爆发出来。日本按自己既定的道路继续前进着，1932年和1933年，他们将满洲和热河从中国分裂出来，造就了一个新的国家——"满洲国"，并让数百年前来自满洲的、古老的中国皇家后代坐上"满洲国"的皇座。与此同时，日本不理睬国际联盟，于1934年年底声明废除"华盛顿条约"，因为舰队规模一致的条约要求妨碍了日本。

对此，日本大使斋藤（Saito）在华盛顿表述了下述理由，即日本关于废除海军协议（华盛顿《限制海军军备条约》——译注）的立场和态度：

"我们还没有到将海军舰队只是视为一种警力的时候，只要海军舰队还保留其战斗单位的特性，日本就不会放弃在舰队实力上要求平等的权利。如果放弃，就会伤及国家与民族的安全保障意识……此外，海军实力的比例系统（5：5：3）的规定也牵涉国家尊严和民族荣誉的问题。毫无疑问的是，没有人会产生这样的想法，美利坚合众国或大英帝国会为他们自己的安全保障怀有忧虑，如果批准日本的海军舰队实力与他们的实力相一致的话。这种忧虑表现在，人们还并不清楚，日本在对付中国或远东其他地区时会采取怎样的行动。而表现出来的趋势似乎是，日本被视为一个冒失鬼，一个随时都有可能手持凶器、狂奔肇事、滥杀无辜的人。日本人已经多次听到下列议论了：如果我们拥有十分的实力，我们的表现和行为始终会是友好如初的，但你们日本人的实力如果超过了六分或七分，那么，你们就极有可能误入歧途。言下之意，难道不是在声称一种道义的优势吗？这是日本人在感情上不能接受的地方，这一点，也是人的自尊不能够容忍的……"

日本在短时间内摆脱了加给他的束缚和牵制，现在有了自由之手。出于对自己实力、活力和神赋使命的信任，日本将这只手伸向了中国，伸向了难以估量的、地大物博、人口众多的中国，其意图似乎旨在，使亿万中国人民动起来，有可能甚至是向前迈进。赋予梦幻般的眼睛前，出现的将是一个拥有巨大活力的世界大国形象：苏醒的亚洲。日本人从未有过的、具有世界历史性规模的奋斗开始了！

中国政府是怎么评说这一切的呢？毕竟这是他们的头等大事！他们没有悲哀伤心地控诉，而是在呼唤"朋友们"，呼唤这些以前用鸦片和其他"适当的、值得推荐的"享乐品摧残了中国人体质、使中国人蒙羞受辱的朋友。都有将近一百年了，一百年的时间对一个要一跃而成为世界强国的日本来说已经足够了！

我真切地听到了一个女性般阴柔尖细的声音，这是中国中央政府鸦片瘾君子似的发言人在1934年4月19日就远东事务反对日本否决权的抗议声：

"中国持有的观点一如既往，即和平只有通过各民族家庭中所有成员的共同努力才能得以维护。因此，为了建立一个持久的和平，特别迫切的是，各民族之间要真正做到互相理解其真实的精神实质，要在各民族中间消除摩擦与争斗的根本原因。没有哪个国家有一种权力，即要求对维护世界某一地区的和平独立负责。作为国际联盟的一员，中国履行自己的责任，支持为了和平与安全的实现开展的国际性合作。在实现这一目标的努力中，中国从未有过伤害一个独立国家利益的意图，更谈不上去损害远东的和平。在这方面，中国与其他国家的关系一如既往，即体现出来的是一种存在于拥有主权的、独立自主的国家之间的关系。

"中国想要特别强调的是，中国与其他国家之间的合作，这种合作以长期贷款、借款的形式，或者以技术支持的形式，但总是限制在非政治性的形式上。购买军事装备、购买飞机以及军事教官的运用，完全是出于保证中国国家防御、维护中国的安宁和秩序之目的。任何面对中国而不谋求其内心隐藏着的秘密目的的国家，都不应该对中国的国家重建政策怀有恐惧、担忧的心理。

"至于中国与日本目前的形势，我们必须强调指出的是，真正的、持久的和平只能建立在良好的意图、愿望和双方互相理解的基础之上，要切实地为打下这一基础而多做工作。如果中日两国间现存的不愉快状况改变了，两国的关系才会在一个新的基础上形成，在双方的努力下，就会更多地取得一致。"

而另外的声响则是如此的不同，一种充满阳刚之气、源自自己蕴藏着的原始的、粗犷的，甚或野蛮力量意识的声音。

那是日本人的声音！

夜晚又临近了，大海，这个任性乖张的、坚定有主见的、人类伟大的"友好女人"，但也同时是人类伟大的"敌对女人"的大海，现在安静了些许。日本海岸到现在还没有进入视野，餐厅里已经传来刀叉、匙子、瓷盘和玻璃杯杂乱无章的声响。服务员正在做晚餐前的准备工作。在菜单上我已经了解到，可口的鄂霍茨克海大龙虾是今晚的餐前小吃。

所有我在过去这些岁月里经历过的事物都或暗示、或明示：我们的观念、见解产生的基础已经发生了彻底的变革，这是一种能够对我们施以深刻影响，也是使我们深感震惊的变革。新的、我们打算接受的社会形态还不甚清晰，还不能以一定的方式来解释、说明，我们还不能从中推导出仅仅令自己满意的基本概念来。在我看来暂时可行的是，自己要亲身去体察那些众所周知的、不说就能明白的事物：具体的、易懂的、可见的……人们应该遵循这些事物的本身规律，尽可能正确地、清晰地、客观具体地去认识这些事物。我们可以这样来理解，即事物会以所谓自己需要的规则为准，能使我明白所有我希望知道的一切：生动的、明显的、形象化的、有说服力的、简单的……

我一直秉持这样一个原则：实践在理论之上，精神在理解之上，经验则在每一个抽象的概念之上！

（京）新登字083号

图书在版编目（CIP）数据

1938：德国记者笔尖下的中国和日本／［德］恩斯特·柯德士著；
王迎宪译. —北京：中国青年出版社，2016.8
ISBN 978-7-5153-4494-2

Ⅰ.①1… Ⅱ.①恩… ②王… Ⅲ.①纪实文学—德国—现代
Ⅳ.①I516.55
中国版本图书馆CIP数据核字（2016）第229845号

责任编辑：方小玉
装帧设计：刘　凛

出版发行：中国青年出版社
社址：北京东四12条21号
邮政编码：100708
网址：www.cyp.com.cn
编辑部电话：（010）57350503
门市部电话：（010）57350370
印刷：三河市君旺印务有限公司
经销：新华书店

开本：889×1194　1/32
印张：10
插页：2
字数：181千字
版次：2016年11月北京第1版
印次：2016年11月河北第1次印刷
定价：45.00元

本图书如有印装质量问题，请凭购书发票与质检部联系调换
联系电话：（010）57350337